The Malay Archipelago

马来群岛自然考察记 I

〔英〕阿尔弗雷德·R.华莱士 著　　金恒镳　王益真 译

人民文学出版社
PEOPLE'S LITERATURE PUBLISHING HOUSE

图书在版编目(CIP)数据

马来群岛自然考察记. I /(英)阿尔弗雷德·R. 华莱士著；金恒镳，王益真译. —北京：人民文学出版社，2017(2025.3 重印)
（远行译丛）
ISBN 978-7-02-013508-0

Ⅰ. ①马…　Ⅱ. ①阿…②金…③王…　Ⅲ. ①游记-作品集-英国-近代　Ⅳ. ①I561.64

中国版本图书馆 CIP 数据核字(2017)第 270771 号

出 品 人　黄育海
责任编辑　卜艳冰　邰莉莉
封面设计　汪佳诗

出版发行　人民文学出版社
社　　址　北京市朝内大街 166 号
邮政编码　100705

印　　刷　山东临沂新华印刷物流集团有限责任公司
经　　销　全国新华书店等

字　　数　210 千字
开　　本　890 毫米×1240 毫米　1/32
印　　张　11
插　　页　5
版　　次　2018 年 4 月北京第 1 版
印　　次　2025 年 3 月第 2 次印刷

书　　号　978-7-02-013508-0
定　　价　69.00 元

如有印装质量问题，请与本社图书销售中心调换。电话：010 - 65233595

谨将本书献给

《物种起源》的作者查尔斯·达尔文，
不只是作为个人尊敬与友谊的象征，
也是表达笔者对他的才华与著作的成就
最深层的景仰。

目　录

自　序

　　想必不少读者会问我，为何在返国六年后才姗姗完成这本书？我觉得就这一点我有义务给他们一个满意的答复。

　　我在一八六二年春抵达英国时，发觉自己身陷一房间的箱子里，那些是我一次次寄运回来、打算私藏的标本：约包纳一千物种的三千余件鸟类皮羽、约七千物种的两万多只甲虫与蝴蝶，以及一些哺乳类兽和陆生螺贝。这大宗标本大部分我已暌违多年，加上当时我身体孱弱，光是拆封、归类和安置，就花费了一段不短的时间。

　　我很快就决定，须等到我将采集品中最重要的大类命名与描述完成，并解决采集时曾惊鸿一瞥的物种变异与地理分布上的若干有趣问题后，我才能出版著述作品。当然，我可以马上先发表笔记与日志，留下所有博物学问题等待来日解决，但此非我愿，不但让朋友失望，也无益于社会大众。

　　自从回国到现在，我已在《林奈动物与昆虫学会公报》上发表了十八篇论文，描述或归类我采集的部分标本；此外，我还在各类科学期刊上发表了十二篇与标本相关的一般性主题论文。

我的采集品中，近两千种鞘翅目昆虫及数百种蝶类已由各国知名博物学家予以描述，但尚存更多标本有待描述。从事这项心力交瘁的工作以造福科学界的学者中，我必须提到伦敦昆虫学会的已故理事长帕斯科 ① 先生，他几乎将我庞大的天牛收藏（现在他手中）全数完成分类与描述。这些天牛为数一千多种，其中至少九百种先前未曾描述过，也未见于欧洲各陈列所。

　　其他各目昆虫有两千多种，现今为威廉·桑德斯 ② 收藏，经由他的安排，大部分标本已交由优秀的昆虫学家进行描述。单是膜翅目就超过九百种，其中两百八十种蚂蚁中有两百种是新种。

　　这本游记蹉跎了六年，让我有机会撰写出一本有趣且深入的书籍，——罗列从采集品中研究出来的主要结果。此外，由于我描述的国家很少有人去过或著书描述过，他们的社会与自然环境也不至于有大变动，因此我深信——也希望——读者六年前没读到我的书（或许读者因此把它抛到九霄云外了）的缺憾，现在将为更大的收获所弥补。

写作计划

　　我现在要谈一谈我这本书的写作计划。

---

① 指弗朗西斯·波尔金霍恩·帕斯科（1813—1893），当时详细研究过东南亚的鳞翅类和甲虫类昆虫。

② 威廉·桑德斯（1809—1879），英国昆虫学家，详细经历不明。

我到各岛屿的旅程受限于季节与交通工具。我常间隔很长的时间数度造访某些岛屿，有时两三次，有时甚至重复四次。如果依造访的时间顺序书写必会使读者摸不清头绪，也让他们不知身处何地；加上我时常提及的许多岛群是依其特有的动物与居民的特点来区分，读来更易迷糊。因此，我采用了融合地理学、动物学和民族学的安排法，按照最自然的串连顺序依次逐岛介绍，但同时又尽量配合我实际造访的顺序。

我把马来群岛分为以下五个岛群：

一、印度-马来群岛，包括马来半岛、新加坡、婆罗洲、爪哇与苏门答腊。

二、帝汶岛群，包括帝汶岛、弗洛雷斯岛、松巴哇岛、龙目岛及几个较小岛屿。

三、西里伯斯岛①，另包含苏拉群岛与布通岛。

四、摩鹿加岛群（今马鲁古群岛），包括布鲁、塞兰、巴占、吉洛洛（今哈马黑拉岛）与莫罗泰，以及较小岛屿德那地、蒂多雷、马基安、卡约阿、安汶、班达、戈龙与马塔贝洛②。

五、巴布亚岛群，由新几内亚大岛与阿鲁群岛、米苏尔岛、萨拉瓦蒂岛、卫古岛，以及其他若干岛屿构成。卡伊群岛虽然在动物学与地理学上隶属摩鹿加岛群，但鉴于其民族学特性，也纳入本组内。

---

① 西里伯斯岛，今称苏拉威西岛，位于印度尼西亚中部。
② 马塔贝洛，今隶属瓦图贝拉群岛，位于塞兰岛东南方。

书中每描述完一组岛群，就会紧接着一个描述该地区自然史的章节；因此，这本书可分为五个部分，每个部分处理马来群岛的一个自然地理区。

　　第一章是概述，说明整个区域的地理学；最后一章简介马来群岛及其邻近地区的各种族。经过这番说明，再辅以书内地图，我相信读者始终能明了书中所述地点，以及游历者前进的方向。

　　我深知本书涉及的范畴太广泛，相对来说，这本游记不过是浅尝辄止。然而，就内容而言，我力求精确。全书所有情节与描写几乎都是现场笔记，最多只略做文字修饰。在我撰写本书的博物志及其他许多部分时，是希冀引起读者对物种源起与其地理分布相关问题的兴趣。在某些案例中，我能够详述己见；在其他案例中，则鉴于所涉主题太复杂，我觉得最好专注陈述问题中较有趣之情事，至于答案则请读者从达尔文 ① 先生许多著作中演绎的原理去寻觅。我希望书中的丰富插画能提升这本书的趣味与价值，这些是依据我的草图、照片或标本绘成，更是针对真正能呈现本书的情节与叙述而精选的。

　　我要感谢有幸在爪哇结识的伍德伯里兄弟华尔特与亨利两位先生，承蒙提供众多风景与土著的照片，对我帮助甚大。桑

---

　　① 达尔文（1809—1882），英国博物学家，物竞天择演化论的奠基人。他于一八五八年接获华莱士洋洋洒洒的四千字长信演绎物竞天择理论，而在林奈学会上将他的早期理论与华莱士的报告共同发表。

德斯先生好意让我画下奇异的角蝇；我也要感谢帕斯科先生借给我两只极为罕见的长角天牛标本，它们就描绘在婆罗洲甲虫的图版上。其他据以绘图的标本都是我的私人收藏。

采集时间和标本量

由于我旅行的主要目的乃采集博物标本，作为私藏并供应复本给博物馆与业余收藏者，因此，我对采集到并完好运送回国的标本会做一番概述。我也必须先说明，我通常有一两位，有时三位马来人在旁协助，约有一半时间则仰赖英国小伙查尔斯·亚伦的帮助。虽然我离开英国只有八年，但我在马来群岛旅行了约一万四千英里，共计六十至七十旅次，由于每次都得花费些时间进行事先的准备，也多少会浪费些时光，我相信真正的采集时间不到六年。

我的东方采集量为：

哺乳类动物	三百一十件
爬虫类	一百件
鸟类	八千零五十件
贝介	七千五百件
鳞翅目昆虫	一万三千一百件
鞘翅目昆虫	八万三千二百件

其他昆虫	一万三千四百件
生物标本总计	十二万五千六百六十件

现在尚得感谢所有提供协助或资讯的朋友。我特别要感谢皇家地理学会的评议会，由于其难得的推荐，我才能获得祖国与荷兰政府的重大协助；其次我要感谢桑德斯先生，他在我旅程的早期不遗余力地鼓励我，令我受益良深。此外，我对塞缪尔·史蒂文斯先生更是铭感五内，他是我的代理人，承蒙他照料我的采集品并提供给我有用的信息与各项所需。

我相信，上述友人以及其他对我的旅行或采集感兴趣者，在阅览这本书的过程中，能获得我自己在本书叙述的场景与物件中所感受到的若干乐趣。

第一章
地理概述

　　只要观察一下东半球的地球仪或地图，就能看到亚洲与澳洲之间星罗棋布了大小不等的岛屿，自行串连成一气，与两大陆洲明显分离，几无关联。这些群岛位居赤道，荡漾在温暖的热带大洋中，承受全球他处享受不到的终年高温多雨的气候，孕育出繁富独特的自然生命，也生产着最肥美的水果与最珍贵的香料：有大花草科的巨花、大型绿翼的鸟翅蝶属（蝴蝶中的王子）、酷似人类的红毛猩猩，以及绝美的天堂鸟。群岛上住着遗世独立的马来族，这是一支稀奇有趣的人种，这个区域也因而被命名为马来群岛。

　　对一般的英国人而言，马来群岛或许是地球上最陌生的地方。我们在此的属地不多又狭小，到那里探索的旅人寥寥无几，许多地图集甚至不理会这些群岛的存在，将它们随意绘制于亚洲与太平洋岛屿群间。因此，很少有人认识到它整体看来与地球上其他地区有相近的面积，而若干岛屿甚至远大于法国或奥匈帝国。然而，旅行者很快就有了不同的概念。他沿着一座大岛的海岸航行经日，甚至数周，发现岛屿的面积如此之大，岛上居民甚至自认为身处广袤的大陆洲上。他发现这些岛屿间的旅程常以周或月计，而岛上各部落的居民彼此不相识，如同北美洲土著不知南美洲土人般。他很快会把这群岛视作与世界其他地区分隔开来的区域，有特殊的人种与自然环境，有自己的思想、意识、习俗、语言，以及不同的气候和动植物。

从许多观点来看，这些岛屿自成一个紧凑的地理整体，这也是旅行者及科学家的看法；但若从各方面详尽探究，则呈现出令人意外的真相：该区可分成两个面积大约相若的部分，彼此在自然生命上有极大的差异，是地球大区域中的两个地区。这一点经由我对整个群岛各处的自然观察，就可获得相当详细的证明；在叙述旅行及寄居数座岛屿时，我会不断表达这个看法，并用事实加以佐证。基于这一点，我想最好先概述一下马来地区的主要特征，这样一来，往后提及的各项事实会更添趣味，读者也较容易明白各事实和这个问题间的关联性。因此，接下来我将叙述马来群岛的界线与范围，并指出其地质学、地理学、植被学及动物学上较明显的特征。

定义与疆界

主要基于动物学上的理由，我认为马来群岛应涵盖远至丹那沙林^①的马来半岛，西迄尼科巴群岛，北起菲律宾，东止新几内亚外的所罗门群岛。此范围内的所有大岛都靠无数小岛连成一气，没有一座岛屿能与其他岛屿明显分离。除了少数岛屿外，该地区蒙受四季不变的相似气候的恩宠，岛上森林葱郁。不论我们研究地图上马来群岛的形状与各岛屿的分布，或是实际逐岛旅行，我们的第一个印象总是所有岛屿形成相连的整体，各部分间紧密关联。

马来群岛与诸岛的范围

马来群岛从东到西绵延四千多英里，南北长约一千三百英里，涵盖的范围等于整个欧洲从最西点一直延伸到中亚，可以披覆南美洲最宽处，并远超出陆地，跨入太平洋与大西洋。有三个大于不列颠的岛；其中婆罗洲不但可装下整个不列颠群岛，还可将其陷在森林之海内。新几内亚的外形虽然较为零散，却可能比婆罗洲还大。苏门答腊的面积与不列颠大体相当；爪哇、吕宋及西里伯斯诸岛每个约与爱尔兰不相上下。另外还有十八个岛屿的平均面积与牙买加岛一般大，更有一百多个岛与英国怀特岛^②差不多大小；而其他大大小小的岛屿更是不计其数。马

---

① 丹那沙林，今德林达依，缅甸东南方一狭长海岸地区，东临泰国，西滨安达曼海。

② 怀特岛，英国南部海岸外、英吉利海峡内岛屿，呈钻石形，东西长二十二英里半，南北长十三点五英里。

来群岛陆地的绝对面积可能不比西欧从匈牙利到西班牙大，但由于陆地呈碎裂分散状，分布的物种倒是与这岛屿散置的广袤面积（而不是其陆地）成正比。

地质的变迁

地球上一条大火山带正好通过马来群岛，造就了截然不同的火山与非火山岛屿的地景。一条由数十座活火山与数百座死火山组成的弧线，划过整个苏门答腊与爪哇岛，然后经过巴厘、龙目、松巴哇、弗洛雷斯、塞马塔、班达、安汶、巴占、马基安、蒂多雷、德那地、吉洛洛到莫罗泰岛。这条大火山带西方约两百英里外，又有一条虽不怎么强烈但标识明显的断层，这条火山带从西里伯斯北部开始，通过锡奥岛与桑义赫岛到菲律宾群岛，并沿着此火山带东缘以一条弧线直延伸到群岛的最北端。从这条火山带在班达岛的弯折处往东延伸到一六九九年丹皮尔①在新几内亚东北岸观察到的火山，这是长达一千英里的无火山带。从该处又有另一条火山带，经新不列颠群岛、新爱尔兰岛与所罗门群岛，直抵马来群岛的东界。

这数条绵延的火山带，加上两侧相当宽阔的范围，所涵盖的整个区域地震不断，每隔数周或数月就有一小震。大地震能

---

① 指威廉·丹皮尔（1652—1715），英国航海家。他是第一个到澳大利亚和新几内亚探险并绘制局部地图的英国人。

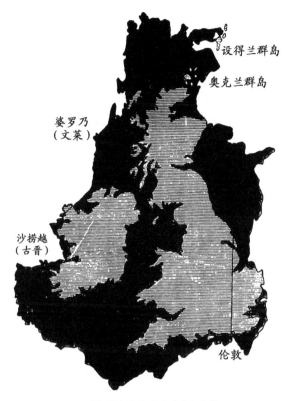

不列颠群岛和婆罗洲的面积比较

夷平整座村落，造成生命与财产的损失。地震几乎每年都会在这个区域的各处发生。发生大地震的年份成为当地岛民的编年式纪元，借以帮助记忆小孩的年岁并决定许多大事发生的日子。

我只能略为提及此区发生过的若干令人惊魂动魄的火山爆发事件，就人命与财产损失及影响的幅度，这些爆发还是史上最大的纪录。一七七二年爪哇的帕潘达扬火山爆发，摧毁了四十个村落，数度的爆发更夷平了整座火山，现址遗留下一座湖泊。但一八一五年松巴哇岛坦博拉 ① 火山大爆发，夺走一万两千条人命，火山灰遮天蔽日，厚厚的灰烬覆盖住方圆三百英里内的海陆地区。就在最近，我离开当地后，一座休眠了两百多年的火山突然醒了过来。摩鹿加群岛中的马基安岛于一六四六年为大爆发所崩裂，在岛的一侧留下巨缝，一直延伸到火山的中央。我于一八六〇年造访它的时候，整片山顶长满了植物，还有十二个人口熙熙攘攘的马来村落。一八六二年十二月二十九日，完全安静了两百十五年后，这座火山突然再度爆发，整座山被炸得面目全非，大半人口丧命，大量火山灰使得四十英里外的德那地岛暗无天日，该岛及周围岛屿上的农作物也遭摧毁殆尽。

爪哇岛的火山（不论是活火山还是休火山）数目为其他面积相当的岛屿之冠，多达四十五座 ②，其中许多拥有美丽的火山锥，或单锥或双锥，或完整顶或截平顶，平均约达一万英尺高。

几乎所有的火山都是由自己逐次的喷出物（泥浆、火山灰与岩浆）堆积而成，这是现在可以断定的事实。但是喷口或火

---

① 坦博拉，位于松巴哇岛北部，现标高二千八百五十米。《大英百科全书》中记述一八一五年的爆发夺走五万条人命，摧毁三万五千多栋房舍。

② 现发现爪哇共有一百十二座火山，其中三十五座为活火山；最高的火山是塞梅鲁火山。

山口位置并不固定，因此一个地区可能有一连串零乱散置的大小连绵的山丘，或只是偶见几处直上云霄的火山锥，但整个地区其实都是真正的火山活动造成的。这种方式造就了爪哇岛的大部分地区。在爪哇还有一种上升高地，尤其集中在岛的南岸，在这种地形区往往可以找到大面积珊瑚礁石灰岩悬崖，或较古老的沉积岩地层；但基本上，爪哇岛是火山岛；而这座非凡与富饶之岛——堪称唯一的东方花园，又可说是世界上最肥沃、农耕最发达、管理最完善的热带岛屿——正是依靠这种偶尔仍会摧毁地面的火山活动而存在。

以面积论，苏门答腊这座大岛上的火山少得多，该岛大部分地区可能不是火山形成的。

从爪哇向东绵延，越过帝汶北部直达班达的一长串岛屿，可能都是火山活动产生的。帝汶岛本身由古老的沉积岩构成，但据说靠近岛中央位置有一座火山。

由此往北，安汶全岛、布鲁岛一部分、塞兰岛西端、吉洛洛岛北部及其附近所有小岛、西里伯斯岛北端，以及锡奥与桑义赫岛，都完全是火山岛。菲律宾群岛上也有许多活火山与休火山，目前的破碎地形可能是火山活动造成的地层陷落所致。

沿着这条大火山带或多或少可看见陆地隆起与塌陷的明显的地形特征。苏门答腊以南的列岛、爪哇岛南岸的部分地区及以东诸岛、帝汶岛东西两端、一部分摩鹿加群岛、卡伊群岛与阿鲁群岛、卫古岛一部分，以及吉洛洛岛的整个东部与南部，大体是由隆起的珊瑚礁岩构成，并准确对应邻接海域中正在形成的珊瑚礁。我在多处地方观察到表面尚未改变的高位珊瑚礁，其上耸立着大片自然姿态的珊瑚及数百枚依旧栩栩如生的贝壳，实在令人难以相信它们离开海洋已数年之久；其实，这种变动很可能在数个世纪内才会发生。

这些火山带连接起来的总长约为九十度地球角，也就是地球周长的四分之一。它们的宽度约有五十英里，但火山带两侧各两百英里内，从新近隆起的珊瑚礁岩或珊瑚堡礁上，可找到地壳活动的证据。

在大火山弧的正中央或中心点是婆罗洲这座大岛，我们在这座岛上尚未发现新近火山活动的迹象，当地也完全感受不到周围地区有如此频繁的地震。同样大的新几内亚岛则位于另一个宁静区，岛上到目前为止也尚未发现有火山活动。大而奇特的西里伯斯岛除了北半岛东端外，也完全没有火山；根据一些证据，我们可以相信火山区过去是一座独立岛屿。马来半岛也是非火山区。

马来群岛初步可很明显地划分为安静区与火山区，而在此区分下或许可对应出一些植物与生命形式的差异。然而，这状态包含的面积有限；我们很快会见到，虽然这种地底之火的发展规模如此广袤，能堆积出一万或一万两千英尺高的山脉、能分裂大陆洲并从大洋中隆起岛屿，具有近期地质活动的所有特征，但它不足以消除更古老的陆地与水域分布的痕迹。

植被的对比

　　马来群岛位于赤道上，为汪洋所环抱，诸岛从海平面直抵巍峨山岭，理当全部被覆着森林植物。这是一般现象。苏门答腊、新几内亚、婆罗洲、菲律宾、摩鹿加群岛及尚未开垦的爪哇与西里伯斯全为森林之乡，只有因古老开垦或不明火灾而导致的少数不重要的狭小地区除外。

　　然而，这种通则在帝汶岛及其周围所有小岛出现变量，它们不同于其他诸岛，岛上完全没有森林，这个现象也延伸到弗洛雷斯、松巴哇、龙目和巴厘岛，不过程度上稍轻微。

　　帝汶岛上最常见的树木是数种桉树属，那是澳洲特有的林木，还有少数檀香、金合欢等。这些树分散全岛，但不够浓密，称不上森林。在比较荒瘠的山丘，树下有粗而疏的禾草；在湿地上则草类茂密。帝汶与爪哇间的诸岛，常有一些多刺树组成的浓密林区。这些树多半不高，遇干季几乎完全落光叶子，树下地表随之干裂，与其他岛上阴湿、浓密的常绿树林形成强烈对比。这种不寻常特征在西里伯斯南半岛与爪哇岛东端比较不明显，可能是贴近澳洲大陆的缘故。每年有三分之二的时间（从三月至十一月），东南季风刮过澳洲北部，产生相当程度的干热，使得邻近岛屿的植被与气候独树一格。更往东一点的帝汶岛与卡伊群岛的气候则较潮湿，吹到此地的东南风已从太平洋吹过托雷斯海峡，并挟带水汽吹过新几内亚的湿林，因此每座岩石小岛从海面直至顶峰都青翠得生意盎然。更往西，同样的干风吹过越来越宽广的汪洋海面，有充分的时间吸收新湿气，爪哇岛也就由东向西湿度递增，等到靠近最西端的巴塔维亚（今印尼首都雅加达），几乎终年有雨，山岭也盖满了蓊郁非凡的森林。

海洋深度的对比

率先指出这种对比的是乔治·厄尔先生。他在一八四五年于皇家地理学会宣读的一篇文章，以及一八五五年出版的小册《论东南亚洲与澳洲之自然地理学》里指出，苏门答腊、爪哇及婆罗洲以浅海与亚洲大陆相连，岛上动植物分布也与亚洲大体吻合；新几内亚及其邻岛间也以相似的浅海与澳洲大陆相连接，其特征是一律分布着有袋动物。

由此我们获得马来群岛最鲜明的对比线索，详细追究后，我的结论是在众岛屿之间画一条线，把群岛一分为二：一半真正属于亚洲，另一半则毋庸置疑是澳洲的。我把马来群岛分为两区，分别命名为印度-马来区与澳洲-马来区。

根据厄尔先生的小册第十二、十三与三十六页记载，他认为亚洲与澳洲过去（地质时代）连接在一起，我的重心则放在两者间长期持续的分离上。姑且不论我们之间对于这一点及其他观点的重要差异，首先把马来群岛分成澳洲地区与亚洲地区的功劳非他莫属，我则有幸通过更仔细的观察来确立这一观点。

生物分布的对比

想了解这一事实的重要性，以及这种对比对昔日水陆分布的影响，就必须酌量地质学家与博物学家在世界其他地区获得的结果。

现今一般都认为陆地的生物分布主要是地表最后几次变迁的结果。地质学家认为各处陆地表面及水陆的分布都正缓缓变迁着；又说，在我们有稽可考的各期间，栖息在地面的各种生命形式也同样缓慢演变着。

现在还不必谈这些变迁"如何"发生，毕竟有关成因的意见有分歧；但大家都同意，从最早的地质年代直到现今，那些变迁"一直"在发生且仍持续进行。沉积岩、沙粒或砾石的每一相叠地层，都是水面曾变动的证明；而分布在沉积岩内的不同物类动物与植物残骸，可以证明相对应的变迁也在生物界中发生。

因此，把这两系列的变迁视作当然后，便可将物种分布上大部分一般性特点与变异归溯于此。在我们自己的不列颠群岛上，除了极少数例外，每一种鸟兽、爬虫、昆虫与植物也都分

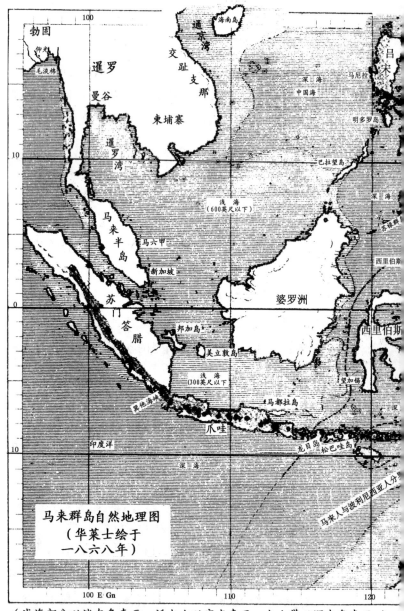

勃固

毛淡棉

暹罗

曼谷

暹罗湾

交趾支那

东京湾

海南岛

柬埔寨

吕宋

马尼拉

深海

中国海

明多罗岛

巴拉望岛

深海

苏禄群岛

马来半岛

马六甲

新加坡

浅海
（600英尺以下）

西里伯斯

苏门答腊

邦加岛

美立敦岛

婆罗洲

西里伯斯

望加锡

浅海
（300英尺以下）

马都拉岛

巽他海峡

爪哇

龙目岛

松巴哇岛

印度洋

深海

马来人与婆利尼西亚人分界

**马来群岛自然地理图
（华莱士绘于
一八六八年）**

（浅海部分以淡灰色表示。活火山以实点表示。火山带以深灰色表示。）

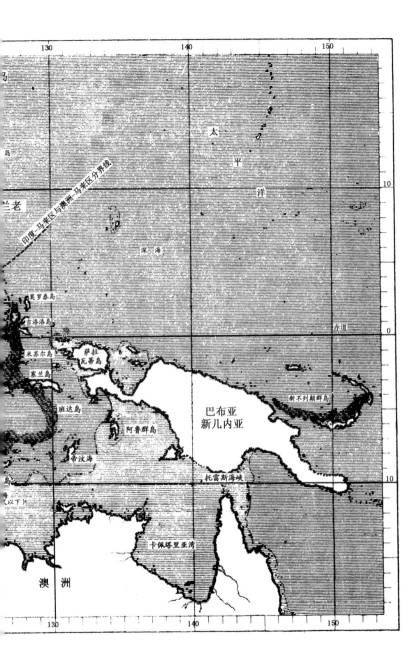

太平洋

印度—马来区与澳洲—马来区分界线

兰老

10

深海

赤道

0

莫罗泰岛

吉洛洛岛

萨拉瓦蒂岛

新不列颠群岛

米苏尔岛

塞兰岛

巴布亚
新几内亚

班达岛

阿鲁群岛

帝汶海

托雷斯海峡

10

（以下）

卡佩塔里亚湾

澳　洲

布在毗邻的欧洲大陆上。在（意大利西侧）撒丁与科西嘉等小岛上，有几种鸟兽昆虫及许多种植物相当特殊。相较于不列颠与欧洲，锡兰（今斯里兰卡）与印度更为密切地相连，但锡兰的许多动物及植物与印度的物种不同，且为该岛的特有种类。科隆群岛[①]当地的每一种生物，外观虽然与最近的美洲大陆的其他物种十分类似，但都是该岛的特有种。

博物学家现在多承认，想解释这些事实，只能从岛屿自海底升起或与最近的大陆洲分离后历经时间的久暂这一点着手；而这一点一般（但并非绝对）可从居间海洋的深度显示出来。广袤面积的深厚海洋的沉积物，显示下沉作用在极长的时期内持续不断（期间不免有间歇期）地发生。这种下沉产生的海洋深度，常可作为时间尺度；同样地，生命发生的变迁也是一种时间量尺。我们倘若承认新种动植物都是靠那些自然传播媒介（莱尔爵士[②]与达尔文先生已完备诠释了这些自然媒介）从周围地区不断迁入，就能明显看出这两种（地质与生物）尺度如何紧密地相对应。不列颠群岛与欧陆之间有一道低浅的海峡，因此动植物与对应的大陆物种显现差异的案例不多。科西嘉及撒

---

① 科隆群岛，隶属厄瓜多尔，位于南美洲大陆以西九百七十公里处的赤道上，包括六个主要岛屿和五十多个小岛。
② 指查尔斯·莱尔（1797—1875），英国地质学家。认为地球表面特征是在不断缓慢变化的自然过程中形成的，反对灾变论或求助于《圣经》，著有《地质学原理》。在"小猎犬"号完成航程后，成为达尔文的友人与指导者。

丁与意大利相隔了一道深得多的海沟，所呈现的生命形式便有较大的差异。古巴与尤卡坦半岛①相隔一道更宽、更深的海峡，物种间的差异更大，以致古巴的产物大部分为特有种；而与非洲大陆相隔着一道三百英里宽的深海沟的马达加斯加岛，就分布着极为众多的特有物种，表示两者在远古时代就已分离，甚至有可能不曾绝对相连过。

现在回到马来群岛，我们发现马六甲与暹罗（今泰国）之间，及爪哇、苏门答腊与婆罗洲之间的大洋如此低浅，水深很少超过四十英寻，船舶可在海上任何地点下锚；假使我们以百英寻深为单位度画线，便得把菲律宾群岛与爪哇东面的巴厘岛包括在内。因此，假如这些岛屿彼此分开是中间的陆地下沉所致，因为这些沉陆不深，我们就会得到岛与岛间分隔是较近期事件的结论。同样值得一提的是，苏门答腊与爪哇绵延的活火山带是陆地下沉的好理由，因为它们喷出的大量物质势必会掏空周围地区的地基；而这也可能是火山与火山带分布在海边附近的真正原因。即使在原本没有海的地区，经过火山经年累月的活动，周围地区产生的下沉也会造出海来。

但检验这些地区的动物后，我们才找到最需要的特殊证据：即这些大岛必然曾是大陆洲的一部分，而且只可能在很晚近的地质时代才分离开来。苏门答腊与婆罗洲的象与貘，苏门答腊

---

① 尤卡坦半岛，位于中美洲北部，墨西哥湾和加勒比海之间，现大部分属墨西哥，唯中南部和东南部属危地马拉和伯利兹。

的犀牛与爪哇的亲缘种，婆罗洲的野牛与一直被认为是爪哇特有种的牛，现今都知道栖息在南亚洲其他地区。由于这些大型动物不可能横渡现今隔离这些岛屿的海峡，它们的存在很明显表示该物种起源后必然曾存在着某种陆地交通。较小型哺乳类动物有一大部分同时分布在各岛与大陆洲，但这广袤地区发生分裂与沉陷期间所产生的环境巨变，导致了某些物种在其中一座或多座岛屿灭绝，倘若时间够长的话，有时也可能发生新物种案例。这种情形也同样发生在鸟类与昆虫上，这两类的每一科，几凡每一属，都能在任何一座岛上找到，同时也分布在亚洲大陆，不乏很多完全相同的种。鸟类是决定物种分布法则的最佳工具；虽然乍看之下，鸟类似乎能轻易飞渡隔离陆兽的水界障碍，其实却不然；我们若剔除掉卓越的候鸟这一族，就可看出其他鸟类（特别是占绝大多数的雀形目或陆栖鸟类）往往受制于海峡与海湾，和哺乳类动物没两样。以我现在谈的海岛为例，爪哇与苏门答腊仅间隔十五英里宽的海峡，海峡中还分布了些小岛，但爪哇岛的许多鸟类却从未飞越到苏门答腊。事实上，爪哇拥有的特有种鸟类与昆虫远多过苏门答腊或婆罗洲，这表示它最早从大陆分离开来；有第二多特殊生命物种的是婆罗洲。至于苏门答腊，由于其动物类别与马六甲半岛几乎雷同，我们可以安然断定苏门答腊是最近才分开的岛屿。

因此，我们一般可以这么说，爪哇、苏门答腊与婆罗洲等几座大岛，在天然物种上和亚洲大陆的邻近部分极为类似，就算是亚洲大陆上间隔这般远的区域，恐怕也只能相似到这种程度；而这种生物的相似度，加上分隔大陆与群岛的广大海域呈现的一致低浅的状态，及苏门答腊与爪哇遍境内存在着大范围火山带（火山不断喷发巨量地底物质，建构了广大高地与崇山峻岭，刚好是平行陆沉的一个原因），这些都直指在晚近时期的地质时代，亚洲大陆东南缘曾远及现今的爪哇、苏门答腊与婆罗洲，还可能远达目前周边百英寻的深海处。

菲律宾群岛在许多方面与亚洲大陆及其邻岛相似，却也有许多差异点，似乎表示该群岛与大陆的分离发生在较早的地质时代，而且分离后经历过许多地理大变迁。

现在来谈谈马来群岛剩下的部分。我们发现从西里伯斯与龙目岛以东的所有岛屿，较类似于澳洲及新几内亚，正如西方诸岛之于亚洲般。大家都知道澳洲与亚洲的生物大不相同，差异程度远超过地球上四大古陆块的任何配对。其实，澳洲真是遗世独立，其上没有猿与猴，没有猫、虎、狼、熊或鬣狗，也没有鹿、羚、绵羊或牛，更没有象、马、松鼠、兔；简言之，世界其他地区常见的哺乳类动物，澳洲一种都没有。澳洲只有有袋动物，如袋鼠与负子鼠、袋熊与鸭嘴兽。就鸟类来说，这里的物种也几乎同样特殊，澳洲没有世界其他地区都有的啄木鸟与雉，却有以土巢孵蛋的营冢鸟、吸蜜鸟、冠羽鹦鹉，以及刷舌吸蜜小鹦鹉，这些从不见于地球上其他地区。所有这些特异鸟类也都分布于澳洲—马来区的群岛上。

马来群岛两大区的最大对比，首当推巴厘岛和龙目岛，这两座岛屿十分接近，岛上物种却大不相同。在巴厘，我们见到须䴗、果鸫及啄木鸟，但一到龙目岛，这些生物杳然消失，只见巴厘或更西诸岛上完全没有的成群冠羽鹦鹉、吸蜜鸟与营冢鸟[①]。这两座岛屿之间的海峡宽仅十五英里，因此我们只需花费两小时便可自地球的一个大区域到达另一个大区域，而两区域在动物物种的主要差异，竟有如欧洲与美洲般不同。假使我们从爪哇或婆罗洲旅行到西里伯斯或摩鹿加，这种差异就更为显著了。前者的森林中尽是多种猴，以及野猫、鹿、灵猫与水獭，还经常看到各种松鼠；但在后者，你看不到这些动物，撇除各岛都有的野猪及西里伯斯与摩鹿加群岛的鹿（可能是最近才引进）之外，具握尾的袋䶄堪称是唯一的陆生哺乳类动物。西部诸岛最多的鸟类是啄木鸟、须䴗、咬鹃、果鸫与叶鹎：这些鸟类每天都见得到，并形成该区鸟类族群的特征；但在东方诸岛，这些鸟全杳然无踪，较常见的是吸蜜鸟与吸蜜小鹦鹉。因此，博物学家会误以为自己身处新世界，而难以察觉他其实只是几天内从一区进入另一区，毕竟这几天他眼前始终看得到陆地。

上述事实可引证于爪哇与婆罗洲以东的所有岛屿中，虽然有些岛屿可能实质上从未与澳洲或太平洋洲连接过，基本上却是澳洲古大陆的一部分。澳洲必定是在西方诸岛从亚洲分开来

[①] 然而，据告巴厘岛西部一处有几只冠羽鹦鹉，显示这些岛屿间生物的混生正在逐渐进行。——原注

前就与亚洲大陆破裂分离；同时，还可能是在亚洲的极东南端从海底隆起前就裂离开来，因为婆罗洲与爪哇的大部分陆地是在相当晚近的地质年代形成的，同时东马来诸岛与澳洲在生物物种上差异颇大，加上两者间分隔着深邃的海洋，这些都明确指出两者已孤立了相当久远的年代。

有趣的是观察各岛间的浅海，总透露出晚近有过陆地相连的情事。阿鲁群岛、米苏尔岛、卫古岛，还有亚彭岛的哺乳类动物及鸟类物种和新几内亚岛非常接近，相符程度远比摩鹿加群岛来得高，而我们在它们与新几内亚岛之间找到了一片浅海。事实上，以环绕新几内亚一百英寻海深为分离线，刚好可准确画出真正的天堂鸟的分布范围。

更值得注意的是，从生物多样性的显著差异把马来群岛划分为两区时，其与地形及气候区分并无任何对应——若再把这种发现连结起特殊生命形态对外在环境的依赖理论，无疑是非常有趣的一点。两区虽然都有绵延的大火山带通过，但这似乎在生物的同化上毫无效应。婆罗洲与新几内亚两者间密切相似，不仅面积都很大，也都没有火山，在地质结构变化、气候稳定性及森林植被的外观上亦复相似。再就摩鹿加群岛而论，它在多火山结构、极度肥沃的土壤、茂密森林与频繁地震等方面，都是菲律宾群岛的翻版；此外，巴厘岛与爪哇东部的气候及土壤非常丁燥，与帝汶岛几乎无分轩轾。然而，以上每两组岛群虽然形成方式一样，气候相同，也同样沐浴在汪洋中，但当我们比较其动物物种时，却展示极尽可能的强烈对比。没有其他地方像该地区一样，如此直接与明显地抵触这一则古训——栖息于不同地区的生物形态差异度或类似度，是该地区环境本身差异的反应。婆罗洲和新几内亚这两个不同的地区有极相近的自然环境，但动物学上的差异却像南北极一般；此外，具有干风、辽原、石质漠地、温带气候的澳洲，所分布的鸟兽竟和新几内亚栖息在炎热、潮湿、崇山峻岭、茂密的森林的物种密切相关。

为了更清楚地叙述我认为这种巨大对比是如何形成的，先让我们假想一下，若地球上两个对比强烈的地区被自然媒介拉近成毗邻相连，会发生什么事？虽然生长在亚洲与澳洲的生物大相径庭，世上没有其他地方能相比，但非洲与南美洲的差别也甚大，而这两个区域正好可用来陈述我们的问题。非洲有狒狒、狮、象、野牛与长颈鹿，南美洲则有蛛猴、美洲狮、貘、食蚁兽与树懒；至于鸟类，非洲的犀鸟、蕉鹃、鹗及吸蜜鸟，与南美洲的犀鸟、金刚鹦鹉、太平鸟与蜂鸟形成极端的对比。

现在让我们来想象（在未来很可能发生的事）：大西洋的海底将会缓缓抬升，同时陆地上大地震与火山活动所产生的大量泥沙随河川带到海中，两个大陆洲在新生地的扩增下逐渐变大，大西洋于是渐渐缩小，直到成为一条仅数百英里宽的海峡。在此同时，假设海峡中央有岛屿隆起，并因地底力量强度发生变化，在最大作用力处发生位移，隆升的岛屿有时会与海峡某岸的陆地连接，其他时间又与之分离。数个岛屿或许在某时彼此相连，在另一时期又断裂分离，这种间歇性作用经历漫长世代后，大西洋海峡内就散置了一系列群岛，而光从岛的外表我们无法得悉哪座岛曾与非洲连接，哪座曾与南美洲连接。然而，栖息在这些岛屿上的动物却必然会展示这段历史。在那些曾为南美洲部分的岛屿，我们一定能找到若干常见的鸟类，如太平鸟、鹦鹉与蜂鸟等，也能发现一些特别的南美洲哺乳类动物；而在那些从非洲分离出来的岛上，则必定有犀鸟、鹛类与吸蜜鸟等。隆起陆地的某处，若在不同时期曾分别与两大洲有过短暂连接，那么岛上则会栖息着一定数目的相混物种。这似乎就是西里伯斯岛与菲律宾的例子。至于其他诸岛虽然坐落的位置有如巴厘岛和龙目岛那般接近，但由于昔日各自与非洲或南美洲直接或间接相连，生物上自然呈现出纯粹的非洲或南美洲的形态。

我相信，马来群岛正符合我所假设的例子。我们发现种种迹象显示，一个分布着特殊动物与植物族群的广大大陆洲已逐渐缓慢不规则地碎裂开来，而西里伯斯可能是这个大陆洲的西界，再往西则是一片汪洋。在此同时，亚洲似乎朝东南方延伸了它的陆界，先是一个广袤的大陆洲，然后分离成我们今天所见的群岛，几乎与大南方大陆的分散碎片真正连接上了。

从这个主题的纲要出发，显见博物志对了解地质学是何等重要，它不仅可用来解释地层中已灭绝动物的出土的化石片，也决定了缺乏余留地质记录的地表的变迁史。有了鸟类与昆虫分布的正确知识，我们就能描绘出远在人类出现前就已消逝在大洋底下的陆地与大陆洲，这真是一个令人无法想象的美好事实。地质学家不论在地表何处探究，他能判读出相当多当地的地质史，并能大致决定该地近期内在海平面上下的位移情形；不过，在现今大海与大洋覆盖的地区，除了海深提供的极有限的数据外，他就一筹莫展了。此时，博物学家可以站出来，填补地球过去的历史这个大空洞。

我从事旅行的一个主要目标是为了收集这方面的证据，而且获得了相当不错的成果，因此，我能臆测出地球上最有趣的部分过去所经历的种种变迁。也许有人认为，本章所列举的事实与概念更适合当作书跋，而非第一章。在某些情况下，这或许是对的，但我发现要叙述马来群岛中许多个别岛屿与岛群的博物志时，倘若不经常引用这些通则，是不可能成为我期望的陈述方式。在陈述了这章概论后，我将把这些原理应用到整个马来群岛上，以及各岛群的个别岛屿。这样一来，我在描述栖息于诸岛上的许多新奇动物时，比起用独立事实的方式处理，将会更有趣，也更具教育性。

人种的对比

在我将马来群岛东、西分属成地球两个不同的原始区域之前，我曾尝试将马来群岛当地的土著也分成两大族群。对于这一点，我的看法有别于先前曾就此题目为文的大多数民族学者，那些作者几乎普遍惯于遵循洪堡[①]及普里查德[②]的学说，把大洋洲人种视为同一类的变化种。但是，稍微观察一下就会发现，马来人与巴布亚人在体质、心性及道德特征上有极大的差异；而我经过八年未间断的详细研究后，确认马来群岛与波利尼西亚的所有族群都可归为这两类人。当你画一条线把这两个族群分隔开时，这条线会趋近于分隔动物区的界线，不过稍偏东一点。这种状况似乎很可能表示，影响人类分布的重要原因恰好等同于决定其他动物分布范围的因素。

为何人与动物两者的分布不能用同一条线画开，这道理不难明白。人类能利用动物所没有的工具跨越海洋，而较优势人种往往有力量压制或同化较劣势人种。马来族的航海精神与较高的文明，使他们得以侵占部分邻近地区，假使这些地区曾有任何原住民，也早被马来人完全取代了，马来人同时也广为散播他们的一部分语言、家畜及习俗，且远及太平洋岛群，但只

---

① 指威廉·冯·洪堡（1769—1859），德国博物学家、地理学家。一七九九年至一八〇四年曾先后赴中美和南美旅行考察，南美西海岸的一道洋流即以他的姓来命名。根据这趟考察的成果，集合众多法国科学家的努力，以法文写成了共计三十卷的考察记《新大陆赤道地区之旅》。

② 指詹姆斯·普里查德（1786—1848），英国精神科医师、人类学家，率先将所有人种与民族都归纳为同一物种。

略微（甚至不曾）改变当地岛民的体质或道德特性。

因此我相信，各岛上的人种可分为马来或巴布亚族群，而这两种人彼此间毫无可追溯的亲缘。同时，我更相信，分隔线以东的族群彼此间的亲缘性，显然高于他们和分隔线以西任何人种的关联；其实，亚洲人种（包括马来人）都有大陆性源起，而太平洋人种，包括前者以东（或许排除北太平洋）所有人种，都不是源自任何现有的大陆洲，而是从现有或近期内分布于太平洋的陆地衍生而来。相信这些初步的观察，能使读者更加了解我为何会详述许多岛民的体型及道德特质的细节。

第一部
印度–马来群岛

第二章
新加坡

一八五四年至一八六二年间数次造访
新加坡市与岛的素描印象

对于从欧洲来的旅行者而言，没有比新加坡的市与岛更有趣味的地方了。这个地区有各色东方种族、分歧宗教与多彩多姿的生活方式。官吏、戍卫部队及大商家都是英国人，但居民大多为中国籍，包括若干大富商、内陆农夫及一般机械师与劳工。土著马来人多为渔民与船夫，也是警察的主力人种。马六甲的职员与小商贾有相当多是葡萄牙人。印度西部来的克林人在此地成立了许多穆斯林团体，他们同许多阿拉伯人一样都是小商贾与店东。马车夫与清道夫则全是孟加拉国人，还有为数不多但颇受尊敬的波斯商人。此外，另有些爪哇水手与佣工，及从西里伯斯、巴厘、马来群岛等岛屿来的贸易商。港口泊满欧洲各国的战舰与商船，以及数百艘马来帆船与中国帆船，船的吨位从数百吨人船到小渔船与载客舢舨，琳琅满目；市镇上有整洁的公共建筑与教堂、清真寺、印度教庙宇、中国寺庙、高雅的欧式房屋、大仓储、特异的克林与中国商场，以及由华人与马来人的小屋构成的狭长市郊。

中国商场

新加坡各人种中最抢眼也最能吸引异乡人目光的是中国人。他们人数众多，加上总是马不停蹄地活动，让新加坡染上中国市镇的风貌。中国商人多是身材肥胖的圆脸男人，拥有稳重务实的外貌，与最低下的苦力穿着相同样式的衣着（宽松白袍搭配蓝色或黑色长裤），但料子较好，并总是干净整齐；长辫末端系有红丝带，直垂至脚跟。他在镇上会有一座气派的仓库或店铺，乡下还有一栋体面的住宅；他会养匹好马，并备有一辆轻便双轮马车，每逢黄昏便驱车而行，顶着光秃的头颅享受习习凉风。他颇富有，拥有好几家零售店及多艘双桅商用帆船，放高利贷并要求值钱的抵押品，他锱铢必较，年年发福又发财。

中国商场有数百家小商店，店内五金与干货齐全，许多货品出奇的低廉。一便士一支手木钻，半便士四球白棉线团，而小折刀、螺旋开瓶器、黑色火药、书写纸张及许多其他物件，都和英国的同样便宜，甚或更便宜。店主脾气很好，他会把所有东西一件件展示给你看，你若一样也不买，他似乎也不愠不怒。他会稍微减让一点，不像克林人般总开出两倍高的价钱。假使你由他那里买了几件商品，以后每次经过店前，他都会招呼你，邀你进去坐坐或喝杯茶；你不禁怀疑，这地方聚集这么多小商人，全卖些不起眼的小东西，他是如何维生。裁缝师傅都坐在同一张桌边，而不是每人一张桌；他们与鞋匠一样，做工精细而又廉宜。理发师杂事最多，剃头又掏耳；为了掏耳，他们有一大排各色的小镊子、掏子与毛刷。在市镇外围，有数十家木匠铺与铁匠铺。木匠的主要工作项目似乎是制作棺材及衣箱，后者总是重重上漆、雕花精美。铁匠则大多是制枪械，以手工将实心铁条钻出枪管；他们天天做着这件烦琐的工作，制造出一支支非常美观的燧石击发火枪。街道四处遍布贩卖水、蔬菜、水果、肥皂及石花菜冻（从海藻制成）的摊贩，此起彼落的叫卖声与伦敦街头者同样难懂。另有人用扁担一端挑着大锅，另一端挂张桌子，贩卖着一种含贝介、米饭与蔬菜的餐食，每份一块或一块半便士。待雇的苦力与船夫到处都是。

耶稣会教士

住在岛内陆的中国人或在丛莽砍下林木锯成木板，或栽种蔬菜带往市场兜售，或种些胡椒与黑儿茶（槟榔膏，当地重要外销商品）。法国耶稣会教士到这些内陆中国人的聚落创办教会，似乎相当成功。我有一次在约位于岛中央的武吉知马（武古指山）教会住了个把星期，那里有一座美观的教堂，并有大约三百位信徒。我在那里遇到一位刚从通京（今河内）来的传教士，他在通京住了许多年。耶稣会教士还是和以前一样，做事很彻底。在交趾支那（今越南南部）、通京与中国，所有基督教牧师都必须在地下活动，冒着遭受迫害、驱逐，有时甚至送命的危险，但是每个省，即使最偏远的内陆省份，都有一所永久耶稣会教会，不断地有新近受感召的教徒投入。这些教徒会先在槟城或新加坡学习将来打算前往传教的地方的方言。据说中国有近百万信徒，在通京与交趾支那则超过五十万。这些教会之所以成功，其中一项秘诀是在经费开支上施行很严格的经济措施。一位传教士，不论身处何地，每年开销都得控制在三十英镑内。如此才能以极有限的资金支助为数颇众的教士；而当地土著见到他们的老师生活清苦，没有享受任何奢华的生活，就会相信他们的教诲诚信，深信他们确实抛弃家庭、朋友，舍弃舒适与安全，委身为人服务之列。对与传教士一般劳苦工作的穷人而言，有人能提供安慰与建言，在病痛时探望他们，在急难时协助他们，无疑是一大恩赐；而他们又亲眼目睹传教士为了他们，每天生活在迫害与死亡的威胁下，无怪乎众多信徒深获感召，不断归主。

我在武吉知马的朋友对待他的教徒真是慈爱如父，每逢周日，他就用中文传教，并在当天晚上进行宗教讨论或谈话。他办了一所学校，教育信徒的子女。他的住家二十四小时对信徒开放。如有人前来对他说："今天我家里没米下锅了。"不论自己家中存粮如何拮据，他都会分一半给此人。若另有人跑来说：

"我没钱还债。"不论自己是否只剩最后一块钱，他都会把荷包里的银元分一半给此人。因此，当他有急需时，他会送信给教会中最有钱的人，写说"我家里没米下锅"或"我把自己的钱给了别人，现在急需这般与这般物件"。结果，他的教徒都信赖并爱戴他，因为他们确切感觉他是他们真正的友人，丝毫不存隐私计算之心。

虎吻与昆虫采集

新加坡岛上有许多三四百英尺高的小丘，许多山顶上漫生着原始森林。位于武吉知马的会馆就环绕着几座这种绿顶小丘，那些小丘常见伐木工与锯工的踪迹，也是我采集昆虫的绝佳场地。小丘上有些捕虎陷阱散布四处，用树枝与树叶小心盖住，隐秘性绝佳，好几次我差点掉进去。这些陷阱形如鼓风炉，底宽顶窄，十五至二十英尺深，人若跌落，无他人协助，几无爬出的可能。以前陷阱底部还会竖立一柱尖木桩，但有位旅人不幸坠落陷阱丧了命后，这设计就遭禁用了。总有几只老虎在新加坡岛上逡巡，平均每天有一名中国人惨遭虎吻，多半是在新垦丛莽内黑儿茶园工作的人。我们在夜里曾听见一两声虎啸，想到这些凶蛮野兽可能隐藏在附近伺机扑向前，我们在倾倒的树丁与老锯木坑中搜寻昆虫时，也就格外的心惊胆战。

每逢晴天，我总在林木中消磨正午前后的数个钟头，这林地既凉爽宜人又有遮阴，和路上所经过的光秃裸地大不相同。这里植物长得极为茂盛，有许多大树，也有好几种羊齿、五彩芋类及其他地被植物，还有很多攀缘性黄藤。昆虫为数极多，且颇有趣，我每天都可找到数十种新奇类型。在大约两个月内，我采到七百多只甲虫标本，有一大部分颇为新奇，其中包括一百三十种外观优雅的特异天牛科品种，颇受收藏家珍视。这些天牛几乎都在不及一平方英里的丛林采集得来，而我之后的东方之旅很少再遇到这么丰产的地方。这种极端多产的特性，一部分自然得归因于土壤、气候与植被的好环境，以及晴朗温暖的季节，配上充足雨水让万物欣欣向荣所致；但我也确定，有很大部分则为中国樵夫劳动的贡献。他们在此地工作已逾数年，其间不断地提供干枯腐败的树叶树皮，以及大量木材与锯屑，全供做昆虫与幼虫的养分，使得许许多多的品种集中到这片小空间，而我恰巧是第一个来收获这丰富物产的博物学家。在同一处地方，我走往另一个方向时，又捉到颇多的蝴蝶与别种昆虫，使得整体而言我对获取马来群岛相关博物知识的初步尝试颇感满意。

第三章
马六甲与金山

一八五四年七月至九月

新加坡的鸟类与大半种类的动物很少，于是我在七月间转往马六甲，并在内地待了两个月，去了金山 ① 一趟。古老如画的马六甲是挤在一条小河边的市镇，由几条狭窄的商店与住家的街道构成，住的是葡萄牙人与中国人的后裔。市郊有英国官员及几位葡萄牙商人的房子，镶嵌在丛丛棕榈与果树园中。美丽多变化的果树叶子不但悦目，还提供了令人感激的凉阴。

古都历史与居民

古老城堡、巨大官府，以及天主教堂废墟，道出了这里昔日的繁华与重要性。过去的马六甲如同现在的新加坡，曾是东

---

① 金山，马来西亚柔佛州最高峰，标高一千二百七十六米。

方贸易中心。两百七十年前荷兰人林索登^①的描述，可以看出这城沧桑的变迁：

马六甲住着葡萄牙人及马来土著。葡萄牙人在此，也如在莫桑比克一般，仿照莫桑比克与霍尔木兹^②的堡垒形式兴建堡垒，整个东印度群岛就只有这里有堡垒存在，但守军在此并未善尽职责。此地是印度、中国、摩鹿加及附近岛屿的交易市场，加上从班达、爪哇、暹罗、勃固^③、孟加拉、科罗曼德尔^④与印度都有船来，船只熙熙攘攘，载满商品。若非交通不便利与空气污浊伤害外国人与当地土著，必有更多葡萄牙人汇集此地。居民在此赔上健康，罹患某种疾病，皮肤溃烂，头发脱落，幸免的人真是奇迹，大多数人因而逃离此地，少数财迷心窍的人冒着赔上健康的危险，忍受这种环境。当地人说，这座市镇起初很小，早先因为瘴疠之气，只住了六七位渔人。但随着暹罗、勃固与孟加拉国的渔民在此聚集，建起了这座城市，并撷取外国最优雅的言谈方式，发展出一种特别的语言，以至于现今马来人的语言在精致度、准确度及知名度

① 林索登（1563—1611），荷兰旅行家、探险家，一五八三年曾经由好望角航行至位于印度的葡萄牙殖民地果阿，随后还探索了北冰洋。
② 霍尔木兹，在伊朗与阿拉伯半岛之间，连接波斯湾和阿曼湾的海峡。
③ 勃固，缅甸南部城市。
④ 科罗曼德尔，印度东南部沿海地区。

各方面跃升为东方第一。这镇被命名为马六甲，而因地理位置便利，短短的时间内就发展成富裕之城，不输给附近最大的市镇或地区。当地土著不论男女都彬彬有礼，卒可称誉为"世界上最会用称颂辞之人"，他们勤于作诗赋曲与谱写情歌。他们的语言盛行于整个东印度，与法语并驾齐驱。

如今百吨以上的大船不再入港，贸易也完全局限于几样不起眼的森林产物。昔日葡萄牙人种植的水果，如今成了新加坡人的口福。虽然热病并未断绝，但不足以构成健康威胁。

马六甲的居民由数个种族构成，无孔不入的中国人可能为数最多，也依然保有他们传统的礼俗与语言；其次是勤勉的土著马来人，他们的语言是当地的法定语言。再来是葡萄牙人后裔——一群混杂、低阶、文化沦丧的族群，虽仍使用母语，但文法惨不忍睹，全走了样；其次还有操英语的英国殖民官及荷兰后裔。马六甲当地人说的葡萄牙语是一种实用口语，动词大多欠缺词尾变化，所有语气、时态、数目与人称一律不加变化。"Eu vai"可当"我去"的现在、过去与未来式使用；形容词也无阴性与复数词尾，所以这葡萄牙语已极端简化，掺杂了一些马来语词汇，对仅熟悉卢西塔尼亚①纯葡萄牙语的人来说，听来颇为怪异难懂。

这几支种族的服装一如语言般分歧多样。英国人依然身着合身紧上衣、西服背心、长裤，配上碍眼的晴雨帽与领结；葡萄牙人则喜爱轻便夹克，更多人只穿衬衫与长裤；马来人穿传统外套、沙龙（一种长裙）及宽松长裤。中国人则固守传统衣着，但他们的衣着无论就舒适度或外观来说，在这种热带气候下堪称无可挑剔；宽松的裤子，配上白色短衫、短背心，正是身处低纬度地区者的最佳打扮。

内陆的采集：栽入鸟类宝库

我雇了两位葡萄牙人随我去内陆；一位是厨师，另一位负责射杀鸟类并剥制鸟皮做标本，那是马六甲的好行业。首先我在一个叫加汀（Gading）的村庄待了两个星期，住在耶稣会教士推荐的几位中国基督徒的家，其实那只是一幢屋棚，但很整洁，我觉得十分舒服。房主有一处胡椒园与黑儿茶园，邻近有个宽广的洗锡矿场，雇聘了一千多名中国人。锡取自石英岩地层内的黑矿石，在土窑中融炼成锡锭。当地土壤似乎很硗薄，森林里有低矮的草莽丛生，却不见昆虫；但鸟很多，我立即一

---

① 卢西塔尼亚，古罗马帝国在伊比利亚半岛的一个省，相当于今葡萄牙与西班牙西部。

头栽入马来地区的鸟类宝库。

我第一枪就打下马六甲鸟类中最奇特、最瑰丽的黑红阔嘴鸟，马来人叫"雨鸟"。这种阔嘴鸟大小与椋鸟相仿，羽色黑带深红，有白色肩带，宽大喙部，上喙呈最纯的钴蓝色，下喙橙色，眼睛虹膜则为翠绿色。拨下鸟皮干燥后，喙转为暗黑色，不过整只鸟美丽不减。这种鸟刚捕获时，亮丽的蓝喙配上多彩的毛羽，真是美丽非凡。不久，我又猎到可爱的东方咬鹃，它有浓艳的褐色背羽、漂亮的细纹翅翼，胸部则有鲜红色毛羽。我还捕得一只大拟啄木鸟，这是一种食果鸟类，有点像小犀鸟，喙短而直，上有刚毛，头与颈部有一块块斑驳的羽色，错杂着极为鲜艳的蓝色与鲜红色。一两天后，我的猎手送来一只绿阔嘴鸟，长相有如小伞鸟，通体鲜绿色，翅上有细黑纹。以后，我们每天都有新的斩获，计有漂亮的啄木鸟，瑰丽的翠鸟，绿色与褐色杜鹃，有丝绒般红脸、绿喙、红胸的鸠，金属光闪闪的吸蜜鸟等，让我既愉悦又兴奋，高亢的情绪久久无法平复。两星期后，我的一名雇工得了热病，待我们回到马六甲，另一名雇工与我也得了同样的病。在服用大量奎宁后，我很快康复了；我改雇用人并迁往亚逸巴那士的政府平房，那儿有一位当地出生的年轻人相伴，他对博物学颇感兴趣。

在亚逸巴那士，我们有舒适的住宅，还有很大的空间可以干燥与保存标本；但由于当地没有勤劳的中国人砍树取材，我除了采集到上好的蝴蝶标本外，其他昆虫却不多。有一只迷人的彩蝶，我捕捉它的方式很特别。无疑代表旅行采集者的收藏总不免零乱不完全。一天下午，我带着枪在一条我最喜欢的林间小径上走着，突然见到地面上有一只蝴蝶，那蝴蝶又大又美，还是我不认识的种类，我凑近前，它就飞开了。我发现它原来停栖在肉食动物的粪便上，心想它可能会回来。第二天早餐后，我带了捕虫网回到那里，果然看到同样的蝴蝶又停在那堆粪便上，我兴奋地逮住了它。那是一只非常美的新种，由休伊森[①]先生命名为加里顿蛱蝶。我后来没再见过这种蝴蝶，而且一直到十二年后才有第二只标本从婆罗洲西北部送到英国。

攀登金山

我决定到马六甲东方约五十英里的金山走一趟，于是雇了六名马来人同行，负责搬运行李。由于打算至少在山上待一个礼拜，我们带了不少米、饼干、奶油、咖啡、鱼干、白兰地，以及毯子、换洗衣物、装鸟与昆虫的标本箱、网子、枪及弹药。亚逸巴那士距离那里约三十五英里。我们第一天穿过几片森林，以及若干开垦地与马来村落，一路走来心旷神怡。当晚，我们住在马来酋长的家里，他把通风的走廊借给我们，还送来一只鸡与若干

---

① 指威廉·查普曼·休伊森（1806—1878），英国博物学家，专事收集鞘翅目和鳞翅目昆虫及鸟蛋，并从旅行者手中购买标本。发表了多本有关昆虫学和鸟类学的著作，贡献良多。

鸡蛋。第二天，路途更为蛮荒，小丘陵不断，我们穿过广袤的森林，涉过水深及膝的烂泥径，并被当地恶名昭彰的蚂蟥整得心神恍惚。这些小东西爬附在路边的树叶与草木上，遇到有人走过，就把全身伸得老长，搭到人的衣物或身体上，随即松开树叶，转换领地。它们会爬到人的脚、腿或身体其他部位，吸满一肚子鲜血。路人专心赶路时，每每感觉不到被咬，待夜晚洗澡时，却会发现身上有半打至一打数目的蚂蟥，多附着在腿上，有时在胸腹上。我还发现过有一只蚂蟥附在我的颈边，吸血吸得圆滚滚的，好在它没咬我颈静脉所在的位置。这些森林里的蚂蟥有好几种，体型都不大，有些身上有亮黄色条纹。蚂蟥多附着在经常路过小径的鹿或其他动物的身上，因此发展出有脚步声或枝叶扰动声时便把身子伸长的特别习性。午后不久，我们抵达山脚，选在溪畔扎营。小溪很美，溪岸多石，长满了羊齿植物。我们队中那位年纪最大的马来人惯常在这一带为马六甲的中介商捕鸟，他也曾爬上山顶；我们以射击与捕捉昆虫寻乐之际，他就带着两位马来人去净除山径，好使次日的登山过程更为平顺。

猪笼草与羊齿植物

第二天一早，我们吃过早餐后动身，因为打算在山上过夜，我们带着毛毯与粮食，踏上昨日清出的小径，走过一小片丛莽和几片泽地后，钻入一片优美高耸的森林，林下相当空旷，

金山上的各种羊齿植物

非常好走。顺着左侧深邃的裂谷，我们安稳地爬上数里长的缓坡。再越过一个平坦的高地（或称山肩）后，坡度渐陡，林木也越浓密；最后，我们穿出森林，抵达一处称为"巴丹巴图"（意为石野）的岩石地。我们久闻其名，但从未有人好好描述过。那是一片秃岩陡坡，顺着山侧延伸，不见尽头。部分岩石坡上寸草不生，但裂缝处长满了植物，繁茂旺盛，其中以猪笼草最令人难忘。这种奇妙的植物在我们的温室中似乎总长不好，在不列颠各地不曾茂密生长，在此地却长成半攀缘性的灌木，大小形状各异的奇妙瓶子悬在叶尖，累累无数；有些瓶子既硕大又美丽，令我们不停出声赞叹。几棵陆均松属针叶树首先在这里出现，然后在石壁上方的灌丛中，我们走过一片壮观的羊齿林，种类有赫氏双扇蕨与梳状马通蕨，每丛约六或八英尺高，细茎上生着展开的棕榈状巨型复叶。马通蕨长得最高，出奇的雅致，是这座山上的特产；这两种羊齿植物都未曾被引进英国的温室。

打从我们动身以来，一直在阴暗、凉爽、蔽天的树林里往上爬升，现在忽然进入这片炙热、开旷的岩坡，感觉格外奇特，仿佛只一个箭步就从低地跨入寒带林的高山。根据甘油气压计的测量数值，这里的高度约海拔两千八百英尺。先前我们听人说巴丹巴图有淡水，但四下遍搜无果，令我们口渴难耐。最后我们转而求诸猪笼草，但瓶内的水（每瓶约有半品脱）都有死虫漂浮，就算没有虫，看了也不舒服。不过，喝了一点后，发觉水虽温了一点，但味道还不错。我们一行人就用这天然水解了渴。再走下去，又进了树林，这林木长得比山下矮小；从此以后，或沿山脊或入山谷而行，好不容易才抵达一座山峰，却和金山真正的顶峰还隔着一道深渊。这时，挑夫们宣告放弃，表明不肯再扛东西向前走了；确实，登向最高峰的山路相当陡峭。然而，我们所在处没有水，而大家都知道峰顶近旁有山泉，我们于是决定留下挑夫，带着绝对必要的物品继续往上爬。我们各自带了条毛毯，把粮食与其他物品均分，偕同老马来人与他的儿子出发攀顶。

我们往下走到两峰之间的鞍部后，发现往上爬升的山路走起来很费力，坡度陡峭，非得两手并用不可。除了灌丛外，地表长满厚可及膝的苔藓，其下则积满腐叶与尖石，我们千辛万苦足足爬了一个钟头，才抵达贴近峰顶下的小岩架，上头有一片突出的岩石，形成了一个堪用的遮棚，还有一个蓄积滴渗水的小池子。我们就地卸下东西，不出数分钟，就爬上了海拔四千英尺的金山峰顶。山顶是一处小岩石平台，丛生着杜鹃等灌木。这天下午晴空万里，景色绝佳，四下峰峦叠嶂、空谷罗列，还有绵延无尽的绿林及粼粼水光的溪流蜿蜒其间。就远景而论，森林地域通常单调贫乏，我在热带所登的山脉，没有一处的全景比得上英国斯诺登山 [①]，但瑞士的山景更胜一筹。煮咖啡时，我用一支上好的沸点温度计配合甘油气压计做了些观察，然后我们边享用晚餐边欣赏眼前非凡的景色。这夜宁静暖和，我们拿粗细不等的树枝架成卧床并铺上毛毯，过了舒适的一晚。我们的挑夫休息一阵后也跟了上来，但只带了米来煮，所幸我们不需要他们留在下面的行李。隔天早上我捕到几只蝴蝶与甲虫，而友人捡拾到几粒陆生贝类；然后我们随手带了些羊齿与巴丹巴图的猪笼草标本下山了。

机灵的大眼斑雉

我们上回在山脚扎营的地方相当阴暗，这次我们选了靠近一条小溪的湿地；湿地长满姜科植物，但倒是很好清理。我们的人搭筑了两座没墙、仅供避雨的草棚，一行人就在这里住了一个星期，射鸟捕虫，并在山麓的林地四处走动。这里是大眼

---

① 斯诺登山，位于英国威尔士北部，标高海拔一千零八十五米。

斑雉散布的地域，不时传来它们的鸣叫声。我请老马来人设法射一只雉给我，他对我说，虽然他在这片森林中射鸟已有二十年历史，但从不曾射得大眼斑雉，而除了被捉到的雉外，他也从未在野地见过这种鸟类。这种鸟非常畏缩、机灵，总在密林里贴地急奔，人根本没法子接近它们；而那暗色羽毛与眼斑花纹在博物馆中看来虽然花俏，却和它们栖息的落叶丛配合得天衣无缝，令人难以分辨。在马六甲贩卖的标本都是用陷阱捕到的，我的老马来人说，虽然他不曾射到过，倒是曾捕到不少。

虎与犀牛仍在此出没，几年前象也很多，但近年都看不到了。我们找到了些粪堆，看来似乎是象的排泄物，也见到若干犀牛的脚印，却没有目睹这些动物。我们彻夜燃烧一堆营火，以防这些动物来访。有两位我们的人声称，他们有一天曾见到一只犀牛。等我们的米粮用罄，盒子也装满标本后，我们回到了亚逸巴那士；几天后转往马六甲，再回新加坡。金山的热病颇负盛名，知道我们放胆在山脚下待了那么久，所有的朋友都大呼震惊，但我们全然无恙。这段旅程是我见识东方热带山景的启蒙之旅，每次回想起它，我的心情总是格外的愉悦。

这段访问新加坡与马来半岛的描述显得平凡又简略，这是因为我遗失了几封最靠得住的私人书信及一本手札，而寄往皇家地理学会的一篇关于马六甲与金山的论文，因刚好遇到会议期末尾，既未宣读也没印梓，现今连手稿也找不着了。但对这一点我倒是不太在意，毕竟坊间已有许多书对此地区着墨甚多，而我也有意将我在马来群岛西部较为人知的部分的旅行过程轻描淡写地一笔带过，以腾出较多篇幅来描述几乎没有几篇英文文章报道过的较偏远区域。

第四章
婆罗洲

红毛猩猩的原乡

我在一八五四年十一月一日抵达沙捞越镇①，于一八五六年元月二十五日离开。其间，我待过许多地方，观察了不少戴雅克人②和婆罗洲马来人。每逢旅行余暇到沙捞越镇停留时，承蒙詹姆斯·布鲁克③爵士热情款待，我都寄宿在他家。不过，我抵达此地后，坊间出版了许多介绍婆罗洲这地区的书册，因此我不拟复述我对沙捞越及其统治者的见闻与观感，只想以博物学家的身份专注于叙述搜集贝介、昆虫、鸟类、红毛猩猩等的经

---

① 沙捞越镇，今古晋，是东马来西亚沙捞越地区的首府和主要港口，一八三九年由当时的统治者詹姆斯·布鲁克所创建，现在的居民以华人为大宗。

② 戴雅克人，为婆罗洲南部（沙捞越）和西部（今加里曼丹）的原住民，多住在较大河流的两岸，生性勤勉。

③ 詹姆斯·布鲁克（1803—1868），英国探险家，后因干涉对抗文莱的革命，于一八四一年被文莱苏丹任命为沙捞越河谷的州长。华莱士最早于一八五三年三月在伦敦遇到詹姆斯·布鲁克爵士，他就在那时要求准予去沙捞越。

验，以及欧洲人不常涉足的内陆之旅。

我造访的头四个月是在沙捞越河各河段度过的，从河口的山都望上溯到景色怡人的石灰岩山，以及中国人的金矿场巴乌与卑地。这个地区常有人描述，又因为碰上雨季高峰期，我的采集乏善可陈，所以我决定一笔略过。

采集到大量昆虫

一八五五年三月，我决定到实文然河附近的煤矿场参观。实文然河是沙东河的小支流，在沙捞越镇东边，介于沙捞越镇与巴坦卢帕之间。这条河自沙东河上游二十英里处汇入，河面狭窄，河道蜿蜒，高耸的林木夹岸蔽天，有时形成绿色天顶盖过河面。介于实文然河和大海间的这整个地区，是一大片覆满森林的平坦湿地，其间数座小丘孤独耸立，煤场就位于其中一座小山丘的山麓。从河津到山丘有一条戴雅克人走的小径，全由树干首尾相接而成；光脚的土著背荷重物沿路走来相当便利，但对穿靴的欧洲人来说却极为滑溜，外加四周有趣的景物不断吸引注意力，一再跌入泥沼也就不足为奇了。我第一次走这条路时，罕见昆虫或鸟类，倒是看到一些正盛开中的美丽兰花；我后来才知道那就是本地区常见又量多的特产贝母兰属兰花。山麓附近的山坡上有一小片森林被砍伐光，上面盖了几间简陋的屋舍，住着工程师库尔森先生及许多中国工人。一开始，库尔森先生很慷慨地让我住进他的房子，但后来我发现这地点很适合我，又方便采集，于是自建了一栋两房的小屋，外加一个走廊。我在这里停留了近九个月，采集了大量的昆虫，由于环境格外相宜，我全心全意专注在这一类动物上。

在热带，各目昆虫（尤其是硕大可爱的甲虫）有很大的比例多少要靠植物维生，特别是不同腐朽阶段的木材、树皮与树叶。在未经刀斧砍伐的原始森林中，一些常见的昆虫分散在广袤的区域，多栖息在因腐朽、老龄或遭狂风摧折的倒木上；而二十平方英里的原生森林内倒木与朽木的数目，可能还比不上一小片被清除的林地。因此，在热带地区，一定时间内所能采集到的甲虫等昆虫的数量与种类，首先取决于有无大面积原始森林紧邻该地，其次则视过去数月新旧砍伐下留置原林地、任其干燥与腐朽的倒树的数量而定。而今，我在西方与东方热带区采集了整整十二年，在这一点上，始终没能再像在实文然河煤矿场般占尽地利之便。过去数月来，此地雇用了二十至五十名中国人及戴雅克人倾全力在林中清理出一大片空地，并开辟出一条宽道，好铺设铁道连接到两英里外的沙东河。此外，他们还在丛林内设置了多处锯木坑，砍下树干锯成木段与木板。此地的森林向四方绵延数百英里，跨过平原、山丘、岩石及沼泽；而我来到此地时又刚好碰上雨量开始减少，阳光渐增，正是最适合采集的季节；再则森林有多处空旷地、透光隙地及小径，适足诱引小胡蜂与蝴蝶。我以每只虫一分钱的代价悬赏，

在婆罗洲实文然河所发现的各种特别的甲虫

戴雅克人与中国人于是送来许多上等的直翅目与竹节虫科昆虫，外加许多美丽的甲虫。

我三月十四日抵达矿场，在之前的四个月里，我收集到三百二十种甲虫。然而，抵达此地不到两个礼拜，我的收藏就暴增了一倍，平均每天采得二十四个新种。有一天我采集到七十六种甲虫，其中三十四种我以前从没见过。到了四月末尾，我累积了一千多种，而且之后仍不断增加，只是速率较缓罢了；结果我在婆罗洲总共收集了约两千种甲虫，除去约一百种外，其余都在此地不过一平方英里稍大的地方采集得来。最多与最有趣的甲虫族群是天牛与隐喙象甲属，两者的主食都是木材。天牛的外形优雅、触须细长，数量尤其多，几达三百种，其中十分之九是新种，有许多以体型硕大、外观奇特及颜色鲜艳著称；此地的象甲与我们欧陆的象鼻虫及相关种类相当，不过，热带的种类繁多，外观变化多端，常常麇集于枯木上，有时我一天可采集到五六十种象甲虫。在我的婆罗洲收藏中，这一类就超过五百种。

我的蝴蝶收藏不多，但有几种罕见而瑰丽，其中最出色的当属布氏鸟翅蝶，它是全球已知蝶类中最典雅的一种。这只美丽的生物有修长的尖翅，形状酷似天蛾；它身上呈黑绒深色，有一道由灿烂的金绿色斑点组成的曲带横穿过翅膀，每一个绿斑就像一小片三角羽，活像墨西哥咬鹃的鸟翅羽排列在黑丝绒布上；蝶身唯一的其他种花色是一条鲜红宽颈带，以及后翅外缘上的一些细白斑。这是稀有的新发现物种，我以詹姆斯·布鲁克爵士为其命名。我偶尔看见它在森林空旷地敏捷地飞来飞去，或不时暂栖息在水洼泥淖处，我只捉到两三只来做标本。据说，这种蝶类在婆罗洲一些地区相当普遍，有许多标本已被送到英国；但到目前为止，所有标本都是雄蝶，而因为这种蝶类极度孤立，和其他已知蝶类又没有近亲关系，我们仍无法臆测雌蝶的长相。

奇特有趣的大树蛙

我在婆罗洲碰到最奇特有趣的爬虫类动物是一只大树蛙[①]，那是一位中国工人送来的。他说，他亲眼见过这只树蛙从一棵高树腾空斜飞而下。我仔细看了看，发现蛙趾很长，趾间有蹼，趾全张时，蹼的面积远超过蛙身，前肢边缘也有膜，蛙体能膨胀到很大。蛙背与四肢是明亮的深绿色，腹面与内趾黄色，蹼黑色带有黄丝纹。蛙体长约四英寸，而每一只后足的蹼完全张开时面积约四平方英寸，四脚的蹼则共约十二平方英寸。因为趾端有大吸盘，显然是真正的树蛙，脚趾的蹼膜当然不全是为了游泳，中国人说它从树上飞下的可信度很高。我相信，这是全球第一个"飞蛙"案例，这对达尔文学说的信徒想必吸引力

---

① 树蛙应为两栖类。

飞行中的树蛙

十足，它呈现了蛙趾的变异性。这物种的脚趾已经为游泳攀爬而改变了形态，而利用这种变异性，它把自己转变成能像飞蜥般腾空飞越。它似乎是树蛙属的一个新种，这一属所含纳的数种树蛙体型比较小，脚趾蹼膜也没这么发达。

我在婆罗洲期间并无固定的猎人为我打猎，我又把全部时间花在采集昆虫上，也就没收集到良好的鸟类与哺乳类动物标本，不过我收集到一些很著名的动物，和在马六甲发现的品种相同。在哺乳类动物中，计有五种松鼠、两种虎猫、一只大鼠猬，以及一只贝氏獭狸。那大鼠猬有些像是猪与鸡鼬的杂交种，贝氏獭狸则是一种宽吻、长刚毛、像水獭的罕见动物。

考察红毛猩猩

我到实文然河的一个主要目的是想考察在自然环境下生活的红毛猩猩（即婆罗洲的大型类人猿）[①]，研究它的习性，并狩取成年与年幼雄雌猩猩的标本。我成功达成了所有的目标，收获还远超过预期。土著们把红毛猩猩称为"弥亚斯"，由于这个土名简短易念，之后我将采用这种称法，而不用学名"猩猩"或俗名"森林人"。在此我就叙述一下狩猎红毛猩猩的经验。

我在抵达煤矿场刚满一星期时第一次看到弥亚斯。那天我外出采集昆虫，才离居所不到四分之一英里远，就听到附近的树上传来沙沙声，我仰头张望，看到一只巨大的红毛动物正用双臂悬吊在树枝上缓缓移动。它从一棵树移到另一棵树，隐入丛林里，但那里是一片沼泽地，我无法追赶下去。然而，这种前进方式颇不寻常，一般是白手猿属而非红毛猩猩的特长。我猜想是这只动物的个别习性，或当地树木的分布使得用这法子

---

① 红毛猩猩即猩猩，与大猩猩和黑猩猩分居猩猩科的三属。

前进恰好最为便利。

　　大约两星期后，我听说屋后的林泽内有一只猩猩栖息在一棵树上进食，于是拿起枪前往。这回很幸运，它没走开，待我一接近，它立刻想躲藏到枝叶里；但我射中了它，第二枪几乎射死了它，它落下倒地，两枪都命中。那是一只雄猩猩，半大不大，高约三英尺。四月二十六日，我带着两名戴雅克人同行狩猎，看到另一只约摸同样大小的猩猩。才发一枪，它就跌落在地，但未受重伤，迅速爬上最近的一株树。我再发一枪，它又掉下来，折断一臂，身上也出现了一个伤口。两位戴雅克人一拥而上，各自抓住它的一只手，并要我砍一根小树干用来绑牢它。它断了一臂，也还没发育完全，体力却着实不小，两名年轻蛮子使尽全力还是被它拉近嘴边，只好松手放掉它，以免遭严重咬伤。它又爬回树上，为了避免麻烦，我一枪打穿了它的心脏。

　　五月二日，我又在很高的树上见到一只猩猩，当时我随身只带了一支八十膛径的小枪。我向它开枪，它见到我后开始发出怪异的叫声，有点像咳嗽声，听起来很愤怒。它用手折断树枝往下丢，然后一溜烟从树顶逃走。我无意追赶，当时我身处林泽，危险重重，一心一意追逐猎物也很容易迷失方向。

　　五月十二日，我又看到另一只，它的反应还是一样，边怒声狂叫边掷下树枝，我朝它开了五枪，它死在树顶上，被树杈支撑着，显然掉不下来。我回到家中，幸好找到了几位戴雅克人，他们随我回到现场，爬上树取下死兽。这是我猎得的第一只成猿，但它是只雌兽，远不如成熟雄猩猩那般硕大特殊。不过，它体高三英尺六英寸，双臂伸展开有六英尺六英寸。我把这只标本的皮毛用一桶亚力酒①保存好，还制作了一副完整的骨骼，之后售予德比博物馆。

巧获小弥亚斯

不过四天工夫，几名戴雅克人在该地点附近又看到一只弥亚斯，跑来告诉我。我们发现它体型硕大，高踞大树上。我朝它发射出第二枪后，它掉下来，翻了个滚，但立即又站起来爬回树上。第三枪，它掉下死了。这是一只几乎完全长成的雌猩猩，我们正准备把它抬回去时，又发现一只幼猿正面扑倒在泥淖中。这只幼猿仅约一英尺长，显然在母猩猩第一次落地时攀在母亲身上。所幸，它似乎并未受伤，我们清掉它嘴里的烂泥后，它开始哭叫，看来很健康，活动力也强。抱它回家的途中，它伸手抓扯我的胡子，还紧紧握住，由于红毛猩猩的手指最后一节往内弯曲成环状钩，我费了好些工夫才挣脱。当时它还没长牙，但几天后长出一对下门牙。不幸的是，我没奶喂它，而矿场的马来人、中国人和戴雅克人从没用过牛奶这玩意儿。我四处打听有无母兽可帮忙哺喂我的小猩猩，却徒劳无功，最后

---

① 亚力酒，一种亚洲产的烈酒，用椰子汁、糖蜜、米或枣子酿制。

雌红毛猩猩（照片翻刻）

只得用一只瓶子装米浆，在软木塞瓶盖上插一根空心羽管喂它，试过几次后，它倒是吸得很好。虽然我偶尔加些糖与椰奶，但这样的食料还是太没有营养，小家伙长得并不好。我每次把手指伸到它嘴里，它就会猛用力吸吮，吸得两颊都凹进去很久后才懊恼地放弃，开始像小婴儿遇到类似情况那样哭叫起来。

有人抱着它或逗弄它时，它安静又满足，一旦把它独自搁放在一旁，它就会哭叫；头几个夜晚它很不安稳，吵得相当凶。我把一个小木箱改装成摇篮，铺上软席让它躺着睡，并每天换洗席垫，但立刻发现小弥亚斯本身也得清洗一下。我如此做了几回后，它开始喜欢洗澡了。只要一脏，它就会哭闹不止，等我抱它到水泉下才会突然安静下来。不过，冷水刚冲到身上时，它会退缩一下，待水流过脸庞，它的五官又会扭成好笑的怪脸。它非常喜欢我帮它擦澡搓背，尤其喜欢我为它梳刷毛发，它会静静地躺着不动，伸直双臂双脚，让我彻底把梳它背部与两臂上的长毛。最初几天，它会以四肢拼命紧抓能够着的东西，我得特别小心别让它抓到我的胡须，因为它的手指握扯毛发的力道格外紧，一旦被它抓住，没有他人帮忙就难以挣脱。它烦躁时会将四肢伸向空中，想抓住一些东西；一旦两只手或再加上一只脚抓住一截树枝或破布时，就显得很高兴。有时没有东西可抓，它便抓住自己的脚；过了一会儿后转而交叉两臂，不断地抓扯另一边肩膀下的长毛。我发现它的握力退步得很快，便开发了一些方法让它运动并锻炼四肢。为此，我搭了一个三四级的短梯，把猩猩放在梯上，每回一刻钟左右。刚开始，它似乎挺高兴，但由于四肢没法同时放在舒适的地点上，变更了几次位置后，它就逐一松开手脚落到地上。它有时只用双臂悬吊在梯上，然后松掉一只手伸向另一只肩膀抓自己的毛发，似乎毛发比木头更令它满意，之后它会松掉另一只手滚下来，双臂交叉躺在地上露出惬意的样子，像这样翻跌多次倒也从未受伤。我发现它那么喜欢毛发，就试着用一片水牛皮束捆成卷，做了个假母猩猩，挂在离地一英尺的地方。刚开始时这似乎很合它的胃口，它可以伸展四肢并总有些毛发可抓，还能使劲握着。我满心以为自己让这小孤儿十分快乐，有好一阵子似乎也真是如此；但后来它想起失去的亲娘，想去吮奶。它把自己贴近那牛皮，四处寻找可能有奶头的位置，结果只弄得一嘴毛；它大为厌恶，开始尖声嘶叫，再试了两三次后，就完全放弃了。有一天，它的喉咙里卡住些毛发，我原以为它会噎到，但它张口喘了一阵子后就没事了，我于是把假母猩猩拆掉，放弃让这小家伙做运动的念头。

一个星期后，我发现用汤匙喂它不错，并可喂它更多种与较固体的食物。浸软的饼干掺一点鸡蛋与糖，有时加些番薯，它会一扫而光；观察它对所喂食物表示喜恶的奇妙表情，真是百看不厌的趣事。遇到对口味的食物，小家伙会舔舔嘴唇，吸进双颊，双眼上翻，一副极度满意的表情。相反地，食物若是不够甜或不好吃，它会用舌头把食物搅动一会儿，似乎想挤出味道，最后则从两唇间全吐出来。如果还继续喂相同的食物，它会大吼、乱踢，就像盛怒的婴儿。

长尾猕猴与小弥亚斯

我喂养这小弥亚斯大约三个礼拜时，幸好获得了一只年轻的长尾猕猴（又名食蟹猴）——兔唇的猕猴——它个子虽小，但生性活泼，会自行进食。我把它与弥亚斯放在同一只木箱里，它俩立即成为好友，彼此都毫不畏惧对方。小猴子会坐在小猩猩的肚子上，甚至它的脸上，毫不顾忌小猩猩的感觉。我喂食弥亚斯时，猴子会坐在一旁捡食散落的碎屑，并偶尔伸出手拦截调羹；等我一结束，它便捡拾沾在弥亚斯嘴边的食物，还会撑开弥亚斯的嘴看看有没有剩菜；事后便卧在这可怜动物的肚子上，仿佛躺在舒适的软垫上。可怜无助的小弥亚斯会极度忍受所有这般折腾，只因为喜欢有一个温暖的物体在身边，可以亲昵地搂在双臂中。但是，偶尔它也会报一箭之仇；当小猴儿想走开时，弥亚斯会紧紧抓住它背部或头上松软的皮，或握住它的尾巴，等到小猴猛烈跳动几次后才放手。

观察这两只年龄相近的动物却有颇不相同的动作，相当新奇。弥亚斯像幼小的婴儿，无助地仰躺着，懒散地左右翻动，将四肢伸向空中抓东西，却无法指挥自己的手指，也没有确定目标，一旦不如意就张开几乎没牙齿的嘴，用婴儿般的哭喊表达需要。相反地，小猴儿却停不下来，它随兴所至地东奔西跑，看看身边每一件东西，能以极大的精准度抓住相当细小的东西，可在箱边平衡自己或爬上柱子，还会自行吃掉身边任何可食的物体。这两者形成强烈对比，而小弥亚斯格外像小婴儿。

小弥亚斯病逝

我养了小弥亚斯约一个月后,它方才显出学习独立跑动的端倪。把它放在地板上,它会用双脚推动自己,或滚动身躯,笨手笨脚地前进。让它躺在箱窝中,它会起身攀在箱边,几乎呈站起来的姿势,有一两次滚出箱外。如任它肮脏、饥饿,或不理它,它就会大哭大叫,发出各种咳嗽或吸气的吵闹声,有点像成年猩猩的叫声,直到有人趋近照料它才停止。倘若没人在屋内,或是它的哭喊没人响应,过了一阵子它会安静下来,但一听到脚步声,就变本加厉地哭喊起来。

五个星期后它长出一对上门牙,但其间身高与体重一丁点都没增加,跟我刚捕获它时完全一样,无疑是因为缺乏乳汁或其他营养值类似的食物。米浆、米饭与饼干仅是差劲的替代品,至于榨出的椰乳有时又不太对它的胃口。我归咎于椰奶使它腹泻,让小家伙受苦连连,但我用少量蓖麻油治好了它。再过一两个星期,它又生病了;这回病得更重,像是打摆子热病,脚与头水肿,对食物完全没有胃口,拖了一个星期后就死了。算起来我养了它约三个月。失去这只小宠物,我相当难过;我原希望将它养大成年,并带回英国。数月来,它怪异的举动及小脸上独特好笑的表情,是我每天欢乐的来源。它重二磅九盎司,高十四英寸,两臂张开有二十三英寸长。我把它的皮毛与骨骼保存下来，在制标本时发现，它从树上掉落时必定断了一手一足，但断裂处愈合得很快，我只发现两肢上有硬质隆起，那是骨骼的错接处。

千辛万苦捕获巨猿

我捕到这只有趣的小动物整整一星期后，又成功猎得一只成年雄性红毛猩猩。那天我刚采集昆虫回来，查尔斯^①气吁吁跑过来，很激动地边喘气边喊："先生，拿枪——快，好大一只弥亚斯！""在哪里？"我问道，边说边拿起枪，所幸枪中有一管已装好子弹。"很近，先生，在往矿场的小径上，它逃不掉的。"当时正巧有两位戴雅克人在屋内，我叫他们立刻随我同去，并吩咐查尔斯尽快带着所有的弹药随后跟来。从我们的垦居地到矿场小径得沿着山边的斜坡往上走，而山脚与小径的平行处开辟了一片开阔的空地当做道路，空地上有几位中国人在工作，因此，这只动物若没向下跨越过道路，或往上爬绕过垦居地一周，根本没法逃进山下的林泽。我们蹑手蹑脚地前进，尽量不发出声响，沿途仔细聆听可能泄露弥亚斯踪迹的任何动静，还不时停步朝树上张望。没一会儿，查尔斯就在他先前见到动物的地点与我们会合。拿了弹药，把另一支枪膛也装上子弹后，

---

① 即查尔斯·艾伦，一位十六岁的英国少年，是我的助手。——原注

我们稍微散开，心想它必定在附近，可能下了山坡，但不太可能再回头。再过一阵子，我听到头顶上传来很轻微的窸窣声，抬头张望却一无所见。我当下四处走动，想把刚才站立处上方的那棵树看个仔细，忽然又听到相同的声音，只是大声些，树叶又动了，似乎有某种动物移往旁边一棵树。我立即吆喝所有人靠拢看清楚，好让我开枪射击。这可不是容易的事，弥亚斯善于选择身下有浓密枝叶的地方停留。不过，没多久，一位戴雅克人招呼我往上看，我抬头看到一个红色多毛的庞大身体，还有一张从高处往下张望的黑脸，似乎想知道下面骚动的原因。我立即射击，而它马上逃走，当时也就无法确定这枪究竟有没有命中标的。

它的体形这般庞大，此刻居然能够安静地迅速移动。我要戴雅克人跟着它，并在我重填弹匣时盯住它。这森林满布着从山上掉落的尖锐大碎石，又四处悬挂着错杂的藤蔓。我们连跑带爬，还匍伏前进，追着这高挂树头的动物来到靠近路边的高树下，在那边工作的中国人发现了它，张大嘴又惊又叫："呀！呀！老爷，红毛猩猩，老爷。"它眼见自己若想穿越道路一定得爬下树，于是回头朝山上爬去；我发射了两枪，在它再度回到小径边时又射出两枪，但它总是隐隐约约有枝叶遮掩，也被它行走其上的大枝条保护着。有一回填装子弹时，我很清楚地看到它以半直立姿势在一根粗枝干上移动，显然是 只体积极庞大的猩猩。在小径边，它爬上树林中最高的一棵树，我们看见它的一条腿被枪弹打断了，无力地垂着。它在一处树杈上站定，藏在浓密的枝叶后，似乎无意再移动。我担心它会死在那里，而天色近晚，这天势必没法请人把树砍倒；因此，我又开了一枪，它动了，往山上走，不得不爬到一些较矮的树上，它在枝条上选了个不会掉落的位置，缩瘫成一团，仿佛死了或处于弥留状态。

我要求戴雅克人爬上树，切断猩猩躺着的树枝，但他们很害怕，说它还没死，会来攻击他们。因此，我们摇动邻旁的树木，拉扯悬吊的蔓藤，尽一切可能骚扰它，却徒劳无功，于是我想最好派两名中国人带斧头来砍倒那棵树。传唤的人刚走，一名戴雅克人鼓起勇气向它爬去，弥亚斯没等到他接近，就移往另一棵树，躲到一团浓密枝干与爬藤后，几乎完全避开我们的视线。幸好那棵树不大，斧头一到，我们很快就把树砍断了，但那树被蔓藤缠绕在邻树上，只是略微倾斜。那只弥亚斯没动，眼见夜幕将临，又至少得先砍倒半打树木，它所在的那棵树才会倒，我开始担心到头来白忙一场。我们做最后的努力，开始合力拉扯爬藤；那树抖动得很厉害，数分钟后，就在我们濒临绝望之际，那头猩猩像巨怪般轰然落地。它确是只巨猿，头与身体和人类一般大，属于戴雅克人称为"弥亚斯查潘"或"弥亚斯帕潘"的一类，脸部两侧的皮肤扁平外展成盘脊状或皱折。它双臂向外伸直后有七英尺三英寸，身高若不折不扣从头顶量到脚跟计四英尺二英寸；腋下胸围三英尺二英寸，与人类的胸围不遑多让，但双腿短多了。我们检验了一下，发现它伤得极重，双腿都断了，一处胯骨关节与尾椎完全碎裂，还有两颗子弹嵌在它的颈部与下巴！然而，它从树上落下时还没断气。两位中国人用一根横杆把它挑回家。次日我与查尔斯忙了一整天，我们整理皮毛、煎煮骨头，制作了一副完整的骸骨标本——这套骨骸现存于德比博物馆。

持续猎获红毛猩猩

这件事过了大约十天后，六月四日，几位戴雅克人前来告诉我们，前天有一只弥亚斯差点杀了他们一位同伴。沿河而下大约几英里处有一栋戴雅克人的屋子，住户看到一只大红毛猩猩在河边的棕榈树上吃嫩芽。那只猩猩受惊吓后，退入临近的树林内，一批土著带着长矛与砍刀跑去拦截它。跑在最前头的人想用矛射入这动物的躯体，长矛却被弥亚斯两手抓住，说时迟那时快，它突然扒抓到那人的一只手臂，张口就将牙齿穿过他上臂的肌肉，并且死劲扯裂。这人瘫痪无力，若非其他人紧随在后，他非死即重伤。他们立刻用长矛与屠刀砍杀这动物。那伤者病了很久，手臂功能始终没能完全恢复。

他们告诉我，死掉的弥亚斯还躺在被杀死的地方，我给他们一些奖赏，要他们马上把它弄来我们这里的码头，他们答应了。但一直到第二天他们才送来猩猩，而兽尸已开始腐烂，由于有大片毛发掉落，剥制皮毛已失去意义。我看到那是只强壮的猩猩，颇感懊惜。我割下它的头带回去清理，吩咐手下在残躯四周做一道约五英尺高的围篱，让蛆、小蜥蜴和蚂蚁迅速清光尸肉，留下白骨归我。它脸上有一道大刀口，深可见骨，但骷髅尚称完好，牙齿尤其硕大而完整。

六月十八日，我又有一次成功的猎兽纪录，获得一只成年雄猩猩。一位中国人告诉我，他见到它在往河边的小径旁吃东西；我果然在我射到第一只猿的地点发现了它，它正在吃一种椭圆形绿果子，内有细纹红色假种皮，像豆蔻种子外的假种皮。它似乎只吃假种皮，咬掉厚果皮丢弃，无数果皮就像骤雨般持续落地。我先前解剖几只猩猩时，也在它们的胃里发现同样的果子。我发射了两发子弹，这只动物才松开手，但它先用单臂悬在树上好一会儿才脸朝下仆倒落地，身体一半埋入湿泥。它躺在那里呻吟喘气了数分钟，我们贴近站着，指望每次呼吸就是它最后一口气。突然，它猛然挣扎着爬起，我们吓得一起后退了一两码；它站得近乎直立后，抓住一棵小树开始往上爬，我连忙再发射一枪，这发子弹穿透它的后背解决了它。我在它的舌头内找到一颗扁子弹，那子弹从下腹部进入，穿透身体，打碎了第一节颈椎。这般严重受伤后，它居然还能站起来迅速往上爬。这也是一只完全长成的雄猩猩，尺寸和我先前测量过的两只猩猩大致相同。

六月二十一日，我又射得一只成年雌猩猩，它当时正在矮树上吃水果，我让它一枪毙命，这还是第一次。

六月二十四日，有位中国人叫我去猎杀一只弥亚斯，他说那猩猩在煤矿场边他家附近的一棵树上。我们到达现场后，那猩猩已进入嶙峋多石的丛林，我们不但看不到，也很难走进去。最后，我们终于看到它在一棵高高的树上，看得出是最大的雄猩猩。我一开枪，它往上爬得更高，我又补了一枪，看见它断了一臂。它爬到一棵巨树的最顶端后，立即开始折断周围的大树枝，交互堆叠成一个巢。眼见它选择一个绝佳地点，伸出未受伤的手轻松快速地折下周围大小适中的树枝交错排列，不出几分钟就筑了个紧密的枝叶网，完全挡开我们的视线，倒是饶富趣味。不消说，它想在那里过夜，如果伤得不重，第二天一大早可能就会逃走。我又开了几枪，想逼它离巢；我每发一弹，它都动了一下，我相信命中了，但它不肯再移动。过了一段时间，它抬起身来，露出半个身子，然后缓缓沉下去，把头搁在巢边。我知道它断了气，设法说服那位中国人协同他的伙伴把树砍倒；但那树很大，他们又工作了一整天，根本不为所动。次日清晨天刚破晓，我赶到现场，发现那只弥亚斯显然死了，它的头还搁在原来的位置上。我即刻出价每人一天的工资，命四名中国人马上把树砍倒，因为遭阳光曝晒几小时后，皮毛表面就会腐烂；但他们看了那棵树，试砍了一下，认为树太大、太硬，不愿尝试。假使我当时把工钱提高一倍的话，他们很可能会接受，毕竟只不过花费两三个钟头罢了。倘若我这次是短期访察，很可能就会这么做，不过我还打算再留几个月，这回若付太高的工资，以后就没法以低价要人干活了。

后来有好几个星期，整天都可看到黑压压的苍蝇麇集在这只弥亚斯的尸体上；大约过了一个月，一切都静谧下来，直射的日光与热带雨水轮替出现，遗骸显然枯干了。两三个月后，我出价一元让两位马来人爬上树取下干遗骸。它的皮毛几近完整，包着骨骼，里面有数百万蝇类与其他种昆虫的蛹壳，还有两三种小型食尸甲虫，达数千只。颅骨被枪弹打碎了，而除了一小截腕骨可能脱落后被蜥蜴叼走了之外，其余骨骸相当完好。

红毛猩猩的移动方式

我猎杀这只弥亚斯但没取得猎物的三天后，查尔斯发现三只幼猩猩在一起觅食。我们追踪了许久，仔细观察它们在树与树之间的移动方式；它们总是选择粗枝条交错的树，再抓住一把小枝，最后试着荡过去。它们的动作敏捷、精准，在树林中的移动速度每小时达五至六英里，我们往往得跑步才跟得上它们。我们射杀了其中一只，但尸身高架在树杈上；由于幼猿不值钱，我没命人砍倒树取它下来。

就在此时，我不幸在倒树间滑了一跤，伤及脚踝。我起先不太在意，后来竟严重发炎溃疡，不愈合，害我整个七月与一部分八月都待在住处没有外出。伤处痊愈后，我决定到实文然河的支流塞马班走一趟，听说那里有一幢戴雅克人的大房舍、一座果树丛生的小山，还有很多红毛猩猩及美丽的鸟类。因为那条支流很窄，我缩减行李乘一艘小船前往，随行只带一名中国少年仆佣、一桶用来保存弥亚斯皮毛的加药亚力酒，以及两星期的补给与弹药。走了几英里后，河道变得既窄又蜿蜒，两旁的土地都被河水淹没。河岸上有许多猴子，有常见的长尾猕猴、黑叶猴属[①]及长鼻猴；这种长鼻猴和三岁孩童一般大，尾巴很长，鼻上多肉，鼻长比男人最长的鼻子略胜一筹。我们越往前驶，河道变得更窄、更弯；有时倒树挡住去路，有时纠结的树枝与蔓藤遮蔽河面，必须砍除后才能继续前进。我们花了两天工夫才抵达塞马班，沿途几乎没看到任何干地。旅程后段的几英里，我伸出双手就能触摸到两岸的灌丛，水中还生长了茂盛的林投（露兜树属），部分横倒在溪流内，令人寸步难行。又有些地方，密实的禾草塞满整个水道，真是一段步步艰辛的旅程。

靠近河津处，我们见到一栋两百五十英尺长的壮丽巨宅，高高架在木柱上，正面有宽阔的走廊及更宽敞的竹编平台。然而，居民大多出外采燕窝与蜂蜡去了，屋内仅余两三位老人及许多小孩。一座小山矗立一旁，满山果树，包括很多榴莲与山

---

① 黑叶猴属，已改为叶猴属。

竹，但只有少数成熟。我在此待了一星期，由一位马来船夫陪伴每天在山上漫游，其他船夫则先行离去。头三天我们没见着红毛猩猩，但猎得一头鹿与几只猴子。第四天见到一只弥亚斯在一棵很高的榴莲树上吃东西，我发射八枪后成功射死了它。可惜，它用手攀挂在树上，而那里离居所有好几英里路，我们只得留下它先行回去。我颇笃定它在夜里会掉下来。次日清晨我回到原地，果然看见它落在树下。令我又惊又喜的是，那只猩猩似乎与我先前所见不同种；依它发育完全的牙齿与很大的犬齿看来，显然是一只完全长成的雄猩猩，但它脸上没有侧生隆起，身躯也比其他成年雄猩猩小了十分之一，上门牙似乎较大品种宽，刚好是欧文①教授用以区别"摩里奥长鼻猴"②的依据，他曾用一个雌猩猩的颅骨说明这一点。由于距离居所太远，我当场剥下尸体的皮毛，剩下头和四肢连着皮毛带回家剥。这只标本现存于大英博物馆。

一周结束时，由于没有发现更多的红毛猩猩，我决定回家；我把几项新获猎物纳入行李重新备妥后，由查尔斯陪伴，再溯另一条很类似的支流到门尼尔，那里有几间戴雅克小屋与一幢大屋。这里的泊船处是一座木柱架起的桥，摇摇晃晃，离水面

---

① 指理查德·欧文（1804—1892），英国比较解剖学家、古生物学家。以研究脊椎动物的比较解剖学及哺乳类、鸟类、爬虫类动物的化名而闻名。始终强力反对达尔文的论点。

② Simia morio 的音译。新分类上已无此类，改为长鼻猴属或豚尾叶猴属，依原文分布在沙捞越，故推测为前者。

颇高；我把亚力酒桶稳稳地留在树杈上，想来这样安全些。怕土著偷喝，我特地让他们看到我放了些蛇与蜥蜴进去，但我想那对防止他们偷喝的作用不大。我们寄住在一栋大屋的宽廊上，屋内有好几篮干人头，是数世代猎头人的战绩。这里也有一座种满果树的小山，近屋处还有些高大的榴莲树，果实已成熟；戴雅克人将我射杀弥亚斯视为一大恩赐，帮他们除去捣毁大量水果的害兽，于是让我们尽情享用这种最完美无瑕的水果之王。

戴雅克人聪明的爬树方法

我到达此地那天很幸运，又猎到一只戴雅克人称为"弥亚斯-卡瑟"的较小型亚种成年雄猩猩。它中弹后掉了下来，但卡在一处树杈上。我急着想得到它，便试着说服两位陪我同行的年轻戴雅克人把树砍倒。那棵巨树又高又直，树皮光滑，一直到五六十英尺高后才出现侧枝。令我惊讶的是，他们说宁愿爬上树，但困难度不低；他们交谈了一下，表示愿意一试。两人先到邻近的竹丛里砍下一根最粗大的竹竿。他们将竹竿砍成短节，再劈开制成一对约一英尺长的竹钉，一头削尖。他们又砍下一块厚木头做为槌子，把一支竹钉钉进树干，试着将全身吊挂上去。竹钉颇牢靠，他们似乎很满意，立刻又做了一批相同的竹钉；我津津有味地在旁观看，心中纳闷如何单靠竹钉而爬上那么高的树木，倘若高处有一枚竹钉断裂，岂不必摔死无疑。他们做好约两打竹钉后，一位开始从另一丛竹林砍下一些细长的竹子，并利用一棵小树的树皮做了些绳子。他们在离地约三英尺处的树干上稳稳地钉入一枚竹钉，再取一根长竹竿竖在树旁，最后用树皮绳把细竹竿牢牢绑在第一和第二根竹钉近顶端的小缺口上。一位戴雅克人站到第一枚竹钉上，在约略和他脸部同高的位置钉下第三枚，并依样画葫芦地把竹竿紧绑在钉上。他又往上跨一步，单足站立，把竹竿绑在上方的竹钉上，同时再钉进下一枚竹钉。如此，他爬了约二十英尺高，竖立的竹竿变得很细了，他的同伴又递上一根竹竿，他把它与第一根竹竿一同绑在三四根竹钉上。第二根竹竿又近末端时，第三根又加上去，不久爬到最底层的枝丫，那年轻戴雅克人就沿着枝丫攀缘而上，没一会儿就将弥亚斯一头栽下。这种聪明的攀爬设计，以及把竹竿特性发挥得淋漓尽致的做法，令我佩服万分。这种竹梯子本身极为安全，即使有一根竹钉松动或断裂，所产生的作用力会分配到上下其他竹钉上。现在我才恍然大悟许多树干上都钉有一排排竹钉的用处，我早看到过许多次，总觉不解。这只动物的大小与外观与我在塞马班猎得的几乎完全一样，它还是我所猎到的"摩里奥长鼻猴"中唯一的雄兽标本，现存于德比博物馆。

投掷树枝的习惯

之后我又射杀了两只成年雌红毛猩猩，以及两只不同龄的幼猩猩，我都保存下标本。其中一只雌猩猩当时带着几只幼猩猩在一棵榴莲树上吃未成熟的果实，一见到我们就开始愤怒地折断带有硕大有刺果实的树枝，将树枝与水果如骤雨般摔下来，有效地阻止我们靠近。有人曾怀疑红毛猩猩愤怒时有投掷树枝的习惯，如前所述，我现在至少亲眼见过三回。不过，这种举动全出自雌弥亚斯，可能是雄猩猩对自己的大力气和有力犬齿深具信心，不畏惧其他动物，不必驱赶敌人；而雌猩猩的母性本能使它采取了这种行为，以求自卫并保护幼猩猩。

　　我制作这些动物的皮毛与骨骸时，深受戴雅克人饲养狗群的干扰，这些狗经常处于半饥馑状态，对动物性食料极为贪馋。我有一只用来熬制骸骨的大铁锅，每到晚上，我总用木板盖住铁锅再压上重石头；但狗群还是想法子翻开木板，叼走一个标本的大部分。还有一回，它们咬掉我厚靴上部的一大块皮革，并扯去一片蚊帐，只因那蚊帐几星期前泼到了灯油。

　　顺流回程时，我们运气颇佳，又猎得一只在水中的矮树上吃东西的年老雄弥亚斯。这地区虽然一片汪泽，但是树与残干处处，我们的载货小舟无法行驶其中，即使办得到也会吓走弥亚斯。因此，我跳入及腰的水中，涉水到射击范围内开枪；但这位置想重填弹匣很困难，我深陷水中，根本没法斜放枪管倒进火药。我只好另找了片浅水处，在这种情况下碰运气发射了几枪，只见那巨兽翻滚入水中，令我喜出望外。我把它拖在身后拉回河道，马来人却不肯把它放入船内。它那么重，没有帮手肯定搬不上船。我四下张望，想找个地方剥皮，却又看不到一丁点干地；好不容易才发现两三棵老树丛与残干之间积了几英尺厚的砂土，正巧露出水面，而且刚好容得我们把猩猩的尸体拖上去。我首先测量了它的尺寸，发现它是我迄今所见最大的猩猩，虽然身高（四英尺二英寸）与其他红毛猩猩无分辕轾，但双臂伸开后足足有七英尺九英寸，比先前最大者足足多了六英寸，此外，它那巨大的阔脸有十三英寸半宽，先前最大者不过十一英寸半。它的体围三英尺七英寸半。这一案例使我相信，猿猩的臂膀长度、力量及脸宽会随年龄递增，而站立高度（从脚底到头顶）则很少会超过四英尺二英寸。

弥亚斯的生存环境

由于这是我猎杀的最后一只弥亚斯，也是我最后一次看到活生生的成年红毛猩猩，我将在此概括说明弥亚斯的一般习性与其他相关事实。我们已知红毛猩猩分布于苏门答腊与婆罗洲，并有足够的理由相信它仅分布在这两座大岛上，其中苏门答腊似乎少得多。红毛猩猩在婆罗洲的分布范围很广，凡岛的西南、东南、东北与西北海岸都有许多栖境，但似乎限于低地林泽。沙捞越河谷不见这种动物栖息，而三发以西及沙东河谷以东却分布颇多，这种现象乍看下颇难理解；但当我们了解这种动物的栖境与生活方式，就能为这项表面的异常找到足够理由，原因就在于沙捞越地区的地理环境。就我观察所及，在沙东河谷，弥亚斯只出现在低洼、平坦林泽，同时得有高大的原始森林。这些林泽都矗立着许多独立山丘，有些山上住着戴雅克人，整山都是果园。这种栽植地对弥亚斯是很大的诱惑，白天吃没有成熟的水果，入夜退回林泽。凡土地稍为隆起的干燥土壤处，就不见弥亚斯的踪迹了。比方说，整个沙东河谷较低洼的部分，猩猩种群为数众多；但只要爬到潮线以上，虽然地面依旧平坦，但地高而干燥，它们就消失了。沙捞越河谷也有这个特点：低洼区虽多林泽，但无广袤高耸的森林覆盖，又大半生长着水椰；其次，沙捞越市镇附近一带土壤干燥，许多部分又崎岖不平，而曾被马来人或戴雅克人开垦过的林地上多为次生林，只剩小面积的原始森林。

依我的看法，绵延广袤的高耸原始森林应是这些动物理想生存环境的必要条件。这种森林形成它们通行无阻的国度，它们可四处游荡，如同印第安人在大草原上或阿拉伯人在沙漠中一般；它们能从一棵树顶荡到另一树顶，甚至不需爬到地面。高隆的干燥地区常有人迹，中间又每每有垦殖的空地或低矮的次生丛林相隔，不适于它们这种特别的移动方式，在这种地方较易暴露在危险下，也得常爬下树到地面活动。另一方面，弥亚斯的自然栖地可能有较多种类的果树，那些像岛屿般冒出来的小山，刚好可用做果园或栽植地，使高地的树种也能长在低洼的林泽平原。

弥亚斯的习性与食物

看着一只弥亚斯悠闲地在林中移动，是一种稀奇有趣的景象。他从容不迫地行走在粗树枝上，那特长的手臂与略短的腿，让他自然呈现半直立姿势；而他用手背行动，不像人类用脚掌行走，益发凸显出四肢间的不成比例。他似乎总是选择与邻树枝叶交缠的树枝，接近这类枝条时先伸出长臂用双手抓住对面的树枝（有测试它们的强度意味），然后再审慎地荡到邻树的树枝上，又以先前的方式活动。他从不蹦跳或慌忙赶路，但仍能维持一个人在树下林地竭力奔跑的速度。他长而有力的手臂极有用处，能用来轻易爬上最高的树，伸到无法承载他重量的细枝上摘取果实与嫩叶，以及采集枝叶筑巢。我前文叙述过弥亚斯受伤时筑巢的情形，但这种动物几乎每晚都会筑一个类似的巢睡觉，只是眠巢位置较低，都筑在小树上，离地不超过二十至五十英尺，或许是因为低处比高处暖和遮风的缘故。据说弥亚斯每晚都筑新巢，但我认为那不大可能，否则旧巢应会很多；虽然我在煤矿场四周见到几个红毛猩猩的巢，但每天必定有更多的猩猩在周围活动，一年下来，他们的弃巢不就多得数不清了。戴雅克人说，天气很潮湿时，弥亚斯会用林投的叶子或大树蕨叶把自己盖住，猩猩在树上盖草屋的传闻可能就是这样形成的。

猩猩不睡到日上三竿、树叶上的露水晒干是不会起身的。他们整天吃个不停，很少一连两天回到同一棵树上。他们并不怕人，时常往下看我好几分钟后才慢慢移往邻树。每看到一只猩猩，我常常至少得走上半英里去拿枪，但每次回到现场，他几乎都还在同一棵树上，或相距一百码内的另一棵树上。我从没看到过两只成年猩猩在一起，但雄猩猩与雌猩猩身旁有时会有半大的小猩猩，有时则三四只幼猩猩同在一处。他们的食物以水果为主，间或采食叶片、嫩芽与嫩枝。他们好像偏好未成熟的果实，其中有些果实很酸，也有些极苦。他们尤其喜爱一种有红色肉质假种皮的大果子；对于其他果实，他们只吃大果实里的小种子，往往浪费或糟蹋了绝大部分，吃进去少，所以他们在一株树上吃东西时，树下会持续出现他们的丢弃物。他们特别喜欢榴莲，倘若将这种果树种植在四周有森林环绕的地方，不免有许多好味道的榴莲被他们大量破坏，但他们不会越过垦殖地去找榴莲。这种水果外皮厚韧、密生硬尖刺，观察这种动物如何剥开它们，颇令人惊异。他可能先咬掉一些刺，再弄个小洞，最后用有力的手指把果实撕开。

　　除非为饥饿所迫必须前往河边找寻幼嫩多汁的新枝，或干旱时不得不找水喝（他通常喝树叶兜住的水就够了），否则弥亚斯很少爬到地面。我有一次（仅只一次）在实文然山山脚的一处干土坑看到两只半大的猩猩，他们一起玩耍、站立起来互抓对方的手臂。我们可以安然断定，猩猩除非用手臂攀住头上方的树枝或遭遇攻击，否则绝不会直立行走。因此，猩猩撑着手杖走动的图画完全是凭空捏造。

戴雅克人都声言弥亚斯在森林中从未遭受别种动物的攻击，但有两个罕见的例外；这两个事件是从两位终生住在这种动物最多的地方的老戴雅克酋长处听来的，由于太过离奇，我只能尽量转述。我所问的一位说："没有别的动物强壮到足以伤害弥亚斯，唯一曾与他一搏的是鳄鱼。当丛林中没有果实时，猩猩会到河边找吃的，河边有很多他喜欢的嫩枝与傍岸生长的果树。鳄鱼有时会想抓住他，但弥亚斯跳到鳄鱼身上，手脚并用，将鳄鱼撕裂至死。"他补充说，他见过一次这般打斗，他相信弥亚斯总是赢家。

另一位是个"奥朗凯亚"，即实文然河河边巴娄戴雅克人的酋长，他说："弥亚斯所向无敌；除了鳄鱼与巨蟒外，没有动物胆敢攻击他。他总是用蛮力杀死鳄鱼，站在鳄鱼身上，扯开他的巨颚，一直撕到喉咙。如果蟒蛇攻击弥亚斯，他会用手抓住蛇身并用力咬啮，很快就解决了敌人。弥亚斯非常强壮，森林中没有其他动物比得过他。"

红毛猩猩体型这般硕大，长得这么奇特，还是高等动物，竟然分布在如此有限的区域（两座岛屿），而那又几乎是高等哺乳类动物的最后栖境，这一点实在令人费解。因为，婆罗洲与爪哇以东，四手类（猿猴）动物、反刍类动物、肉食类动物与许多其他目哺乳纲动物迅速减少，并很快完全消失了。我们更进一步思考，几乎所有其他动物在较早的时代都有类似但独特的代表性形态——亦即在第三纪晚期，欧洲有熊、鹿、狼与猫类动物栖息，澳洲有袋鼠与其他有袋动物，南美洲有巨懒与食蚁兽，所有这些都与任何现存的形态不同，却与之有亲缘关系——我们有充分的理由相信，类如红毛猩猩、黑猩猩与大猩猩也应有它们的先祖动物。每一位博物学家势必期望有朝一日能彻底检验热带洞穴与第三纪的沉积物，而这些体型硕大的类人猿过去的历史与最初出现的情景终能真相大白。

测量错误

现在我要对所谓存在和大猩猩一般大的婆罗洲（红毛）猩猩之说，提出一点看法。我亲自检查了十七具刚杀死的猩猩的尸体，并将之仔细度量，其中七只还保存了骨骸，我也获得了两具他人猎杀的猩猩的骨骸。这许多标本中，有十六只完全成年，其中九只雄性、七只雌性。大型红毛猩猩的成年雄性完全直立时，从头顶确实量到脚跟的身高，仅介于四英尺一英寸至四英尺二英寸之间；两臂平伸后横幅从七英尺二英寸至七英尺八英寸不等。其他博物学者提供的尺寸也都与我的颇为相符。特明克 ① 测量到

----

① 指昆拉德·雅各布·特明克（1778—1858），荷兰博物学家，以收藏家和系统分类学家闻名，是最早一批专事研究单一鸟类（鸽）的鸟类学家之一。曾任荷兰莱顿博物馆馆长。

的最大的猩猩是四尺高。施莱格尔[①]与穆勒[②]采集了二十五具标本，其中最大的老雄猩猩四英尺一英寸高。根据布莱斯[③]先生的资料，加尔各答博物馆中最大的骨骼是四英尺一英寸半。我所有的猩猩标本都得自婆罗洲西北岸一带，荷兰博物学家的标本则来自婆罗洲岛西岸与南岸；目前为止送达欧洲的标本，虽然毛皮与骨骼的总数必定超过百具，但还没有超过上述尺寸者。

但说来怪异，有些人声言他们测量到的猩猩大得多。特明克在他的猩猩专书中指出，他刚接到捕获一只五英尺三英寸高猩猩标本的消息。不幸的是，那标本似乎一直没有送到荷兰，而再也没人提及有关这动物的任何消息。圣约翰[④]先生在他的《远东森林生活记》第二卷第二百三十七页说，有一只他朋友猎杀的猩猩从脚跟至头顶达五英尺二英寸高，手臂围长十七英寸，腕围十二英寸！但这只猎物仅有头颅被送到沙捞越，圣约翰先生告诉我们，他帮忙测定了头颅，是十五英寸宽、十四英寸高。可惜的是，显然连这颗头颅也没被保存下来，因为至今仍没有这般大的标本送至英国。

---

① 指赫尔曼·施莱格尔（1804—1884），德国博物学家，一八五八年成为荷兰莱顿博物馆馆长，专精脊椎动物。
② 指萨洛蒙·穆勒（1804—1864），荷兰博物学家、探险家。
③ 指爱德华·布莱斯（1810—1873），英国博物学家。一八四一年起任加尔各答亚洲协会馆长，任期长达十二年。
④ 圣约翰（1825—1910），据华莱士的自传，是詹姆斯·布鲁克的私人秘书，亦是华莱士的老友。另曾撰书《詹姆斯·布鲁克爵士的一生》。

詹姆斯·布鲁克在一八五七年十月寄给我的信中，道及他收到我一篇已发表在《博物学会志与期刊》上的关于猩猩的论文，他还在信中附上他侄儿所猎标本的尺寸，我一字不改转述于下："一八五七年九月三日，猎杀一只雌猩猩。从头到脚跟，四英尺六英寸高；双手平伸，从指尖经过身体到另一手指尖，六英尺一英寸；脸宽（包括硬皮脸盘）十一英寸。"这些尺寸显然可能有一处错误；因所有博物学者量过的猩猩，臂展六英尺一英寸相当于身高约三英尺六英寸，而身高四英尺至四英尺二英寸的最大标本，总有高达七英尺三英寸至七英尺八英寸的臂长。其实，这一属的特征就是手臂特别长，以致在近乎直立时手指能拖到地面。身高四英尺六英寸的话，就需要至少八英尺的臂长！如果像上述的尺寸，那等身高仅有六英尺臂长，该动物根本就不该是红毛猩猩，而是新一属猩猩科动物，在习性与前进方式上都迥然相异。然而，射杀此动物的约翰逊·布鲁克[①]先生熟知猩猩，并显然确认这是一只猩猩；因此，就必须判定到底是他在臂长量度上弄错了"两英尺"，还是身高测量上错了"一英尺"？身高当然比较有可能量错，倘若加以修正后，这动物在比例与尺寸上就会回归到与所有存于欧洲的标本相符。我

---

　　① 约翰逊·布鲁克（1829—1907），詹姆斯·布鲁克的侄子，继他之后成为沙捞越的统治者，有"布鲁克拉甲二世"之称，深受当地人爱戴。

们可以用艾贝尔^①医生叙述的一个苏门答腊红毛猩猩案例，表明这些动物的身高是如何容易错量。射杀这只动物的船长与水手声称，它活着时比最高的人还高，而它看来如此巨大，使他们认为它足足有七英尺高；但它被杀死摆在地上后，他们发现它只有六英尺长了。这只动物的皮毛现已不确定是否保存在加尔各答博物馆，而新任馆长布莱斯先生说："那绝非最大的躯干尺寸。"换言之，它的高度不过四英尺上下！

有了这些不置可否的猩猩尺寸错误的案例，要认定圣约翰先生的朋友犯了测量或记忆上的类似错误并不为过，因为他不曾提及那些尺寸是当场记录下来的。圣约翰先生以个人权威提出的数字只是"头十五英寸宽，十四英寸长"。由于我得到的最大的雄猩猩脸宽十三英寸半，那是在猩猩被杀死后立刻量的，所以我颇能了解这个案例：那只传闻中的巨大猩猩从巴坦卢帕运抵沙捞越至少须跋涉两天（甚至三天），势必会因腐烂而膨胀，也就比刚死时增加了个把英寸。因此，整体来说，我认为应可确认的是，到目前为止，我们尚无任何婆罗洲猩猩超过四英尺二英寸高的可靠证据。

---

① 指克拉克·艾贝尔（1780—1826），英国外科医生、植物学家。一八一六年至一八一七年在中国广东和北京担任英国大使阿美士德（1775—1857）的医官和自然学家。

第五章
深入婆罗洲内陆

一八五五年十一月至一八五六年一月

　　雨季接近了，我决定回到沙捞越镇。我要查尔斯·亚伦带着所有的采集物走海路，我自己则打算溯溪到沙东河的源头，再沿沙捞越河谷回去。由于这条路线难走，我带了最少量的行李，以及单单一名仆人，他是一位名叫布让的马来少年，懂得沙东地区戴雅克人的语言，也曾跟他们做过生意。我们于十一月二十七日离开煤矿场，次日抵达马来村庄格东，我在那里花了点时间采买水果与鸡蛋，还拜访了当地的"达图班达"，即马来总督。他住的房子宽敞而华美，不过里外都很脏。他对我的工作很好奇，问了许多话，尤其关心煤矿事宜。土著对采矿等事感到非常困惑，他们无法了解采煤所需的大费周章的过程与花大笔银子的准备工作，也不相信有这么多唾手可得的木材，却要用煤来做燃料。这里显然很少有欧洲人涉足，我走过村子时有些妇女急忙闪躲我；一个十一二岁的女孩刚从河边提了一竹筒水，看到我竟惊叫出声，摔掉竹筒，调头跳进溪里。她游得很美，还不断地回头张望，生怕我会追过去，一直大声尖叫，这时有一群男人和男孩大笑她有什么好惊慌的。

到了下一座村子杰宜，溪流因泛滥而急湍，重船无法前进，我只得遣送它回去，改乘一条无篷船继续前行。沿河没有什么看头，稻田夹岸，一成不变的高草泥岸边偶尔间隔着小草屋，稻田远处一片树顶。过了杰宜数小时，船滑过农田，河边立即转换成美丽的原始森林，有棕榈、爬藤、巍峨的乔木与非凡的蕨类，以及各种附生植物。此时河岸边仍洪水泛滥，想找处干地过夜相当困难。一大清早，我们抵达恩普格南——一座马来小村，位于从实文然河河口可遥望的一座孤丘边。从这里起，河水不再受潮汐影响，我们进入美丽的高地森林。大树的粗枝盖过河面，峻峭的泥岸生长着羊齿与姜科植物。

午后不久，我们抵达塔博坎，山地戴雅克人（又称毕达雅人）的第一座村落。河边的空地上，大约二十名男孩在玩一种游戏，和我们的"牢房游戏"① 颇为类似。他们身戴饰珠与黄铜线饰，再配上色彩艳丽的头巾与腰布，既出色又悦目。布让喊了一声，这群男孩立刻抛下游戏把我的行李送到"头屋"；这是戴雅克村落必备的一幢圆形建筑，供做外乡人夜宿处、交易所、

---

① 牢房游戏，参与者分成两队，中间以粉笔画线隔开，每队后方六七米处用粉笔画出一个大方框当牢房。游戏开始时每队各选派一名善跑成员当囚犯，被关在敌人的牢房中，队员则设法进行援救，若不幸被敌人抓住，则亦成为囚犯。故每队除了得设法援救囚犯，还得留神自己牢房内的犯人不被救走。最后以囚困最多犯人的那一方获胜。

未婚年轻人卧房及村落会场之用。

这栋头屋高架在长柱上，中央有个大火炉，四周屋顶开有天窗，设计成很舒适的住屋。黄昏到了，屋内挤满少男与男童，全是跑来看我的。他们大多是长相宜人的年轻人，我不禁赞叹他们衣着的简单与雅致。他们唯一的衣物是一件长"查瓦"，即腰布，前后垂在腰间。查瓦的材料大多为蓝棉布，下缘有红、蓝、白三色宽带。一些较富裕的少年还缠着头巾，头巾若非镶金色勾花边的红色，即像查瓦般呈三色。他们戴有弯月般的大黄铜耳坠、黑或白珠编的沉重项链、臂与腿上有成排的铜环，手上还有白贝壳串成的臂环，所有装饰无非是用来衬托与彰显他们的红棕色皮肤与一头乌发。除此之外，辅以装槟榔的小袋子及一把细长狭刀（这是人人必挂身侧的装备），就成了戴雅克体面年轻人的日常装束。

被称作"奥朗凯亚"的部落酋长偕同几位长者到来，于是"毕查拉"（谈话）开始了，讨论明晨为我准备一条船与几位船夫等事宜。他们的话与马来语天差地别，我一窍不通，全程交谈都由我的马来少年布让代表，他把大部分村民的话翻译给我听。屋中有一位中国商人次日也需要人手；他暗示"奥朗凯亚"这一点，却遭到严厉的回绝：现在才刚在讨论白人的事，必须再等一天才能考虑他的问题。

毕查拉结束，老酋长走了，我请那帮年轻人来游戏或跳舞，或进行日常娱乐活动，略微犹疑后，他们同意了。他们先比力

戴雅克青年画像

气，两个男孩面对面坐着，四脚相抵，四手共握一根粗木棍，然后各人试着往后仰，靠蛮力或出其不意等效应把对手从地面掀起。之后，一位大人同两三位男孩比力气；过后，他们各用单手抓住自己的脚踝，一位尽可能站稳后，另一位则单足旋舞一圈，设法用抬起的腿扫向对方支撑身体的单脚，试图把对手掀倒。这游戏轮流玩了一圈各有胜负后，我们开了场别具新貌的演奏会。有人把一条腿横过膝盖用手指急拍脚踝，有人则像公鸡啼叫般用手臂拍打体侧弄出各种拍打声，还有人把手放在腋下挤出低沉的喇叭曲调，由于他们的拍子很准，合奏一点都不难听。这似乎是他们很喜欢的娱乐方式，兴致高昂的合奏良久方才罢休。

次日清晨，我们乘了艘船出发，此船三十英尺长，仅二十八英寸宽。这里的河突然变了样，先前的水流虽湍急，但深而平稳，且局限在高峻的两岸间。现在水流冲激在卵石、沙砾或岩石河床上，间或形成小湍瀑或急湍，并在一侧或另一侧掀起平阔的晶莹卵石堤岸。这里无法操桨，但戴雅克人用竹竿灵巧迅速地撑着我们前行，虽然他们站在这么窄小而动荡的船上，又用全力撑船，却从未失去平衡。这是个晴朗的好天，船夫欢乐地使力撑船，水波晶莹荡漾，两岸又有明亮繁复的树叶组成绿色华盖铺展在我们头顶上，这一切令人心旷神怡，我不禁忆起在南美洲壮阔河道的独木舟之旅①。

戴雅克妇女的服饰

下午一早，我们到了波洛托依村，虽然天黑前赶到下一个村落没有问题，但船夫要回去，而其他人没有经过事先磋商又不肯跟我同往，我只得留下来。再则，一个白人会到这里来简直太稀奇了，哪能轻易放过他，太太要是从田里回来，发现竟没把那么稀奇的人物留下来让她们瞧瞧，决计不会原谅她们的先生。打从我被邀请入屋起，六七十个男男女女、老老少少就围着我。我坐了半小时，像只奇特的动物，首次被暴露在众目睽睽之下。黄铜环在这里极为流行，许多妇女两臂套满铜圈，连脚踝至膝盖也不放过。她们的腰上圈了至少一打红染色细藤

---

① 华莱士之前于一八四八年至一八五二年间孤身前往亚马逊河流域采集标本，在无人协助的情况下，比过去欧洲旅人更深入数百英里的蛮荒之地。

环，环上系着衬裙；藤环下通常是一些细铜环或小银币串成的腰带，有时则是一条宽黄铜圈的胄带。她们头戴尖锥无冠帽，这种帽子以藤圈为骨架，上串色彩斑斓的彩珠，组合成奇特却美观的头饰。

走到村外开垦成稻田的小丘上，四周景色一览无遗。这一带的地形多为丘陵，往南则山峦起伏。我测定方位，把极目所视尽绘入图中，同行的戴雅克人觉得很稀奇，要求我回去后让他们瞧一瞧罗盘。我回村子后，包围的人潮更多了，我的晚餐约在百位观众的环绕下吃下肚，一群人百头攒动地争着看我的一举一动，对我的每一口饭品头论足，我不由自主地想起喂食狮子的场景。但就像那高贵的动物，我对此早习以为常，食欲丝毫不受影响。这里的孩童比塔博坎的害羞些，我无法请他们玩游戏。因此，我自己上台表演，模拟了吃东西的狗头手影，他们高兴得不得了，结果整村的民众相继前来观看。至于"墙上的兔子"则票房欠佳，因为婆罗洲没有像兔子的动物。男孩们有一种陀螺，类似鞭抽陀螺，同样用绳子旋动。

第二天早上，我们照样前行，但河流变得又浅又急，而船又太小，虽然我除了换洗衣物、一支枪与几件炊煮用具外没带什么东西，却仍得用两条小舟运载。现在河岸不时出现一种固结的黏页岩，有时呈结晶状以近乎垂直的角度竖起。我们的四周有许多孤立的石灰岩峰，白色崖壁在日照下晶莹闪烁，搭配上苍翠的树林环抱，相得益彰。河床卵石累累，多是纯白的石英石，衬托着不少黄玉与玛瑙，五光十色。才上午十点，我们就到了布杜，这儿的村民虽然多，我却找不到人带我前往下一个村落。"奥朗凯亚"（酋长）说，若我坚持要人手，他当然有法子；我信以为真地说我要这些人手，却马上换来一顿拒绝。当天想离开的念头既然难以实现，我只好死了心。我走向稻田，这片稻田面积很广，占据了数座小丘山谷，而小丘山谷似乎就是这一带的构成元素，周围的景致一览无遗。

戴雅克富人

黄昏，"奥朗凯亚"盛装而来（一件条纹灯芯绒上衣，但没有搭配长裤），邀请我到他家做客。他请我坐在上位，顶上有白棉布、彩色手帕搭成的天棚。宽敞的走廊挤满了村民，许多大盘米饭配着熟蛋生蛋放在地上，作为我的礼物。然后，一位身着亮丽华服、戴满饰物的耄老走进来，坐在门边，喃喃念诵起很长的祝祷文，并把捧在手上盆里的米撒出来，顿时数面大锣同声齐鸣，毛瑟枪成排齐射，表示敬意。一大坛亚力酒随之轮流传递。酒很酸，但风味不错。我请求欣赏他们的传统舞蹈。他们的舞蹈和大多数蛮子表演类似，多半很枯燥又欠文雅；男人穿得像女人一般，很是荒唐，少女们则极力做出僵硬可笑的体态。从头到尾，许多少男用有力的臂膀把六至八面中国大锣敲得震天价响，锣声震耳欲聋，我逃回圆屋，躺在屋梁上悬着的半打熏干的骷髅头下安然入睡。

河流浅得已无法行船，于是我步行到下一个村庄，希望沿路看看这一带的景色，不料大为失望，一路上小径两旁尽是浓密的竹林。戴雅克人年作两次，一作是稻，另一作是甘蔗、玉米与蔬菜，然后休耕八或十年，这期间土地就遭竹丛与灌木入侵。竹丛几乎淹没了小径，遮去两边所有的景色。我们走了三小时来到瑟南坎村，又得留住一天，不过这回我获得当地"奥朗凯亚"承诺他的手下第二天会带我穿过两个村落，到位于沙捞越河源头附近的森纳村后，才答应留下。我白天在高地上到处走动，观察四周的地景与大山的走向，自己找乐子，黄昏后便是一场村民大会，有稻米、鸡蛋及亚力酒等礼物助兴。这里的戴雅克人开辟了很大面积的土地，并供应大量稻米给沙捞越镇。他们有很多铜锣、铜盘、铜线、银币及其他物件，他们把这些看做财富；妇孺也都浑身装扮着圆珠项链、贝壳与铜线。

第二天早上我等了一阵子，奉命陪我同行的人手却不见踪影。我差人去问"奥朗凯亚"，发现他一早就和另一位长老出门了，为的是劝不动任何人陪我同行，因为路程太远、太累。我坚持离去，就告诉面前的几个人说，酋长的做法很差劲，我会向"拉甲"（大酋长）报告他们的行为，而且我要立即动身。在场所有人都借词推诿，但叫来了别人，在威迫利诱与布让的三寸之舌下耽搁了两小时后，我们终于出发了。

小喜马拉雅山

头几英里路，小径穿过一片稻田。这些稻田分布在窄隘的陡峻山脊与深邃溪谷中，几无一码平地。穿过沙东河的主要支流卡扬河后，我们抵达塞博兰山的低坡，小径沿着略陡的尖锐山脊而行，视野极佳。周围景色就像胡克[①]博士与其他旅人所述的喜马拉雅山，仿佛那巍峨山脉若干部分的天然模子，只是缩小为十分之一，那儿的数千英尺高山刚好为这儿的几百英尺山脉所替代。我发觉先前河床中吸引我的漂亮卵石的来源了。此地已无页岩的踪影，这些山似乎由沙砾岩构成，有几处只是固结的卵石堆。我早该想到，一条小溪怎么可能产生那么多圆滑坚硬的石头。这些石砾显然在远古时代就已生成，那时婆罗洲大岛还没从海底隆起，大陆洲的江河或海滩作用形成了它们。这里有山脉与溪谷，具体而微地重现了一座伟大山脉的所有特征，这对现代理论有重大的影响，即地形主要肇因于大气作用而非地底的作用。我们眼前一英里方圆内，许多呈树枝分岔状的河谷与深渊峡谷往不同方向散射，很难用地震产生的裂缝与地隙来诠释它们的形成，甚至起源。另一方面，这些岩石的本

[①]　指约瑟夫·道尔顿·胡克（1817—1911），英国植物学家，以植物学旅行及鼓励达尔文发展物竞天择理论而闻名。一八六五年至一八八五年担任英国皇家植物园园长。

质（易被水分解与移动）及丰沛的热带雨水已知的作用，至少在本案例中，已是形成这种河谷的极充分的理由。但它们的形状、轮廓、分歧方式，以及分隔它们的山坡山脊，与喜马拉雅大山的地景神似到如此地步，令我们不得不做出以下结论：作用于此两处的自然力本质相同，不同的只是作用时间的久暂以及材料的性质相异罢了。

约中午时分，我们抵达门尼雷村，该村位于一座大山的尖嘴上，高出河谷约六百英尺，我们在此体会到婆罗洲这一带山川的怡人景色。我极目远眺沙捞越河的源头，也是本区最高峰之一潘理生山，海拔约六千英尺。潘理生山以南为罗旺山，更南为荷属昂头湾山脉，似乎同样巍峨。我们从门尼雷村下山，穿过环绕山麓的卡扬河，再登上分隔沙东河河谷与沙捞越河河谷、高约两千英尺的隘口。自此以后的下坡路很顺利。我们的两侧都是深渊岩峡，其下激流湍湍，我们走过许多山坡的冲蚀沟，并沿着崖壁走在土著的竹桥上，逐渐朝一条溪流下降。有些竹桥长数百英尺，离地五六十英尺，通路就靠一根四英寸直径的竹子架成，竹桥旁有一根细竹当扶手，但多不牢固，只能用做导引而非手把。

向晚时分，我们抵达位于两溪间山嘴的梭铎斯村，全村环绕着果树，根本看不到外围的景色。屋子宽大、干净、舒适，主人也很好客。许多妇孺从未见过白人，怀疑我的身体是否和脸颜色相同，要求我露点臂膀与身体给他们瞧瞧。我觉得他们相当和善温和，没有理由不满足这个请求，于是卷起裤管让他们检视腿上的肤色，他们很感兴趣地看了好一会儿。

次日一早，我们沿着一条美丽的河谷继续下山，四周高山巍峨，达两三千英尺。小河很快变大，待我们抵达森纳时，已是一条砾石累累的河流，可以航行小独木舟了。这里再度可见到高隆的板岩，与沙东河的地层有相同的倾斜角与走向。当我打听有无船只可载我到下游时，有人回说：森纳的戴雅克人虽住在河边，却不曾造船或用船。他们和门尼雷与梭铎斯的村民是同一部族，原先是山民，约二十年前才迁到河谷，还没发展出用船的新习俗。他们筑了很好的步道与竹桥，开垦了大面积的山坡地，予人一种更怡人、更文明的观感，远胜过仅用船只往来并只开垦河岸附近土地的部族。

几番周折后，我从一位马来商人那儿雇得一艘船，并找到三位戴雅克人当船夫，他们曾与马来人去过沙捞越镇好几回，我自忖他们理应可应付途中的状况。不料，他们一窍不通，小舟不断触礁、撞上岩石，人也在船上跌跌撞撞，差点连船一同翻沉入水，与海上戴雅克人（又称伊班族）的纯熟技巧形成强烈对比。后来，我们到了一处船只常常覆没的危险急滩，我的船夫竟不敢再冒进。一艘载了米的马来人小舟超越我们，他们安全通过湍流后，好意派了一位船夫协助我们。不出所料，我的戴雅克人在湍流的关键处失去平衡，倘若没有旁人相助，肯定会闯大祸。河流的景色现在变得极美，两岸地面有些已开垦为稻田，周边景致一览无遗。岸边有许多大树伸到河面上，树上搭建了许多小谷仓，有竹桥从河岸搭起斜达谷仓；每逢有跨过河面的树木时，就会出现横过河面的竹材吊桥。

人间水果之王：榴莲

当晚我夜宿塞本果，这也是一座戴雅克人的村子。翌日，我们终于抵达沙捞越镇，这一路上如画的乡间美景尽入眼里，自地面拔起的石灰岩孤峰四处林立，造形幻妙，白崖耸立，其上垂挂了繁茂的植物。沙捞越河夹岸果树遍地，是戴雅克人的仓储。这一带盛产山竹、兰撒果①、红毛丹、菠萝蜜、莲雾与杨桃，但最多也最贵重的是榴莲。这种水果在英国默默无名，但在马来群岛则不论土著或欧洲人都奉为无上珍品。早年的荷兰旅行家林索登于一五九九年写道："据吃过的人说，这水果香甜味美，堪称人间水果之最。"帕鲁达努斯②博士补充道："这种水果润热，对于不曾吃惯的人，乍闻有烂洋葱般的臭味，继之入口，即尊为果中之后。土著推崇，赞美有加，并为之作韵赋诗。"如果带回家，它的臭味常常十分呛人，有些人因此无法忍

---

① 兰撒果，是一种热带水果，原产地为马来半岛和东印度群岛。果实呈椭圆形，直径约二点五至五厘米，结成串，每串六至十颗。果皮呈淡黄色，果肉白色，约有四五瓣，多汁而香甜，可生吃。

② 帕鲁达努斯（1550—1633），编纂了第三章提及的荷兰探险家林索登的游记并为之添加注释。

受品尝它。这正是我初次在马六甲试吃榴莲的写照，但后来我在婆罗洲拾得一颗掉落地的成熟榴莲，就地尝之，一尝就爱它终生不渝。

榴莲长在高大的乔木上，树形像榆树，但树皮较光滑、多鳞片。果实圆形或稍椭圆形，大小如大椰子，表皮绿色，密布短硬的木刺，刺脚相连形成六边形，刺尖强韧锐利。这种果实固若金汤，若果柄已断，就不易从地上捡起。它的外皮厚而韧，即使从高处坠地，依旧完好如初。从果脐到果尖隐约有五条直纹，直纹旁硬刺略弯，这些直纹是外果皮的接合线，可从此处用一把结实的刀或有力的手将之剖开。五瓣内衬为白缎色，每瓣有一团饱满的奶油色椭圆果浆，最里面有两三颗大如栗的种子。果浆可食，其稠度与风味难以形容，像浓郁的奶油蛋糕加了浓浓的杏仁味，却又带着一丝丝像奶酪、洋葱酱、棕色雪莉酒香，以及其他种种不可名状的气味。此外，此果浆有种黏稠的顺口感，真是美上加美，这也是其他水果缺乏的特点。榴莲不酸涩，不甜腻，也不多汁，却又让人觉得它样样皆全，简直完美无瑕。吃榴莲不会反胃，也没有其他不良反应，吃得越多，就越难以罢手。事实上，光为了体验榴莲的美味就值得一趟东方之旅了。

榴莲成熟时会自行掉落，最完美的品尝榴莲的方法是一落地就捡而食之，这时候的气味也较平和。未成熟的榴莲可拿来煮食，是一种很好的蔬菜，戴雅克人也当色拉生吃。遇丰收年，他们会将大量的榴莲加盐腌渍，保存于罐子与竹筒中，一年后取出，这时会有一种欧洲人最不堪入鼻的气味，但戴雅克人大为推崇这食物，把它当做下饭的调味品。森林中有两种野生榴莲，果实小得多，有一种的果肉为橙色；这些野榴莲可能是大果味美栽培种榴莲的原种，因为栽培种在野外已不复寻见。说榴莲是最佳水果不很恰当，因为它无法取代那些微酸多汁的水果（如橙橘、葡萄、芒果与山竹），这些水果具有爽口、清凉的特质，也十分滋补甜美；但单就香味而论，榴莲的雅致风味则无他物可及。如果我必须只选定两种来做这两大类水果登峰造极的代表，肯定由榴莲与橙橘当选为果王与果后。

有时榴莲却是危险之物。果实开始成熟后，几乎天天或甚至每小时都有落果，不时地发生砸到树下工人或路人的意外。从天而降的榴莲打到人时，伤势不会太轻，硬刺常扯得皮破肉绽，重击力道也强，但没听说过打死人，因为涌流而出的血正好可以防止可能的发炎。一位戴雅克酋长告诉我，他被掉落的榴莲砸到头，原以为小命不保，不料没多久便安然无事了。

有一帮诗人与卫道人士依据我们英国的树木与果实判断，以为大乔木总生着小果实，如此落果不致伤人，至于巨大的果实则多垂在地面。然而，已知最大最重的两种果实，巴西栗与榴莲，却长在高大的乔木上，一成熟就落地，伤人无数甚或取人性命。从这一点我们学到两件事：首先，不要看到片面的自然现象便遽下通则，其次，树木与果实和动物界的生物同样分歧，不会单为了人类的利用与便利而组织其结构。

万能的竹

我在婆罗洲的多次旅行中，尤其是与戴雅克人共处的那段时期，开始领会到竹子可敬的质量。我从前所游历的南美洲地区，这类巨大的禾草较为少见，有的话也谈不上利用；它们的利用有些敌不过多样的棕榈，有些则被加拉巴果与葫芦取代。几乎所有的热带国家都有竹子，在产量丰富的地区，土著用做各种用途。竹子强劲、轻便、光滑、通直、圆形、中空，容易直劈，粗细各异，竹节长短不同，易于切断，可钻孔，竹筒坚硬，气味轻，产量丰，生长快，繁殖迅速，这些特质造就了上百种用途，与其他材料相较，省下许多劳工与加工。竹子诚然是热带最神奇、最美好的产物，也是大自然赐给未开化人民最珍贵的礼物。

戴雅克人的屋子都筑在高柱上，屋长两三百英尺，宽四五十英尺。地板多用大竹条铺成，每条宽约三英寸，相当扁平，用黄藤牢牢绑在下方的横桁上。如果建得好，光脚走在这种地板上相当舒服，脚踏在竹子圆润的表面上，平滑而又舒适，感觉很坚实。更重要的是，一旦铺上席垫，这种竹条地板就变成了极佳的床铺，竹子的弹性与微弧表面远胜过僵硬平整的地板。就在这里，我们马上就找到了竹子的一项用途，若代以他种材料，即使费工细裁也难以比拟，例如棕榈与其他材料都得花很多切刨的功夫，成品也略逊一筹。然而，如果需要平整而密接的地板，只要剖劈粗竹成厚签，削成十八英寸宽、六英尺长，若干戴雅克人就用竹签铺成住屋的地板。这种地板经过脚底多年打磨与烟熏后会变得乌黑光滑，仿佛核桃木或老栎木，不容易看出原本的材质。对于只有刀斧的蛮子来说，竹子帮他们省下了难以估计的劳力；他们若想要几块木板，必须一斧一凿劈开大树的硬树干，还得再花数天或数周的劳力，才能得到如竹板一样平滑美观的木板。何况，垦殖地的土著或森林中的旅人若需要临时住屋，也以利用竹子最为便利，比起用其他种建材，搭建竹屋可节省四分之一的劳工与时间。

戴雅克人的竹桥

如我前文提及，沙捞越河流域内陆的山地戴雅克人开辟了许多绵长的步道，从一座村通往另一座村，或连接他们的农地；这些步道沿途必须跨越许多沟壑、深谷、大河，有时为了避免绕路，不免又沿着崖壁构筑。不论哪种状况，他们全采用竹桥。对这项用途来说，竹子真是无上的好材料，我不禁怀疑，倘若没有竹子，他们或许就不会尝试辟筑这类工程。戴雅克人的竹桥结构简单，但设计精良。他们将数根坚韧的粗竹在路面相交成 X 形，交叉处只离地面数英尺，之后绑紧竹子的交叉点，其上再放一根大竹竿成步道，并用一根不太稳的细竹竿当扶手。这桥如要跨越河流，他们通常会选一棵垂盖河面的树，将竹桥一头半吊在树上，另一头架在从岸边搭起的交叉支柱上，避免在河中设置可能会被急流冲走的桥墩。在山崖绝壁造桥时，则利用树木与树根来吊挂；叉形支柱架设在适用的岩石缺口或裂隙上，若还不够稳固，就将五六十英尺长的大竹竿固定在河岸或竹桥下方的粗树枝上。这些竹桥每天有负重的男人妇女来回走过，稍有不稳立刻会被察觉，并可用唾手可得的竹材马上修复。在陡峻的道路上，每逢天气太湿或太干，不免相当滑溜，这时竹子又可派上用场。他们把竹竿砍成一段段约一码长的竹片，在两端凿出相对缺口，钻上孔，钉上竹签，瞬间完成坚固方便的踏板。这些结构一两季后确实会腐烂，不过很快就能替换，比用硬实较耐久的木材更经济。

戴雅克人运用竹子最特出的方式我已于前文描述过，他们把竹签钉进树干，协助攀爬高大的树木。他们常利用这个方法采集当地最富经济价值的产物——蜂蜡。婆罗洲的蜜蜂常把蜂巢挂在塔畔树的枝丫上，这种树木在森林里最为突兀高耸，圆柱形的光滑树干从地面算起百英尺内无任何侧枝。戴雅克人会趁夜攀爬这种高树，边爬边造竹梯，摘取下巨大的蜂巢。他们将蜂蜜与幼虫充做美味大餐，蜂蜡卖给商人，买回黄铜圈、耳饰及金边手帕，他们喜欢用这些物品装扮自己。他们爬登离地五六十英尺高处即长出枝丫的榴莲与其他果树时，我发现他们

戴雅克人走过一座竹桥

只用竹签，舍弃安全保障的直竹竿。

　　劈开削薄的竹皮是编制篮子的牢固材料；而鸡栏、鸟笼及圆锥形捕鱼笼则可用一节竹子迅速做成：把竹节一端劈成细条，另一端连着，再用竹篾或藤条以定距环编横织。将剖开两半的大竹子架在调好高度的叉柱上，维持一定落差，便可引水进屋。长节竹是戴雅克人唯一的储水容器，每间屋子的角落都放了几打竹水罐。这些水罐干净、轻便、容易携带，比起同功用的陶器有数不尽的优点。竹也是上好的炊煮器皿；用竹筒煮蔬菜与白米最是实用，常用于旅行。盐腌渍水果或鱼、糖、醋与蜂蜜都可装在竹筒中，不必保存在瓶瓶罐罐内。戴雅克人身边常挂着一个雕饰精美的小竹箱，内装嚼食槟榔用的栳叶与石灰，他们随身带的长刀也配上竹刀鞘。他们最喜爱的烟管是大水烟枪，不出数分钟就可造一支。他们把一小节当烟斗的竹子斜插进一个内盛水的六英寸长的大竹筒底部，烟气就穿过水导入一根细长的竹管吸嘴。除此之外，还有许多竹制的日用小物件，不过以上种种介绍足可看出竹的价值了。在马来群岛其他地区，我见识过竹子的许多新用途，很可能我的观察能力有限，对沙捞越的戴雅克人运用竹子的认识还不达二分之一。

猪笼草与蕨类

讲到植物，我想在此介绍婆罗洲的数种特殊植物。奇妙的猪笼草是植物学的猪笼草属植物，在此地相当发达，每座山头都挂满了雅致的瓶状叶，或依傍在林地上，或攀附于灌丛与矮树上。有些细而长，状如现今（在英国）常见的品种——美丽的菲律宾花篮海绵；其他则是宽而短的品种。这些猪笼草呈绿色，杂以各种浓淡的红、紫斑点。所知最精致者采自婆罗洲西北部神山①山巅。有一种阔叶种名掌纹猪笼草，每个瓶状叶可装两夸脱水。另一种阔叶种爱氏猪笼草，有长达二十英寸的长

---

① 神山，是婆罗洲第一高峰，标高四千零九十五米，又称基纳巴卢山、中国寡妇山。

万代兰

形瓶状叶，而植物本身可达二十英尺高。

婆罗洲的蕨类很丰富，但不如爪哇岛火山上那般多样，树蕨也没有爪哇那么多或那么高大；但它们从山巅一直分布到海平面，通常纤细而优雅，八至十五英尺高。由于我没有花很多时间去寻找，在婆罗洲仅采集了五十种羊齿，我相信一位优秀的植物学家必定能采集到这个数目的两倍。有趣的兰科植物也非常丰富，但是一般说来，十分之九物种的花小而不显眼。至于例外者有优雅的茅慈姑属，它的大团簇黄花能点缀最幽暗的森林；又有最奇特的万代兰，在珀宁焦山山麓几处温泉边长得格外茂盛。这种兰花生长在树木的低枝上，奇特的悬吊花序低垂，几乎触及地面。花序通常有六至八英尺长，上面生着硕大美丽的花朵，三英寸宽，颜色由橙至红不等，上有深紫色斑点。我测量过一个花序，竟长达九英尺八英寸，上面有三十六朵花，以螺旋状排列在一根细丝般的花轴上。种植在我们英国温室里的样本，也曾生长出等长的花序，花朵数量更多。

赤道附近的森林内花朵很少，难得邂逅任何令我惊艳的景色。我有时会看到几种美丽的爬藤，特别是一种美丽的猩红与黄色槐口红花，以及一种优雅的豆科植物（决明属），株上生着一簇簇艳丽的紫花，和大型黄槐的花相似。有一次，我发现暗罗树属的几棵番荔枝小树，躲在阴暗的森林中却开出最具特效的花朵。这些树约三十英尺高，纤细的树干上满布硕大的星形红花，簇拥在一起，像极了花圈，不像自然生成，反倒像人工装饰品。

树林中的巨乔木

森林中不乏各种魁伟巨树，树干或圆筒状，或板状，或有深沟纹。旅行其中，有时还会碰到妙不可言的榕树，树干本身仿佛一座森林，由许多树茎与气根构成。更稀奇的是有些树似乎自半空开始生长，并从那里向外散出枝条及错综复杂的气根，这些气根形成金字塔般的锥形，直达地面，长达七八十英尺。因此，人可站在树的中心位置，四面八方有气根围绕，树干正在头顶上方。这种特征的树整个马来群岛四处可见，而下一页的绘图（根据阿鲁群岛上我常造访的一棵榕树绘成）勉强表示出它们的常见树容。我相信它们起先是寄生植物，种子被鸟类携带而去，后掉落在巨树的枝杈处，就此往下长出气根，紧紧包住它寄生的树干，最后勒死这棵树。结果，这棵先前落在它身上的不起眼的小树完全取代了它。于此，我们见到植物界中的一个生存竞争案例，对于被征服者来说，比起我们较常见，也较容易理解的动物间的求生，这种竞争不见得比较温和。攀缘植物以攀缘方法快速获取阳光、温暖与空气的优势，现在竟被林木取代。这种树具备在高处开枝散叶的能力，其他树则要经历多年生长，并等待老树倒下留出空间，方能达到如此高度。因此，在热带地区温暖、潮湿、变动小的气候下，每个生命都积极争取可利用的空间，新形式的生命也发展出特别适应占据空间的特质。

我在十二月初抵达沙捞越镇后，发现要等到一月底才有机会回新加坡。因此，我接受了詹姆斯·布鲁克爵士的邀约，与他及圣约翰先生一同前往他在珀宁焦山的别墅盘桓一星期。那是一座很陡峭的金字塔形结晶玄武岩山，高约一千英尺，整座山覆盖着茂密的森林。山上有三座戴雅克人村落，近山顶一处平台盖了栋简易的木造小屋，布鲁克爵士这位英国土皇帝经常来此放松心情，并享受凉爽的空气。这座山距离河流虽然只有二十英里路程，但上山的路径或是一连串贴壁梯级，或是架在深沟与峡谷上的竹桥，或是开筑在石头、横倒树干、大如屋子的巨石上的滑溜步道。紧靠别墅下方有一块突出岩石，岩下有一道冷泉，可供人清净洗浴或供给鲜美饮水；而戴雅克人又每天带来满满一篮山竹与兰撒果：两种最好吃的热带微酸水

暗罗树属，奇异的林木，树蕨

果。我们回沙捞越镇过圣诞节，这是我与詹姆斯·布鲁克爵士共度的第二个圣诞节；所有镇上或外地来的欧洲人都体会到这位大酋长的亲切好客，他具有让来宾个个深感愉悦的超级处世艺术。

捕蛾之夜

几天后，我、查尔斯及一位马来男孩（名叫阿里）再度回到山区，留驻了三个星期，目的是采集一些陆生蜗牛、蝴蝶、蛾类、蕨类及兰花。在山丘地带，羊齿还算普遍，我采集了约四十种。花我最多时间的是极其丰富的蛾类，在某几处环境下我捕捉了不少。由于我的八年东方漫游中始终没有找到第二个地点有那么多蛾类，在此叙述一下我捕捉它们的实际环境，相信饶富趣味。

别墅的一侧有个阳台，往下可俯瞰整座山的侧面或仰观右方山顶，眼前一片葱郁的森林。别墅的墙板都涂了白灰，阳台的顶盖很低矮，也钉了木板并涂上白灰。天一黑，我立刻把一盏灯放在靠墙的桌上，准备好钉虫针、镊子、虫网及采集箱放在身侧，拿本书坐下阅读。有时整个前半夜只有一只蛾飞来光顾，有些夜晚蛾类却如大江涌流而来，我就在捕虫与钉虫等工作中忙到子夜而不自知。蛾类来势汹涌，成百上千飞扑而来。然而，这种夜晚相当难得，我在山区停留了四个星期，只遇到四个真正的丰收夜。这几个夜晚总是下着雨，收获最好的是大雨倾盆之夜。但是雨夜不一定好，如果是有月光的雨夜收获几乎等于零。我收集到所有的主要蛾类，而物种美丽多样，简直无从缕述。在数个丰收夜里，我捕获一百至两百五十只蛾，每晚均有一半至三分之二是不同物种。蛾或停在墙上，或栖在桌上，或飞到阳台顶盖上，我在阳台上忙得不可开交。为了显示气候条件与蛾类被灯光吸引的量的奇妙关联，我把自己停留山上的各个晚上的情况制作了一张统计表：

日　　　期	蛾的数量	说　　　明
一八五五年		
十二月十三日	一	晴；有星光
十二月十四日	七十五	细雨；有雾
十二月十五日	四十一	阵雨；多云
十二月十六日	一百五十八	（包含一百二十种）雨不停
十二月十七日	八十二	潮湿；有点月光
十二月十八日	九	晴；有月光
十二月十九日	二	晴；明月普照
十二月三十一日	二百	（包含一百三十种）黑暗、有风；大雨

一八五六年

一月一日	一百八十五	很湿
一月二日	六十八	多云有阵雨
一月三日	五十	多云
一月四日	十二	晴
一月五日	十	晴
一月六日	八	大晴
一月七日	八	大晴
一月八日	十	晴
一月九日	三十六	多阵雨
一月十日	三十	多阵雨
一月十一日	二百六十	整夜下大雨，很黑
一月十二日	五十六	多阵雨
一月十三日	四十四	多阵雨；有点月光
一月十四日	四	晴；有月光
一月十五日	二十四	雨；有月光
一月十六日	六	阵雨；有月光
一月十七日	六	阵雨；有月光
一月十八日	一	阵雨；有月光
总　计	一千三百八十六	

在上述二十六个夜晚中，我捕捉到一千三百八十六只蛾，其中有八百多只是在四个很潮湿、很黑的夜里采集到的。这次收获如此丰富，我不禁期望此后能利用类似的安排在每座岛上采集到丰富的蛾类；但说来奇怪，在接下来的六年中，我再也没能获取像在沙捞越般的好成绩。个中原因我倒是很清楚，是欠缺了若干此地综合的重要环境因素。有时受到干季的干扰；更多是因为我在市镇或村落的居所离原始森林太远，还有许多住家毗邻，屋子的灯火打散了光的吸引；此外，更常遇到的是昏暗的棕榈叶屋舍，由于屋顶太高，蛾类飞入后可躲在凹隐处。这最后一层是最大的障碍，也是我尔后再也没能采集到大量蛾类的真正理由；我往后再也没寄寓在那种有低天花板与涂白灰阳台的孤立的森林小屋里，昆虫也就能逃往够不着的屋内上方。

根据我长期的经验、无数次的失败及这一次的成功，我有把握说，如有任何博物学家团体想以昆虫学为主要目标，舟游探索马来群岛或其他热带地区，当可携带一个小巧的阳台或白帆布制的阳台形营帐，遇适宜的环境就架设起来，做为收集夜行性鳞翅目的工具，此法亦可收集到罕见的鞘翅目及其他昆虫。我在这里提出这个建议，是因为利用这种装置，斩获必然大为不同，也因为我认为这是一个采集者经验的大发现，这类装置有其必要性。

我回到新加坡时带着马来少年阿里同行，从此他陪着我遍游了马来群岛①。查尔斯·亚伦想留在教会所，之后他在沙捞越与新加坡工作，四年后才又在摩鹿加群岛的安汶与我会合②。

---

① 马来少年阿里随后陪着华莱士遍游马来群岛，为他做饭并学会了射杀与剥制鸟类的纯熟技术。他同时也是一位好水手，他们在旅途中碰到所有的危险与困难，他都能面不改色地保持镇定。华莱士在自传《我的一生》中纳入了一篇对阿里的亲切赞美之词，说他是"在我远东群岛几乎全程旅行的忠实同伴"。

② 在沙捞越，亚伦被毕晓普·弗朗西斯·麦克杜格尔主教（1817—1886）强留下来，在当地教会学校当教师。两年后他回到新加坡，随后在安汶再度加入华莱士一行作为采集者，然后再次回到新加坡结了婚并定居下来。由于他花了颇长的时间习得采集与处理博物标本的技术，显然在他第二度充当华莱士的助手时较为得力。

第六章
婆罗洲

戴雅克人

民族性

　　婆罗洲原住民的礼仪与风俗在詹姆斯·布鲁克爵士、洛楼 [①]、圣约翰及约翰逊·布鲁克等人的著作中已有详述，远比我拥有的资讯完备。我倒不是想再添一笔，而是想把我个人观察到的戴雅克人的一般民族性，以及若干与身体、道德和社会特点有关但较常被忽略的事物略作介绍。

　　戴雅克人和马来人颇有亲缘关系，并与暹罗人、中国人及其他蒙古人种有远亲关系。以上诸族显然都有红棕或黄棕不等的肤色，漆黑的直发，胡须稀少或没有，颇小而扁的鼻子，高颧骨；但马来人种缺少典型蒙古人特有的丹凤眼。戴雅

[①] 指休·洛（1824—1905），英国派驻马来半岛的首位成绩斐然的行政官，其管理当地的方法成为英国后来治理马来群岛的殖民原则。著有《沙捞越：居民及物产》。

克人的平均身材较马来人高，但仍然比大多数欧洲人矮得多。他们的体型相当匀称，手与脚都小，大多比马来人与中国人精瘦。

我倾向把戴雅克人的心智能力排在马来人之上；而在道德上，他们也毋庸置疑较为优越。戴雅克人心地单纯、为人诚实，常常成为马来或中国商人的猎物，一再被后两者明欺暗劫。他们比马来人活泼、善言、坦诚、不猜忌，因此更容易相处。马来男孩多不爱好剧烈运动与游戏，这却是戴雅克年轻人的生活特点，而除了从事各种户外竞技或竞力游戏外，他们还擅长多种室内娱乐。有个下雨天我待在一幢戴雅克人的屋中，身旁围了一群小男孩与青年，我想弄点新玩意儿娱乐他们，就用一条细棉绳教他们玩"翻绳儿"的游戏。万万想不到他们早就会了，懂得还比我多得多；等我和查尔斯倾囊而出后，一名戴雅克男孩接去细绳，做出好几种新花样，令我讶异不止。随后，他们又教我几种细绳玩法，那似乎是他们喜爱的娱乐。

即使这些看来很琐碎的日常小事，却能让我们更精实地评估戴雅克人的性格与社会状况。借由这些观察，我们知道他们已脱离最原始的野蛮社会，不必全心全力为生存竞争而埋没所有的才智，早走出一思一念均和战争或狩猎或供应必需品有连带关联的阶段。这些娱乐代表一种文明的能力，一种享受非感官肉欲的倾向，借以提升了整体的心智与社会生活的层面。

戴雅克人的道德品格高尚无疑——对只听说过他们是猎头族与海盗的人而言，这句话宛若天方夜谭。然而，我这里谈的是山地戴雅克人，他们从未当过海盗，一向远离大海；至于猎头行为则是一种村落间或部族间小战争所导致的习俗，并不表示这些人道德败坏，正如不能认定所有参与百年前奴隶交易的人都道德低下一般。除了这个道德污点（现在的沙捞越戴雅克人已全然革除此污点）外，我们得承认许多其他的优点。他们真挚、诚实，简直到了令人不可思议的程度。就因为这一点，你几乎无法从他们身上获得任何定义上的消息或甚至个人意见。他们说："如果我告诉你我不知道的事，我不免说了谎。"而只要他们主动说的事情，不管是哪种场合，你都可以断定是事实。在戴雅克村子里，每棵果树都有主人，每当我要求居民帮我采些水果时，常获得这样的回答："我不能这样做，果树的主人不在。"而从无一人考虑过变通的做法。他们也绝不偷取欧洲人的物件，即使东西小得不能再小。我住在实文然时，他们不时地会到我屋里来，拿起我丢掉的破报纸或弯掉的针，就像求个大恩惠般问我可以给他们吗。暴力犯罪（猎头除外）几无所闻；在詹姆斯·布鲁克爵士治下十二年来，仅有一件谋杀案发生在一座戴雅克村中，而犯案者是一名村民收容的外来客。在其他若干道德事务上，他们凌驾于大多数未开化民族之上，甚至远比许多文明国家优越。他们饮食有节制，也不像中国人与马来人那般喜逐声色。他们具有半野蛮民族的通病——为人冷淡与做事拖拉；虽然这对与他们来往的欧洲人而言未免恼人，但实不能算大缺点，或因此贬抑他们许多极佳的品格。

人口的控制

我与山地戴雅克人共处时，惊讶于他们在明显缺乏现今公认的控制人口增加的诸般因素下，人数却呈现停滞或缓慢增长现象。人口快速增加的最有利条件是粮食丰富、气候宜人及早婚，这些在戴雅克人村落都一一完备。他们的粮食生产过剩，拿多余的粮食交换一些铜锣、铜炮、古瓮及金银饰物等当做财富的表征。整体而言，他们极少生病，而且早婚（但也不会太早），老光棍与老处女几无所闻。那么，我们必须发问：为何人口数没有增多？为何戴雅克村落规模如此小，又分布零散，全区土地十之八九还覆盖着森林？

马尔萨斯①所列举的野蛮国度的人口增加障碍，不外乎饥荒、疾病、战争、弑婴、败德及妇女不孕，他还认为最后一项最不可能，而且成效可疑；但对我而言，这似乎是解释沙捞越戴雅克人人口状况的唯一因素。大英帝国的人口每五十年约增一倍，为达到这一程度，显然每对夫妇平均得生育三名子女，而这三名子女到约二十五岁时就必须成婚。再加上那些早夭、

① 指托马斯·罗伯特·马尔萨斯（1766—1834），英国经济学家，以所著《人口论》闻名。

终身未婚嫁或晚婚无子嗣者，每对夫妇必须平均有四五位子女；而我们知道在英国一家七八口人非常普遍，而多达十至十二口者也并不罕见。但就我探询过的戴雅克部落，我确定妇女很少生育三四个以上的小孩，而一位老酋长还言之凿凿地说道，他从未听说过妇女生育七名以上的小孩。一座一百五十户的村庄中，仅有一家有六个小孩，也仅有六家有五个小孩，大多数家庭只有二、三或四个小孩。比起欧洲各国已知的人口比例，显然此地每对婚姻的子女数平均不会超过三或四个；而即使在文明国家，也有近半的人口不到二十五岁就过世了，如此只剩两个子女活下来更替其亲辈；而只要这种情形持续一天，人口就会维持停滞。当然，这只是举个例子，不过我上段论述似乎真实发生着；果真如此，戴雅克部落小而人口几乎不增加的情况就不难理解了。

接下来我们要探究一个家庭的孩童出生率与存活率如此低的原因。这或许与气候和人种有关，但我认为更真实、更直接的因素似乎与妇女工作繁重又经常提重物有关。戴雅克妇女一般整天在田里工作，晚上还常得扛着沉重的蔬菜与柴火跋涉好几英里的崎岖山径回家；往往得拾级登上峥嵘山岭，在滑溜的踏脚石上走到一千英尺高处。除此之外，她每晚还得用沉重的木杵捣米一小时，全身肌肉承受莫大的压力。女性在九或十岁起就开始这类辛苦劳动，一直到年纪极端老耄始得中止。因此，我们非但不该怀疑她们不易怀孕，反而该对自然界的好成绩表示惊讶，竟能让这个种族维持不灭至今。

文明进步所带来最确定也最有益的效果，是大幅改善妇女身处的境况。在较高等人种的规范与榜样下，戴雅克人看着体弱的伴侣承担牛马般的辛劳，不免会对自己过着悠闲的生活感到羞愧。随着男人需求的增加与品位的提升，妇女的家务会增加，田间农作不得不停止，这种情形已明显出现在邻近的马来、爪哇及武吉士①部族中。届时人口必然会快速增殖，而为配合生活方式，农耕系统与劳务分工必得改善，戴雅克部落的社会环境也就由简单趋向复杂。然而，生存竞争随之转趋尖锐后，人的幸福感是增加抑或降低呢？竞争的本质会不会产生邪情恶念，让未知或潜在的犯罪与恶行现形呢？这些问题只有时间能解答；不过，我们期望教育与较高尚的欧洲榜样能消弭类似案例中经常发生的恶习，我们也就能举出一个实例，证明存在野蛮未开化的民族与欧洲文明接触后，并未因此败德堕落，最终灭绝。

詹姆斯·布鲁克爵士

最后，我要略为评论沙捞越政府几句。詹姆斯·布鲁克爵士发现戴雅克人饱受最残酷暴政的欺凌与压制。他们受欺于马

---

① 武吉士，居住在西里伯斯的种族，语言属于澳洲支系，部落经济仰赖种稻，但也是航海民族，拥有航海的天分，其船队拥有数百年的历史，如今仍拥有世界上仅有的帆船队。

来商人，遭马来酋长豪夺，妻小常被捉去当奴隶，仇视他们的部落又用金钱对其残暴统治者行贿，取得掠夺、奴役与杀害他们的许可。这些残害从未得到正义的支持，也始终无法消弭。但自从布鲁克爵士统治这片土地起，这一切恶行都消失了。马来人、中国人与戴雅克人同享公理。从极东处沿河而来的凶残海盗受到惩处，并被禁锢在原居地内；戴雅克人首次得以安心入睡。他的妻小免于被奴役的梦魇；他的屋宇不会被烧毁；他的农作物和水果全然属于他自己，随他高兴卖出或留做自用。这位他们不认得的陌生人，为他们做了这一切，且未要求回报，他是何方神圣呢？他们怎可能了解这人的动机呢？他们拒绝相信他是一个凡人，岂不反自然吗？然而，这种单纯的慈善与强大力量的结合，根本超乎他们一生所见识，他们自然认定他是一位超凡的神明，到世间来赐福给受苦的芸芸众生。在许多不识他的村落，许多人向我提出了一些关于他的奇怪问题。他是否高寿如山？他能起死回生吗？他们还坚信他能赐予丰收，使他们的果树结实累累。

　　想正确评断詹姆斯·布鲁克爵士的政府，必须牢记一点：他能掌权沙捞越，纯粹是受到土著的拥戴。他必须应付两大种族，一方是笃信伊斯兰教的马来人，视另一种族（戴雅克人）为蛮夷与奴隶，只配做掠夺对象。他毅然保护了戴雅克人，并视之与马来人同样平等，却仍深受这两个种族的关照与爱戴。尽管穆斯林有许多宗教偏见，他却能循循善诱，让他们改革掉许多劣法与恶俗，并同化犯罪法条，向文明世界看齐。他的政府历经二十七年还屹立不坠——尽管他常因身体微恙离开任所，尽管有马来酋长策动阴谋叛变，也发生过中国金矿工人的暴动，也尽管财政、政治与内部尚存纷扰，都因土著的支持而一一克服；我相信，这些纯粹归因于詹姆斯·布鲁克爵士具备许多可敬的品性，而受他一生所作所为的影响，土著们深信他的统治绝非为了自身利益，而是求全体居民的福祉。

我写下这段话时，他那尊贵的灵魂已离我们远去。虽然在不识他的人眼中，他有可能被斥责为狂热的投机分子，或被污蔑为铁石心肠的暴君，但在他认同的第二故乡沙捞越，凡是接触过他的人，不论是欧洲人、马来人还是戴雅克人，同声认为布鲁克拉甲（大酋长）是一位伟大、睿智的好领袖，一位真诚、可靠的朋友，才华洋溢，正直勇敢。他的好客天性、他的仁慈个性，以及他的菩萨心肠，都值得敬爱。

第七章

爪　哇

从一八六一年七月十八日起至十月三十一日，我在爪哇待
了三个半月，我在此简述那时期的行脚，以及对当地人民与博
物志的观察。读者若想了解荷兰人现今如何统治爪哇，及如何
让殖民地人口持续增加、人民满于现状，从而获取大量年收入，
我建议读一读莫尼① 先生所著的一本有趣的好书：《爪哇或管理
殖民地之道》。我极为赞同该书阐述的主要事实及结论，也相信
欧洲国家以武力征服或以其他方式取得一片勤奋但半开化人民
的土地时，荷兰的制度是最堪取法的一种。稍后我对西里伯斯
北部的描述，将证明这种制度施用到文明程度与爪哇人差异很
大的人民身上时是如何成功的；这里将先简述一下这种制度的
内涵。

---

① 指詹姆斯·威廉·贝利·莫尼（1819—1890），出身于加尔各答望族，
后赴英国就学。曾赴爪哇旅游。

荷兰的殖民制度

爪哇岛现行的政府形式是保留土著统治者的整个系统，下至村正，上至酋长；然后为酋长冠上"摄政官"头衔，统领相当于英国一个小郡的领地。每位摄政官配置一位荷兰行政官或助理行政官，被认为是摄政王的"长兄"，长兄的"命令"称为"建议"，却是暗中必须遵奉的法则。各个助理行政官身旁有一位督察，负责监督所有下级土著统治者，定期巡察区内每座村落，检视土著法庭的记录，听取对头目或其他土著酋长的诉愿，并监管政府的农场。这就是荷兰人所以能从爪哇获取财富的"殖民系统"，也使荷兰人在爪哇不断地遭人诟病，因为它与"自由贸易"反其道而行。若想了解这种制度的功能与优点，首先得探究欧洲人与未开化民族进行自由贸易的一般结果。

热带气候下的土著只有极少数的需求，一旦这些需求获得满足，除非有强烈的刺激，否则就不肯再工作以求盈余。面对这种民情，想引介新式或系统化垦殖几乎是行不通的，除非仰赖酋长专制的命令，因为这些土著习于服从酋长，就像孩童听命父母一般。然而，欧洲商人的自由竞争却引进了两大诱惑力量。烈酒或鸦片是大多数蛮人难以抗拒的强烈诱惑，为了获取这些物质，他们宁愿倾其所有，也愿意多工作以求买入更多的诱惑物。信用购物是另一种他们无法抗拒的诱惑。商人先提供土著各色艳丽衣物、刀子、铜锣、枪支及弹药，预付可能还没下种的作物或还在林中的某些产物。土著往往缺乏足够的先见之明，没法仅贷取适量货物，也无法从早做到晚来偿还积欠；结果前债未清后债又起，一欠再欠，经常沦为经年甚至一辈子的负债人，形同奴隶。世界上凡有优越人种与较低下人种自由贸易的地方，多半会发生这种状况。这无疑能发展商业于一时，但终会败坏土著的道德，阻碍真正文明的发展，也无法永久累积殖民地的财富，这般殖民地的欧洲政府终必亏损。

　　荷兰人引用的制度是假手土著的首领，让人民奉献一部分时间垦植咖啡、甘蔗及其他有价值的产物。而在政府的监督下从事开垦土地与种植作物等的工人会获得固定的工资；这工资虽然很低，但也相当于在欧洲人对手未提高工资的所有地方的标准。产物以固定的低价售予政府。净利的百分之一归首领，其他则由工人平分。这种收入遇丰年倒也相当可观。整体而言，人民吃得饱，穿得好，也养成了持之以恒的勤劳习惯及科学化栽植技术，这在未来对他们势必有用。但必须记住一点，政府得先投资好几年才能开始获得报酬；但倘若他们能从殖民地获得大笔收入，又能减低人民的负担，增加人民的收益，岂不远胜于抽税的方式。

　　虽然这个制度颇佳，不但适于发展半开化人民的艺术与工业，也有利于其殖民国的物质收益。不过，无可讳言的是，这个制度未必能完全落实。头目与民众间或许已延续千年的暴虐与主仆关系，无法在短期内消除，而这种关系势必会引发一些罪行，要等到教育普及与欧洲文化逐渐灌输后，才会自然消失。据说有行政官为了让名下掌管的区域增产，有时会强压人民不停地在农园工作，而使其自种的稻米收成大减，造成饥荒。果真曾有此事，也绝非常态，当可归咎于制度的滥用，及行政官缺乏判断力或欠缺人道所致。

最近有本荷兰文小说出版，已译为英文，名为《麦斯哈维拉，或荷兰贸易公司的咖啡拍卖》①；由于一般人对荷兰殖民制度抱持片面的见解，本书也就格外畅销，一则为该书本身值得称赞，再则因它揭发了爪哇境内荷兰政府的罪行。然而，让我极为惊异的是，该书的内容既琐碎又冗长，充满穿凿附会，唯一的重点是凸显荷兰行政官与助理行政官漠视土酋的压榨作为；提及某些区域的土著必须无偿工作，产品被抢夺而无补偿，每一段这类文字全数用斜体与大写字母标示；但因文中名称尽为编造，也未说明日期、数字与细节，所以内容根本无从查证或辩解。即使并无言过其实，所言事实也远远比不上几年前英国报纸的读者所熟悉的，自由贸易下栽植靛青的农民的遭遇，及英国统治下印度的土著税官所使用的凌虐手段。但是，这两种迫害都不宜归咎于特定的政府形式，而是人性的软弱所致，毕竟长年的暴政遗毒及百

---

① 一八六〇年荷兰小说家爱德华·道韦斯·德克尔（1820—1887）以笔名穆尔塔图利发表的小说。他从一八三八年起任职荷属东印度公司，一八五六年在爪哇担任助理行政官时，因殖民地政府不支持他协助爪哇人对抗土酋的做法愤而离职。

姓对其头目奴仆般的顺从，无法立即消除。

我们必须记住，荷兰势力在爪哇完全建立的时期，比英国统治印度晚近得多，而且荷兰人所建立的政府曾数度更替，税收的方式也有更动。爪哇居民既然晚近还身处土酋的统治下，一时之间要他们抛弃对老宗主的极度敬畏之心，或是减少老宗主习以为常的压榨民众的行为，诚非易事。然而，我们在此处可以应用一个大标准来验证一个社会是否繁荣，甚至安乐程度，那就是人口增殖率。

举世公认，一国人口剧增时，百姓绝不会遭受严重压制或暴政统治。当地现行的制度，从栽植咖啡、甘蔗、由政府定价收购来增加税收的方式，于一八三二年开始实施。在此之前的一八二六年，爪哇人口普查结果是五百五十万人，而在十八世纪初则只有三百五十万人。到了一八五〇年，栽植制度施行十八年后，人口则已超过九百五十万人。最近一次（一八六五年）普查，人口已有一千四百二十六万八千四百十六人，在此十五年中人口几乎增加了百分之五十，而依此速率，人口约在二十六年内将增加一倍。爪哇岛加上马都拉岛的面积约有三千五百平方英里，平均每平方英里有三百六十八人，正好比桑顿①的《印度地方志》所载人稠土肥的孟加拉省多一倍，也比不列颠与爱尔兰上次普查的人口密度足足多了三分之一。倘若，如我所相信，如此众多的人口一致满意与安乐，这当然是因为现行制度成功所致，因此，

---

① 指爱德华·桑顿（1799—1875），英国东印度公司职员。其《印度地方志》出版于一八五四年，共四册。

荷兰政府若想骤然更动这种制度，必定要深思熟虑。

景色与物产

不管是整体观来，还是从各个角度加以衡量，爪哇可能是世界上最美好与最有趣的热带岛屿。它虽非世界第一大岛，但全长六百多英里，宽六十到一百二十英里，面积几乎与英格兰相当；爪哇也无疑是热带物产最富饶及人口最多的岛屿。全岛山峦起伏，森林景色优美，有三十八座火山，其中几座高达一万至一万两千英尺。有些火山经常爆发，其中一两座除没有常见的岩浆流之外，所有地底的炽热活动的现象几乎一项不差。当地有丰沛的雨水与热带高温，使得这些火山都覆有蓊郁的植物直通山顶，较低海拔的山坡则盖满了森林与农田。动物种类（特别是鸟类与昆虫）既美丽又多样，并有全球许多其他地区所无的特别形态。

全岛的土壤极端肥沃，适于栽培一切热带作物，以及许多温带气候区的物产。爪哇自身的文明（历史与古文物）也极有趣。婆罗门教从远古延续到大约一四七八年臻至鼎盛，其后为伊斯兰教取代。婆罗门教带着征服者强势的文明，影响整个岛屿（特别是岛东）。巍峨的森林深处有非常精美壮观的庙宇、墓园及雕像；遍布面积广大的残垣断壁，如今成为虎、犀牛与野牛自由徜徉漫游之乡。今日全岛呈现另一种形式的现代文明；全岛东西交通便捷；欧洲人与土著统治者和谐共处；生命与财产的治理有若欧洲最好的国家般安全无虑。因此，我相信，爪哇有资格被称为世界上最好的热带岛屿。不论是对于追求新奇与优美景观的游客，还是希冀探究热带自然的多样与美丽的博物学家，抑或对于想解决人类在崭新而多变的环境下何以能有如此最佳统治的道德家与政治家来说，爪哇均深具吸引力。

爪哇东部大城泗水

一艘荷兰邮轮把我从德那地岛送到爪哇东部的大城与港口——苏腊巴亚（今泗水）。我花了两星期把最近采集的一批标本打包与付诸托运后，便开始了一趟短暂的内陆之旅。在爪哇岛的旅行是奢华与昂贵的，唯一可行的方法是雇用或借用一辆马车，然后每英里再付半英镑的驿马费用，每隔六英里往往又得在驿站更换马匹，如此大约每小时十英里的速度把你从岛的一端送到另一端。要运额外的行李还得雇牛车或苦力。由于这种方式的旅行不适合我的荷囊，我决意只做短程旅行到阿朱纳山山脚，据说那里有广袤的森林，我希冀能有好的采集成绩。出了泗水，便是数英里平坦的乡野，农田四处分布在平原三角洲或冲积平原上，由密布的支流灌溉着。紧邻城镇附近，景象富饶，还有许多勤奋的百姓，田园风光一览无遗，甚为怡人；进入内陆，映入眼帘的是一片片竹林围成的开阔田地，其间点缀着糖厂的白色建筑物及高耸的烟囱，景致变得单调无趣。一段数英里的笔直道路，两旁种着成排的罗望子树，树上满布灰尘。每隔一英里有一栋小警卫屋，驻有一位警察，并配备一具木制大锣，可经由合奏讯号，快速地把讯息传遍全区。每隔六七英里设有驿站，换马之快速仿佛英格兰早年马车时代传递邮件一般。

古城遗址

我在泗水南方约四十英里处，一个名为莫佐克托的小市镇停下来，那里也是大路上离我想去的地区最近的地点。我有一封给波尔先生的介绍信，他是久居爪哇的英国人，娶了荷兰籍妻子。他很客气地邀我到他家小住，直到我找到合适的居所为止。这里也住了一位荷籍助理行政官及一位摄政王（即爪哇土酋）。市容很整洁，有一片优美的开阔草坪，像英国乡间的绿地，上面长着一株硕壮的榕树（与印度的榕树相近，但更高大），树荫下经常有市集，也是当地居民闲坐与聊天的去处。我抵达的第二天，波尔先生驾车送我到莫佐亚贡村，他正在那里搭建一幢屋子，作为烟草生意之用，这里的烟草由土著栽植并采用预付订货的制度，有点类似英属印度的靛青贸易。半路上，我们停下来观看古城麻喏巴歇（满者伯夷）遗址的残垣断

壁，它由两摞很高的
砖堆砌成，显然是大
门的两侧边墙。造砖
工艺的极度完美与漂
亮令我惊异不已。砖
块细致而坚硬，棱角
分明，表面平整。砖
墙以极度的精准砌成，
没有三合土或水泥的
痕迹，接合术精妙至
极，不容易看出缝
隙，有时两块砖面完
全看不出谨慎接合的
方式。这般令人激赏

古代的浮雕

的砌砖工艺，对我而言真是前无古人，后无来者。这里没有雕
像，但竖着很多外形清晰的物体及工艺精细的边饰。四面八方
数英里内散置了建筑物的遗迹，建筑物之间的每一条路与小径
底下，几乎都有砖砌的地基——那是古城铺筑的道路。在莫佐
亚贡的"威多诺"，即该区区长的屋内，我看到一座精美的深浮
雕人像，它用火山熔岩雕成，原本湮埋在村边的土中，被人发
现后才掘出。当我表明想获得一尊这类雕像时，波尔先生代我
开口向酋长索取，而令我惊异的是，酋长居然不假思索地把它

送了给我。这座石像代表印度教女神难近母 ①，她在爪哇被称为洛罗琼兰，意为"尊贵的处女"。她有八臂，站立在一头呈跪姿的公牛背上。她最低的右手握住牛尾，对应的左手抓着一名俘虏——象征"恶的化身"杜斯·马西库梭——的头发，而他原本想屠杀她的坐牛。他的腰间缠绕着绳索，跪在她的脚边做出臣服的姿态。女神的其他手臂，右边的三只手分别握着一支双钩或小锚、一把宽而直的剑，及一个粗索套环；左手则分别握着一环大珠或贝壳手镯、一把未上弦的弓，及一面战旗。这位神祇特别受古代爪哇人所崇拜，爪哇岛东部的庙堂遗迹中常可找到他的神像。

土著乐师

我得到的这座雕像不大，约二英尺高，重约一百磅，次日我们把它送往莫佐克托，等我回到泗水再拿。他们告诉我必会找到森林与许多猎物后，我决意在位于阿朱纳山下层山坡的沃诺萨冷待一阵子，但我得先有助理行政官给摄政王的推荐信，然后摄政王下令给区长；耽搁了一星期后，我与行李及挑夫抵达了莫佐亚贡，却发现他们正有一场为期五天的节庆，庆

_____

① 难近母，湿婆神妃，强而有力的女神，由几位神的愤怒之力结合而成。她手持阿耆尼的镖枪、湿婆的三叉戟及毗湿奴的铁盘，骑着狮子或老虎，并常以战胜威胁世界安定的牛魔的姿态出现。

祝区长幼弟与堂弟的割礼。他们在外屋腾出了一个小房间供我住宿。大院子与设宴的大棚下尽是土著，人来人往，他们正准备午夜的盛宴，我虽也受到邀请，但我更想上床睡觉。一组土著乐队，即"嘉麦朗"，整晚几乎奏个不停，让我有了个观察乐器与乐师的好机会。乐器主要由各种大小的锣组成，八至十二个为一组挂在矮木架上，每组由一位乐师以一两根鼓槌演奏。还有一些很大的锣，单一或成对演奏，代替了西方乐队中小鼓与定音鼓的地位。其他的乐器以宽金属条构成，一条条支撑在绷紧于木框的弦上，还有些以类似方法固定的竹片，可发出最高的乐音。除此之外，另有一管横笛与一把怪异的二弦提琴。全团总共需二十四位乐师演奏。有一位指挥负责引奏并掌管节拍，而每一位演奏者各有任务，不时地演奏几小节组成和谐的乐章。演奏的曲目既冗长又复杂，一些乐师还只是小孩，却节拍准确。整体效果非常悦耳，但是因为乐器大体雷同，听来比较像一个巨大的音乐盒，而不像西洋人的乐队表演；如果想好好享受这种音乐，就必须专心注视那些奏乐人。第二天早上，我正在等待挑夫与马车前来，好载我与行李到目的地时，来了两位年约十四岁的男孩，他们腰身以下穿着沙龙，全身涂满黄粉，穿戴厚厚几层白花扎成的花圈、项圈与手环，乍看之下还颇像蛮子新娘。两位教士领他们到放置在广场中一幢屋前的长凳边，然后割礼仪式就在众人睽睽下进行。

古庙废墟

　　往沃诺萨冷会穿过一片广大的森林，森林深处有一座建筑讲究的皇族陵墓的残迹。陵墓由石块砌成，并有精巧的雕刻。基部是一层巨大外突的石块，上面刻了一系列深浮雕，可能是描述逝者身前的事迹。浮雕皆刻得极为精美，若干动物一眼便可辨识，尤其活灵活现。墓的整体造型甚为优美，光就上半部破败的部分便可见到变化的繁复，全景用凹凸的方形石块一层一层建成。全墓约三十英尺见方，高约二十英尺；旅人走在上坡的小径，蔽天的巨树上攀爬着木本植物与爬藤，身后紧贴着幽暗的树林，这时这座废墟蓦然出现在眼前，人马上震慑于那种肃穆而美幻的景致，同时也不由自主地沉思着人类进步的艰深难解的法则，仿佛是不进反退的文明，难怪世界上许多偏远之地的高度艺术与雄伟建筑的民族纷纷灭绝或消失，转由我们所知远为拙劣的种族所取代。很少有英国人知道爪哇建筑遗址的量与美。这些遗址未曾受到大众的大量描述，所以有人偶然发觉这些遗址的数量不但远超过中美洲，甚至胜过印度，不免引起大多数人的惊讶。我想在此浅谈这些废墟，希冀激发富有的业余探险家来此彻底做一番探索，在为时未晚之前，先为废墟中美丽的雕像逐一照相，留下准确的记录。因此，以下我就英国东方学者莱佛士爵士 [①] 的《爪哇史》内略有描述的各项遗迹，选出其中最重要者，在此作若干介绍。

巴兰班南——接近爪哇中心，介于土著旧国都日惹与苏腊卡尔塔之间，有个巴兰班南村，附近有多处废墟，其中最重要的是洛罗琼兰与赛瓦庙宇。洛罗琼兰有二十幢建筑物，六座大寺，十四座小庙。虽然现今已是瓦砾一堆，但最大的一座应有九十英尺高；所有的庙都由整块岩石逐一筑成，整幢都雕以花饰与浮雕，还有许多石像装点，其中许多石像至今尚且完好。在赛瓦庙，或称"千庙之城"，有许多精美而硕大的雕像。曾丈量过这些废墟的贝克上尉 [②] 说过，他一生中从未见过"这般壮丽而又精巧完美的人工创作；那些从人类记忆中消退的古早科技与艺术，麇集在这小小一方土地上"。它们占地近六百英尺见方，外环有八十四座小庙，往内第二层七十六座，第三层六十四座，第四层四十四座，最后内层二十八座小庙形成一个平行四边形；总共有两百九十六座小庙，配置成五个正平行四边形。正中央有一座十字形大庙，建在高耸的台阶上，每一级台阶上都装饰了繁复的雕像，庙宇还分为许多内室。热带植物已风化了多半的小庙宇，但从若干维持完好的庙宇中，不难体

[①] 指斯坦福德·莱佛士（1781—1826），英国东印度公司行政官员，新加坡港市创建者（1819），是英国创建远东帝国的主要推手。一八一六年受封为爵士。

[②] 揩威廉·厄斯金·贝克（1808—1882），就读于东印度公司陆军学校，一八二六年派驻印度，一八四〇年升任上尉。

会出整座建筑的宏伟景象。

离此地大约半英里，又有另一座庙，称为卡利贝宁庙，七十二英尺见方，六十英尺高，保存得颇为完好，其上有印度神话的雕像，比印度当地所存在的任何雕像更精美。在同一周边地区，还有雕着大量神祇的其他宫殿、会场及庙宇等废墟。

婆罗浮屠——向西约八十英里处的克度省内，有一座婆罗浮屠大庙，它建在一座小丘上，由一座中央圆顶与七排方台构成，占据了整个小丘，依次上下层层相叠的露天式长廊，彼此以阶梯与门廊相连。中央圆顶直径五十英尺，外环三圈七十二座佛塔，整个建筑占地六百二十英尺见方，高约一百英尺。方台墙上有壁龛，内约有四百座比真人大的盘腿石像，方台之墙两侧尽是硬石上的浮雕佛像，墙长必有三英里左右！就完成这座爪哇岛内的精雕小丘庙宇所需的人力与技艺而言，埃及的大金字塔就显得小巫见大巫了。

普劳山——三宝垄的西南约四十英里有一座普劳山，山上的一大片高原散置着许多废墟。要前往这些庙宇，可利用山麓四方的四条石阶，每条阶道有一千多级。该处发现的庙宇遗迹约有四百座，其中有许多（或许全部）都有精致的雕刻。介于此地与六十英里外的巴兰班南间的整个地区充满了废墟，所以在水渠中或石墙上到处可见精美的石雕。

爪哇东部的谏义里与玛琅也有同样丰富的古物遗迹，但建筑本身大多已遭破坏，只有雕像留存得极多，城堡、宫殿、公共澡堂、水渠及庙宇的残垣四处可见。描述我未目睹的事物，固然非此书的本意，但为了唤起大众关注这些伟大的艺术品，我理应在此顺道一提。无论是谁，只要想到这些难以计数的雕像全雕凿在一块块坚硬、棘手、粗糙的岩石上，模样又巧夺天工，而且一概分布在一座热带岛屿上，就不禁幡然动容。当时的社会状况如何？人口数多少？维生方法为何？怎能进行如此庞大的工程？这些问题也许将成为永远的谜；这也是社会群体生活中宗教力量的一个奇妙例子，那就是：到了现在，此地居民只会搭建一些粗陋的竹寮与草屋，他们茫然惊讶于祖先在五百年前逐年建造成的这些伟大工程的遗迹，以为是巨人或魔鬼的创作。另一方面，荷兰政府未能采取积极的措施来保存这些古迹，使其免受热带植物的吞噬，也未收藏散置全岛各地的这些精美雕像，实在令人遗憾。

野孔雀

沃诺萨冷位于海拔高约一千英尺之处，可惜远离森林，并包围在咖啡园、茂密的竹林与粗粝的禾草内。我若每天往返森林未免太远，但往其他方位去又找不到昆虫采集地。当地的孔雀倒是颇负盛名，我手下的男孩很快就猎得几只这种硕大而美丽的鸟，它的肉质颇为鲜嫩、白细，类似火鸡肉。爪哇孔雀与印度孔雀不同种，前者颈部有泛着深红的绿羽，冠羽也不同，但两者眼纹的尾羽都既长又美。一项不变的生物地理分布事实是，在苏门答腊或婆罗洲皆找不到孔雀，但这两座岛上生长着高贵的眼斑裸眼雀，以及背部有眼状斑的雉类，爪哇岛上却没有。一个类似的事实是，锡兰与印度南部分布众多孔雀的地域，却都不见栖息于北印度、羽色光鲜的虹雉类与其他美丽的雉类。这两个事实似乎表示，孔雀自身的领域内似乎容不下其他敌体鸟类。假使孔雀在原生地很罕见，而在欧洲又没有活标本，它们必然会被视为鸟禽中真正的王子，被颂赞其庄重、沉稳与炫丽独冠群伦。但事实上，假使在此询问举世最美丽的鸟为何，只因大家都已见多不怪，我相信几乎没有人会选中孔雀；就像巴布亚的野蛮人或武吉士商人不会把天堂鸟选为最美的鸟一般。

到达沃诺萨冷后第三天，我的朋友波尔先生来访。他告诉我，前天晚上有个男孩在靠近莫佐亚贡处遭虎吻，那只虎还吃了他。时值黄昏，那男孩坐在一辆牛车上，正沿着大路回家；到了离村子不到半英里的地方，有一只虎突然朝他扑过去，把他叼到邻近的丛林中，大啖其肉。第二天早上，人们发现他的遗骸时，只余下几根残骨。区长已经聚集了约七百名村民，正展开捕兽运动。事后我听说他们找到了这只野兽，并杀死了它。他们追逐猛兽时，只用长矛当武器：先是围起一大片野地，然后逐渐缩紧包围圈，等到野兽被执矛的人团团围住，发现无路可逃时，通常会一跃而起，这时十几支长矛几乎同时掷出，那野兽立刻毙命。如此被屠的兽皮，当然是毫无价值。这一回，我曾请求波尔先生为我留下虎头，但虎头早被村民砍碎，分掉虎牙，做为避邪之用了。

我在沃诺萨冷待了一星期后，回到山脚下叫贾帕南的村庄，村外是森林，似乎颇符合我采集的条件。村长在自家院子一侧准备了两小间竹屋给我，有意尽量帮助我。天气非常干热，数月未落雨，因此，昆虫（特别是甲虫）极为稀少。我的时间多花在采集完整的鸟，收藏还算令人满意。先前我们猎杀的孔雀，尾羽不是太短就是断裂，这次却有两只超过七英尺长的极佳标本，我保存了完整的一只，其余的孔雀只有两三只留下尾羽。这种孔雀在地上觅食时，看到它拖着这般又长又碍事的尾羽，想来不容易飞到空中。然而，情况却非如此，它会先快跑一小段，斜举尾羽，之后就飞过相当高的树头，显得相当轻松如意。在此我也获得了一只稀有的绿原鸡标本，其背与颈有美丽的古铜色羽毛，紫红色椭圆冠顶的边缘平滑，基部逐渐变为绿色。喉下有一个鲜艳的红、黄与蓝三色大肉垂。普通的原鸡在此也可猎得。它的模样就像常见的公鸡，但叫声不同，短促得多；它的土名叫"卑克口"。这里还有六种啄木鸟与四种翠鸟，一种羽毛四英尺多的细纹犀鸟，以及美丽的黄喉短尾鹦鹉，体长不过数英寸。

审判窃贼

有一天早上，我正在制作与安排各项标本时，有人通报我会有一场审判事件；不久，走进来四五个人，然后蹲坐在院子里观众棚下的席子上。随后，首领带着随扈进来，在对面坐下。各人轮流说话，陈述自己的事。我这时才发现，先进场的几个人分别是犯人、原告、警察及目击者。只见犯人的双腕上松垮地绕着打结的绳索。这是一件抢劫案，在证词陈述完后，首领问了几个问题，原告说了几句话，就宣布判决，罚钱了事。一行人站起来，一同走出去，彼此仿佛还很友善；全程在座诸人都没有激动或反感的表情——这真是马来人典型性格的好例子。

在沃诺萨冷与贾帕南采集了一个月，我收集了九十八种鸟类标本，昆虫却乏善可陈。我决定离开东爪哇，前往西端多雨的蓊郁雨林。我带着仆人及行李走水路回苏腊巴亚，乘坐的是一艘宽敞的大舟，这回所需费用只有当初到莫佐克托的五分之一。河流两岸经过细心筑堤，航行无碍，影响所及却也使得邻近的土地偶尔遭大水泛滥。顺流而下的船只如织，我们来到一个水闸前时，等候的船只三两成排，迤逦一英里；

爪哇酋长像

这次船只轮流穿过水闸，每次六艘。

几天后，我乘坐轮船转往巴达维亚，在大旅馆待了一星期，以安排一趟内陆之旅。城市的商业区靠近港口，但是旅馆与所有的官员及欧洲商人住在两英里外的一处郊区，那里的街道宽广，广场很大，整区面积相当大。这对游客来说颇不方便，因为唯一的交通工具是一种豪华的双驹马车，起价是半天五荷盾（约八先令四便士）。上午一小时的业务加上晚上外出访客一次，光是雇车就得花十六先令八便士。

巴达维亚与茂物

巴达维亚的情况就如莫尼先生的描述，不过"清澈的运河"已是滚滚浊水，每幢住屋前的"平整的碎石车道"则变成寸步难行的大大小小碎石；若说巴达维亚的每个人出门都乘车，就连在公园也决计不步行，这情形还真说不过去。"印度大旅馆"很舒适，每位住客都有一间起居室兼卧房，外接阳台，早上可在阳台上享用咖啡，下午则可喝茶。方形天井的中央有一幢屋子，屋内有几间全天开放的大理石浴池；这旅馆还供应两餐，早上十点用早餐，下午六点提供晚餐，每天的餐费十分公道。

我乘驿马车到内陆四十英里处的茂物镇，该地海拔约一千英尺，以四季如春的气候与植物园闻名。不过，植物园令人有点失望。园里的步道都铺着松动的卵石，顶着热带的烈日走一段长路后，就令人疲惫不堪。植物园内有丰富的热带植物，特别是马来的植物，但是配置不够专业，维护的人力也不足，在茂盛与美观上，比不上英国温室中相同的植物。显而易见，那些植物几乎都不是生长在自然的或非常适合的环境中，对其中大部分植物而言，气候不是太热就是太凉，不是太干就是太湿，受光量不对，土质也不适宜。我们的温室比这个大植物园好，因为，个别植物所需的差异条件都照顾到了；而此园中的大多数植物由于原产地就在附近一带，就被误以为无须个别照顾。尽管如此，令人称羡的优点也不少。这里有一排宏伟的棕榈大道，及约五十种竹丛，还有繁复多样、枝叶奇特的美丽的热带灌丛与乔木。

比起巴达维亚的炎炎日头，茂物颇适宜家居。它的海拔刚好使得黄昏与夜晚清凉宜人，却也不会凉到得增添衣裳；对长期居住在平地炎热气候下的人而言，这里的空气总是清新怡人，几乎整天都适合散步。四周景色如画、树林蓊郁，高耸在参差残缺的诸峰上的萨拉火山是其显赫背景。这座火山曾在公元一六九九年喷射出大量的泥浆，之后休止迄今。

离开茂物时，我雇了苦力运行李，自己骑马前行，苦力与马都是每六七英里调换班。一路上缓缓上坡，走了一程后，山路两侧缩合成一道宽谷，气温变得清凉舒适，山景十分迷人，我于是下马步行。土著的村落隐在果树林内，美丽的别墅住着园主或退休的荷兰官员，平添了这个地区舒适与文明的气息。

但最引人注意的是梯田耕作法，而我认为这一点独步世界。大山谷及侧谷中的山坡高地都辟成梯田，山凹罗列的梯田，俨然巨大的露天剧场。数百平方英里的山地就如此改垦成梯田，世代相传嬗递人民的勤奋与其文明的悠远。梯田的面积随着人口的增加而逐年扩增，都是在村长的指挥下协力开垦而成；他们之所以造就了这么广大的梯田与灌溉设施，或许就是经由这种村里共同耕作的制度。这可能是婆罗门教徒从印度引进的，因为马来国家过去并无被文明人占领的迹象，马来人并不知梯田制度。我初次看到这种耕作方式是在巴厘岛与龙目岛，后文会就这些地方详加描述（见第十章），此时我不再赘述，不过，由于西爪哇有美好的地理位置与繁茂的植物，相对衬托出这种耕作方式醒目与美丽的效果。爪哇岛的浅坡地既然具有如此怡人的气候与肥沃的土壤，生活费又低廉，生命与财产安全有保障，也就吸引了相当多的欧洲退休公务员在此永久定居，不再回国。他们的居所分散在岛上交通较便利之处，对于改善土著的生活及维持整个国家的和平与繁荣很有贡献。

鸟与蝴蝶

出茂物市郊二十英里，驿道穿过麦加门东山，上升到海拔高约四千五百英尺处。那是优美的山地乡间，山斤卜还有大片原始森林，又有若干爪哇岛上最古老的咖啡园，咖啡树俨然与林中乔木齐高。顶峰隘口以下约五百英尺处，有一幢守路人的小屋。由于这里似乎适合采集标本，我便租下半幢，待了两周。我几乎立刻就发现西爪哇的生物显然与岛东不同，所有较特别与具代表性的爪哇鸟类与昆虫都分布在此。就在第一天，我的猎手猎得优雅的黄绿色蓝尾咬鹃、在灌丛中振翅飞翔时就像一束跳窜火焰的华丽的巽他山椒鸟，以及稀有且奇异的黑红黄莺；所有这些鸟只分布于爪哇，甚至只局限于岛的西部。一星期下来，我获得了至少二十四种在岛东未见过的鸟类，再过一星期则增加为四十种，几乎一概是爪哇动物族群中的特有种。硕大

圆规蝶（又称双尾蝶）

而美丽的蝴蝶也很多，在幽暗谷地及偶尔在路旁，我捕到华丽的阿朱纳凤蝶，它的翅上似乎洒上了金绿色粉粒，凝聚成环带状与半月形斑点；而外形优雅的可翁凤蝶有时在树荫处的小径缓缓飞过。一天，有个男孩在手指间夹了一只丝毫未损的蝴蝶送来。他看到那蝴蝶竖起翅膀停在路旁吸吮小泥潭的水，趁机抓到了它。许多美丽的热带蝴蝶都有这个习性，它们摄食时非常专注，人便可轻易地接近与捕捉。这只蝴蝶被认定是稀有而奇特的圆规蝶，它的特别之处是每张后翅上各有两个弯曲的尾突，有若一对圆规。那是我见过的独有的标本，一直到现在还是英国收藏采集品中的唯一代表。先前在爪哇东部时，我深受干季炽热与干燥之苦，这对昆虫也极度不利。而此地则处在一种极端潮湿与多云的气候下，对昆虫同样不好。我待在西爪哇内陆的一个月里，没有一日是真正热而晴的好天气。每天午后几乎都会下雨，或者浓雾从山上笼罩下来，在这两类气候下，采集工作不得不停摆，标本也不易干燥，因此，我实际上没有机会收集到好的爪哇昆虫标本。

造访死火山锥与活火山口

我访爪哇期间最有趣的是攀登庞朗奥与格德两山顶峰的旅行；前者为高约一万英尺的死火山锥，后者则是在同一山脉较低部分的一个活火山口。越过麦加门东隘口后约四英里处的奇巴那斯，就坐落在山脚下。这里有荷属东印度总督的庄园与植物园的分园，管理员准备了床铺让我过夜。园中栽了许多美丽的乔木与灌丛，还种植了大量欧洲蔬菜，供应总督的餐桌。植物园周边有一条湍流的小溪，溪边种植了许多兰花，或附着树干，或悬在树枝条上，组成一处有趣的露天兰花园。由于我打算在山上待两至三夜，于是雇了两名苦力来挑运行李。次日一大早，偕两位猎人出发工作。第一英里路是开阔的乡间，接着便进入蔓生全山的森林，这森林从约五千英尺高的地方直泻而下。其后一两英里路是陡峭的斜坡，但还可忍受；此路穿过一座巨大的原始森林，树木高大巍峨，地覆草本植物、树蕨及灌丛植物。路旁密生羊齿植物，令我惊讶不已，它们的种类多样，几乎无终无止，我不时地驻足观赏一些新奇有趣的类型。我现在才会意园丁先前告诉我，光是这座山就可找到三百种蕨类的意思。中午将近，我们到了陡峭山壁下名为芝布隆的小台地，其上有一幢木屋，供旅人住宿。近屋边有一道锦织般的瀑布，还有一个我没时间探索的奇异山洞。继续往上登，路变得狭窄、崎岖而又陡峭，在火山锥上回折向上，一路上尽是奇形怪状的石块，长满茂密繁盛但不那么高大的植物。我们通过一道急流，水温几近沸点，水流过崎岖的河床激起了泡沫，只见氤氲蒸汽冉冉上升，往往消失在头顶垂下的羊齿与石松间，其繁盛的情景他处无出其右。

大约七千五百英尺高处，我们到了干丹巴达克，或称"犀牛之乡"，看到另一栋透空无墙的小竹屋，我们暂且用来夜宿。这里曾被砍伐过，现在长着许多树蕨及若干栽植的金鸡纳小树。由于浓雾与细雨交织，我不便当天黄昏登上山顶。但在留驻期间，我曾登峰顶两次，并到格德活火山口一游。火山口是一个广大的半圆形深堑，四周是陡直的黑色石壁，外围是绵延数英里宽、堆满火山渣的嶙峋斜坡。火山口本身并非很深，洞内有一片片硫黄及五彩的火山产物，数个气孔还不断地冒出烟灰与蒸汽。我觉得庞朗奥的死火山锥格外有趣，此山顶是参差起伏的平原，一边有一道低矮的山脊，另一侧则是陡峻的深沟。不巧的是，我们在山上时，云雾与雨水总是或上或下盘桓不去，我也就始终无缘目睹山下的平原，倘若遇上晴朗的好天气，从峰顶应可见到壮阔的景象。尽管有此遗憾，我对这趟远行还是十足的满意，因为那是我首次登上赤道附近的高山，亲眼观察到植群从热带转温带的变化。以下我将就爪哇所观察到的这些变化做一简略的描述。

山地植物

登山时，我们在不过三千英尺的高度上就遇到了温带的草本植物，草莓与紫罗兰开始生长，但前者淡而无味，后者花小色淡。路边的草本菊科植物装点出若干欧洲风味。在两千到五千英尺之间的高度，森林与山谷都披覆着极为茂密的美丽的

一种报春花

热带植物。许多树蕨高达五十英尺，对于衬托全面的景致大有贡献，因为就所有热带植物类型而论，树蕨绝对是最为特出且惊艳群芳的。有些大树被砍掉的深邃山沟，从谷底到山顶都长满了树蕨；当道路跨过这种山谷时，这些羽毛状树冠就在眼睛上下的高度，那种如画般生动美丽的景色，令人毕生难忘。芭蕉科与姜科植物的大叶子，配上它们奇特而艳丽的花朵，以及与秋海棠及野牡丹同科的雅致多样的植物，使得全区的景致令人目不暇给。成群的兰花、羊齿与石松等，填满乔木与大型植物之间的空间，分布在每棵树的树干、树头与树枝上，它们摇曳、悬垂、纠缠成繁复多样的复杂图案。大约海拔五千英尺处，我首次见到木贼属植物，模样类似英国种。六千英尺处，有许多覆盆子。再往上到峰顶，共有三种可食性果子的覆盆子属植物。到了七千英尺的高度，柏类出现了，而林木开始变得矮小，有更多的树上生长着苔藓与地衣。再往上，苔类植物大量增加，完全遮蔽了组成山坡的大块岩石与火山渣。

约在海拔八千英尺处，欧洲形态的植物变多了，四处繁生数种忍冬花、金丝桃与欧洲荚；约在九千英尺的高度，我们首次遇到一种稀有的美丽的报春花，据称这种报春花除了这孤寂荒凉的山顶外，全世界再无他处可寻。它有一根高硬的茎干，有时三英尺高，从根基长出十八英寸长的叶片，茎轴上生有好几轮牛唇般的花朵，而非仅是茎端开一轮束花而已。林木在此变得盘曲多瘤，并矮化为灌丛状，一直分布到旧火山口，但并未分布到峰顶的凹陷处。这里有相当多的裸露地，散生着密丛的蒿属与鼠麴草属植物，仿佛英国的青叶蒿与黄花艾，但高度可达六或八英尺；而毛茛花、紫罗兰、黑越橘、苦苣菜、硬骨草、白与黄十字花科、车前草与各种一年生禾草都很普遍。灌丛与灌木林处的金丝桃与忍冬花长得很繁茂，而报春花只在灌丛潮湿的庇荫下才开出雅丽的花朵。

欧洲植物

曾在干季来到这座山的詹姆斯莫特利先生，在植物观察上付出了很多心血，他罗列了峰顶或其邻近地区所有欧洲的同属植物：两种紫罗兰、三种毛茛、三种凤仙花、八或十种覆盆子、报春花、金丝桃、獐牙菜、铃兰、越橘、杜鹃、鼠麴草、蓼、毛地黄、忍冬、车前草、蒿、半边莲、酢浆草、栎及紫杉等属植物。有一些较小的植物，例如大车前草、长叶车前草，苦苣菜、萎蒿等则与欧洲的种相同。

在赤道以南一座岛屿上有这么一座孤峰，山峰上的植物种类与欧洲如此类似，而山麓四周方圆数千英里地区却生长着完全不同性状的植物，这一事实的确极不寻常，也是最近才找到合理的解释。特内里费峰①高度可观，离欧洲近，却没有欧洲的高山植物，再则波旁及毛里求斯②两岛上山脉的植生也没有高山植物。如此看来，爪哇境内这座火山高峰不免颇为特殊，但仍有几个即使不是完全类似，也称得上是类似的例子，让我们可以更了解引起这些现象的原因。阿尔卑斯较高的峰顶，甚至比利牛斯山，都有若干植物与拉普兰③完全相同，但居间的各平原地区却不见其踪影。在美国怀特山脉④的峰顶，每一种当地生长的植物都与长在拉布拉多⑤者完全相同。就这些案例而论，所有一般的散播方式都不可能成功；这些植物的种子大多十分沉重，不可能被风吹送过这么遥远的距离；就是在阿尔卑斯山高峰上极有效地散布种子的鸟类，也不可能做到。其困难度如此之高，

---

① 特内里费峰，西班牙加那利群岛最大岛特内里费岛上的最高峰，又称泰德峰，标高三千七百十八米。
② 波旁，即留尼汪岛，隶属印度洋西部法属马斯克林群岛。毛里求斯，非洲岛国毛里求斯的最大岛，位于印度洋西部、马达加斯加岛以东五百英里处。
③ 拉普兰，北欧一地区，指拉普人居住的地区，包括挪威、瑞典、芬兰等国的北部和俄罗斯的科拉半岛。
④ 怀特山脉，阿巴拉契亚山脉支脉，横越新罕布什尔州并微倾入缅因州。
⑤ 拉布拉多，加拿大东北部一地区，包括拉布拉多半岛属纽芬兰的部分。

逼得一些博物学者只好认为上帝在这些相距遥远的各山顶上，重复创造了这些物种。而最近一次冰河纪的观测，马上提供了一个更合理的解释，现今也普遍被一般科学家所接受。在冰河时期，威尔士的群山都覆满了冰河，中欧的高山区及北美五大湖以北大部分地区则被冰雪封罩，其气候类似现今的拉布拉多与格陵兰地区，全区分布着北极圈植物区系。随着寒冷的世纪逐渐远去，冰封的地域及山头上的冰河逐步朝山坡及北极退去，植物也跟着北退，最后固着在永久雪线的边缘地带。因此，现今在温带的欧美大陆洲的山巅及荒凉的北极圈，可以找到同样的物种。

其次，还有一个事实有助于我们另辟蹊径，解开爪哇山地植物区系之谜。在喜马拉雅山较高的山坡上、印度中部与东非阿比西尼亚（埃塞俄比亚）的山顶上，分布着一些植物，它们虽然和欧洲山地物种不尽相同，却为同属植物，并为植物学家认为可代表那些属，而它们多半不能生存于山腰的温暖平原。达尔文先生认为这一类事实可用同样的方法解释；因为在冰河纪最酷寒时，温带的植物势必会向热带的地区扩张，到了冰河消退期，南部高山的温带植物就往山上退，同时往北退到北方的欧洲平原与山岳带。在这种情况下，经历时间的嬗递及环境的大幅变迁，这些植物有许多发生了相当的变化，以致我们现今均视其为不同的物种。此外，还有其他各种性质类似的事实，使得达尔文认为温度的降低，在过去某段时期曾容许几种北方植物越过赤道（经由最高的路径）抵达南极圈地区，因此现今仍然可以在那里找到这些植物。这一信念所凭借的证据可见诸《物种起源》一书第二章后半部，现在我们都接受这是一种假设，但这假说可用来解释爪哇的火山上为何会出现欧洲类型的植物系区。

不过，这种假设当然会有人提出反对，他们认为爪哇与大陆洲间隔大海，在冰河世纪足以有效阻止温带类型植物的迁移。如果没有充分的证据显示爪哇过去曾与亚洲大陆相连，而且这种连接必定发生在前项假说所要求的地质时代，那么这点反驳力量绝对无法小觑。这项相连的最大证明是爪哇的大型哺乳类动物，如犀牛、虎及白臀野牛，同时也见于暹罗与缅甸，而这些动物必定不是人类带进去的。再则爪哇的孔雀与其他几种鸟类，同时分布于以上各地；不过，在大多数案例上，种缘虽相近，但种别已分化，这显示物种分开了相当久的时间（为这种变异所需），而时间又不足以长到使得物种完全改变。这段时间也正好对应于我们所称温带植物进入爪哇后需要的时间；这些生命到现在几乎都是特化独立的种，但它们现今被迫生存在已然改变的环境中，而部分生命已在印度大陆洲灭绝的事实，当能充分说明爪哇物种的各别来历。

山地鸟类

尽管我刻意努力，上山采集的成果依旧不彰，这也许可归罪于遇上特别倒霉的气候及停留期间太短暂。从七千到八千英尺的高度，我捕获了一只极为可爱的小果鸠，整个头部与颈部呈现精致的玫瑰红，与全身的绿羽互相辉映；在最高的山巅种有草莓的田里，我猎获了一只羽色暗沉的鸫，其外形与习性有若椋鸟。无疑是太潮湿的缘故，山上几乎见不到昆虫，整趟旅程我连一只蝴蝶都没捕到；但我觉得采集者若能趁干季时在此山区待上一星期，势必能在博物志的每一部门获得丰厚的回报。

我回到托衣格后，想找寻另一个采集地点，于是移师到北方几英里外的一座咖啡园中，继续尝试在山区较高与较低处采集，但始终没捕到很多昆虫，鸟类也不如在麦加门东山上繁多。现在天气又变得多雨，雨季似乎迫在眉睫，我于是回到巴达维亚，打包行李，送走采集品，于十一月一日搭汽轮前往邦加岛①与苏门答腊岛。

---

① 邦加岛位于苏门答腊岛东部海岸外，与苏门答腊岛之间隔着邦加海峡，海峡最窄处仅九英里宽。

第八章
苏门答腊

一八六一年十一月至一八六二年一月

从巴塔维亚到新加坡的邮轮把我载到了邦加岛上的主要城镇与海港——门托克（或英国地图标为明托）。我在此待了一两天，打算租艘船，横过海峡、溯河而上到巴邻旁（又称巨港）。我在附近一带走了几趟，看到这乡区山陵起伏，满布花岗岩与砖红岩，森林植物干旱且生长缓滞，也找不到什么昆虫。一艘蛮大的敞舱帆船把我送到巴邻旁河的河口，我在一座渔村雇了艘划桨船，溯河前往巴邻旁镇，沿途水路约长百英里。除遇强风可乘风而行外，我们只得随着潮汐前进。河的两岸多是洪水泛滥的水椰林泽，每逢不得已下锚停泊时，总感觉时间如蜗牛般漫步。我于十一月八日抵达巴邻旁，住在我手执介绍信求见的一位医生家里，因为我想请教他哪里才是真正好的采集地点。不过，每个人都说，我还得走很长一段路才有干地森林，因为在这个季节，整个内陆的许多英里路都洪水为患。我只得在巴邻旁停留一个星期，以决定未来的动向。

水都巴邻旁

巴邻旁是一座大城，沿着一道美丽的河湾蜿蜒三至四英里，这河的宽度可媲美英国格林维治村附近的泰晤士河。然而，河流两岸架在木桩上的成排的屋子突向河心，使得溪流变得窄多了；这些屋子以内又有一排建在大竹筏上的屋舍，这些竹筏都用藤索固定在岸边或木桩上，随着潮汐升降。整个河面两侧都搭建了这种房屋，而且大半都是门朝河心的店铺，门槛离水面仅一英尺高，因此只要划艘小船，就能上市场购买到任何在巴邻旁买得到的东西。这里的土著是正统的马来人，他们只要找得到可以架屋的水面，决计不上陆地筑屋；遇到坐船可通的地方，也绝不步行前往。这里的绝大部分人口是中国人与阿拉伯人，他们从事着各种贸易；唯一的欧洲人是荷兰政府的民政官与军官。巴邻旁位于河口三角洲的顶端，介于市镇到海口之间的陆地很少高过高潮线；往内陆许多英里，凡主流及无数支流的两岸都布满林泽，雨季时整个地区都会泛滥，水患面积极广。巴邻旁建在河北岸的高地上，只有几英里宽。离城约三英里处有一座独丘，丘顶是土著的圣地，有几株优雅的树可供遮阴；树上栖息了一群松鼠，已是半驯服不怕人了。每逢有人拿出些面包屑或水果时，它们会跑下树干，从那人指间衔走食物后火速跑开。这些松鼠竖直的尾巴上有匀称的灰、黄与棕色环条纹，极为美丽。它们有着类似老鼠般的动作，趋前时会不时地停脚，用乌黑的眼珠专心凝视后，才敢继续向前探险。马来人往往有获得野生动物信任的方式，可说是他们性格上非常吸引人的特点，而这有几分归因于他们温和从容的态度，以及他们好静不好动的性格。年轻人总是听从长辈的话，似乎不像欧洲男孩有捣蛋的倾向。换做英国村庄的话，即使和教堂相邻，那些驯良的松鼠能在树上住多久呢？它们很快会遭飞石逐退，或被捉走，关在有转轮的笼子中。我从未听说过英国有像这样不畏人的美丽松鼠，但我认为这在有礼人家的私人庭园是不难办到的，而生长在那种环境下的松鼠必然是宜人而又美丽，也难得一见乐于亲近人类。

　　一番打听后，我发现自巴邻旁上溯一天水路有一条军用道路，此路通往诸山岭，甚至穿绕到明古连 ①，于是我决定走这条路去寻找好的采集地点。如此一来，我有了一条干燥、好走的路，还可避开河流，毕竟在这个季节河水湍急、溯行不易，而且河流两岸的土地大半水淹成片，对采集者而言大不相宜。我们一大早出发，却在深夜才抵达道路起点的洛罗克村。我在村里待了几天，发觉邻近一带所有不淹水的土地几乎都种了作物，唯一的森林在沼泽内，人现在根本过不去。我在洛罗克猎到的唯一没见过的鸟是一只漂亮的长尾小鹦鹉。当地的村民说，附

---

① 明古连，现作明古鲁，苏门答腊西南部明古鲁省首府，印度洋畔商港。

近很大的范围内，即使一星期脚程以外，都与此地完全一样，他们想不起来有森林覆盖的高地。因此我开始认为继续走下去只会徒劳无功，毕竟我能用的时间太少了，再花更多的时间在行动上实在很不值得。不过，我终于找到一位熟悉附近地区的人，他的理解力强，马上告诉我，想找森林就得到南望去，经过追问，他表明这村落约在二十五或三十英里外。

进入内地

那条路被分成规律的许多段，每段十至十二英里长，在未派遣挑夫先行准备的情况下，我每天只能走一段路。每个驿站都有让旅客歇脚的房子，内设厨房与马厩，并时时有六至八人守候。这里建立了固定费率的挑夫制度，附近的村民轮流从事挑夫服务，并担任驿站守卫的任务，每次五天。这种安排方便了旅行者，对我更是大为便利。我会利用上午很轻松地走完十至十二英里，剩下的半天就四下走动，考察一下全村与附近地区。我有一所现成的屋子可供住宿，省却了不少麻烦。三天内我就到了南望地区的第一座村子——莫拉杜阿，那里的地形干燥起伏，分布了不少森林，我决定待上一阵子，到附近一带试试运气。驿站正对面是一条窄而深的河，不愧为沐浴的好地点。村外有一片好森林，路从中穿过，两边有巍峨的巨树遮阴，这是吸引我留下来的部分原因；但两个星期过去，我仍找不到采集昆虫的好地点，不同于马六甲常见鸟种的鸟也没几只。因此，我往前移往另一驿站洛博拉曼，此地供旅客留宿的屋子单独坐落在树林内，与三座村子各距约一英里路。这很合我意，因为我可以自在地走动，不必担心身旁总有一群男女老少盯着我的一举一动，我也可以随意到各村落及其周围的农田走动。

苏门答腊的马来人村落有几分特别，景致如画。几亩的空间围以高篱，篱内的屋子不经意地错落安置，毫不呆板。每幢屋子之间生长了许多高大的椰子树，地面因不断践踏而光滑无草。屋子建造在大约六英尺高的木柱上。上等的屋子全用木头搭成，其他的则是竹屋。木屋多少总有雕刻装饰，有着高耸的屋顶和撑出屋外的屋檐。斜屋顶下的三角墙面及大梁柱上偶见高雅的雕工，但这一现象在更西边的门安卡波区更加普遍。地板由竹片铺成，并不牢固，也看不到我们叫做家具之类的东西。屋里没有椅凳或矮凳，只见平正的地板上铺了垫子，供一家人躺坐。村子看起来很整齐，酋长屋前的地面虽然经常打扫，但浓浓臭气挥之不去，那是因为每栋屋子下都有个臭泥坑，坑内积了穿过地板倒下的所有废水与垃圾。马来人在其他事物上还称得上干净，有些方面还相当讲究；至于这项普遍传统的肮脏习惯，我相信是因为他们原为傍海而居的爱水民族，这种民族本来是在水上搭桩架屋，后来逐渐移居内陆，先溯江河而上，而后进入内陆的干地。因此，过去一度是方便又清洁的习惯，由于沿袭已久，也就融入了民生家居的一部分。第一批族人移

一座苏门答腊村庄的酋长住屋与米棚

居并建屋于内陆地区时，当然继续沿用；而且缺乏一套常规的排放系统，村子的配置又如此紊乱，其他方法自然都称不上足够方便。

在苏门答腊的所有村落里，我发觉找吃的东西相当困难。现在不是蔬菜的生长季节，在花费好些工夫后，我总算买到一些品种奇特的山药，却发现它们既坚硬又难入口。家禽极缺乏，水果只剩下最差的一种香蕉。土著（至少在雨季）几乎只靠米饭度日，就如穷爱尔兰人只吃马铃薯。一锅煮得很干的饭配上食盐与辣椒，一天两餐，就是他们一年内大部分日子的食物。这不是贫穷的征象，只是单纯的习惯；因为他们的妻小从手腕到手肘都戴满了银镯，脖子或耳朵上还挂着成串的银币，大多有十来个。

我离开巴邻旁后，发觉沿途一般人所说的马来语越来越不纯正，到了最后，我只能凭借某些通用的单词，才确定讲的是一种马来语，也才能猜出对话的主题。几年前这一区的风气恶名昭彰，过客常遭打劫或被谋杀。而归因于边界争议或私通案件，村子之间的械斗也时有所闻，人命案子屡见不鲜。不过，自从这岛屿被划成数小区并分治于各督察管理后，由于督察会轮流到每座村子听取冤屈并仲裁纠纷，就不再风闻这类事件了。这是我亲身阅历的荷兰政府的许多政绩之一。荷兰政府对最偏远的属地也实施严密的监控，创立了一种适合当地民众性格的政体，导正滥权，惩处犯罪，使得政府处处受土人推崇。

洛博拉曼位于苏门答腊东端的中心点，无论向东、向北、向西，都距离海洋约一百二十英里。地表缓和起伏，没有高山，甚至不见小山丘，也没有大石块，土壤多是红色易碎的黏土。无数小溪流纵横交错于其间，开阔的农田与森林块区平分全区，有原始林，也有次生林，都长有很多果树；小路多又四通八达。这些条件是博物学者最看好的，我相信在好气候的季节，我必能丰收。但目前正值雨季，即使是最好的地点也只有少数昆虫，而果树尚未结实，鸟也很少。经过一个月的采集，我虽然收集到不少稀有或有趣的鸟类标本，但仅仅添了三四个新种。至于蝴蝶方面就较有收获，我采集到数个我从未见过的新奇品种，还有为数不少的很罕见的瑰丽蝴蝶。我现在想把其中两种蝴蝶叙述一番，虽然它们是常见的收藏标本，却具有若干极有趣的特点。

奇妙的蝴蝶

第一种是美丽璀璨的橘红点黑凤蝶，羽翅深黑，全身点缀着鲜明透亮的灰蓝色线纹和鳞片，前翅宽幅五英寸，后翅呈圆形，有贝壳般的凹凸边缘。这是雄蝶，雌蝶则十分不同，一度被归类成好几个独立物种。雌蝶可分为两类：一类的外形近似雄蝶，另一类的翅膀轮廓与雄蝶完全不同。第一类的色泽变化很大，多为近白色，具有粉黄与红斑纹，不过这属于蝶类的常态变异。第二类很特殊，少有人认出是同属一种，因为其后翅外伸成大匙尾，这在雄蝶或常见的雌蝶身上是看不到的。长尾雌蝶没有雄蝶或匙尾雌蝶所具有的黑与蓝的光泽色调，而后翅较大部分的面积全点缀了白或米黄色的条纹或小色块。我发觉有这种特有花色的雌蝶飞翔时，极似同属但不同类的另一种蝴蝶——可翁凤蝶；另外，我们也从中见识到一个拟态实例，这和贝茨[①]先生详述并深入解释的那些现象相似[②]。这拟态并非偶

[①] 指亨利·沃尔特·贝茨（1825—1892），英国博物学家、探险家。一八四八年至一八五〇年期间与华莱士同往亚马逊河考察。一八六一年出版了针对动物拟态物竞天择的演绎之著作，充分支持了达尔文的理论。

[②] 见《林奈学会公报》卷十八第四百九十五页及《博物学家在亚马逊》卷一第二百九十页。——原注

橘红点黑凤蝶的雌蝶不同形态

然，可拿北印度的道氏凤蝶加以证实：这种道氏凤蝶的形态类似可翁凤蝶，只是以红点取代了黄点，但它竟取代了可翁凤蝶，不过后来又出现了一种凤蝶，它和道氏凤蝶极为类似，可能是橘红点黑凤蝶的变种，它的雌蝶有尾，居然也有红点。这种拟态的利用与理由，似乎是因为被模仿的凤蝶具有某种不明原因不受鸟类攻击，于是橘红点黑凤蝶的雌蝶与它的近亲们便极力模仿那些凤蝶的形态与颜色，借此逃避捕杀的危机。同样，泰休斯凤蝶（与橘红点黑凤蝶同一属）的两类雌蝶极力模仿另外两种凤蝶（安提福斯凤蝶与波吕丰忒斯凤蝶），结果荷兰籍昆虫学家德·汉安[①]的眼睛竟完全被骗，而把它们视为同一种。

但是有关这些独特形态的最奇异之处，是不论哪种形态，都会生育这两种个别形态的后裔。一位荷兰昆虫学家曾在爪哇饲养了一窝同一只母蝶所产下的幼虫，结果羽化出若干雄蝶及若干有尾与无尾形态的雌蝶，而我们有充分的理由相信此结果不会改变，也绝不会产生中间特征的形态。为了说明这种现象，让我们假设一位四处游荡的英国佬在某座偏远的岛屿上娶了两名妻子，一位是黑发红肤的印第安人，另一位是鬈发黑肤的黑人；并且试想她们所生的小孩并不是混杂双亲特征、有不同程度的棕或暗色皮肤的混血儿，而是所有男孩一概和父亲一样白肤、蓝眼珠，女孩们则完全像她们的母亲。这种情形想必会被认为十分离奇，但那些蝴蝶的案例却是奇中奇，因为每只母蝶不仅能产下像父亲的雄蝶，以及像她自己的雌蝶，还能生下和别只母体相似但与自身完全不同的雌蝶！

另一种我要提到的蝴蝶是枯叶蝶，那是一种与英国的紫皇蛱蝶同科的蝶，在大小上约略相同或稍大些。它的上翅面是浓紫色，杂有灰色斑点，而前翅有一条橙色横纹，飞翔时极为抢

[①] 指威廉·德·汉安（1801—1855），出生于阿姆斯特丹，就读于莱登大学，于一八二二年起在莱登博物馆管理无脊椎动物，一八四六年因病离职。亦专精于昆虫学。

可翁凤蝶

眼。这种蝴蝶在干燥的树林与灌丛间很普遍，但我屡次尝试捕捉都未成功。因为它们展翅片刻后，便会飞入灌木丛内，杂在干叶或枯叶之间；不论我如何蹑手蹑脚地赶过去，总找不着它，一直要等到它突然飞起，然后再度消失在类似的场景中。不过，我有幸看到一只枯叶蝶栖留的位置，虽然有好一会儿失去它的踪影，但后来发现它就停在眼前，只因它栖止不飞时，姿势神似枝头上的枯叶，以致即使瞪着两眼留神看着，也会被蒙骗过去。我捕到了几只飞行中的蝴蝶做标本，终于解开这奇妙神似之谜。

此蝶的前翅终端缩成尖形，仿佛热带灌木与乔木的叶尖，而后翅下角伸长成一条短而厚的翅尾，终端较钝。在这上下两角之间，有一道黑色弧线，正如叶的中肋，从这条中肋又向两侧辐射出一些斜纹，神似叶片的侧脉。这些纹路在翅基的外侧及内侧近中央与翅顶处较明显，线纹与斑纹在其亲缘种中屡见不鲜，不过枯叶蝶身上的纹路经过改良及加强后，把叶脉模拟得格外神似。全身腹部颜色浓淡变化分歧，但总是不离灰橙或灰红色，与枯叶的颜色一致。枯叶蝶有停在细枝上与藏身枯叶或干叶间的习性。它停栖时会紧贴双翼，使翅膀轮廓正如一片大小中等而略微弯曲或干皱的叶片。后翅的尾部则形成完美的叶柄，当它用中央一对腿站牢时，这翅尾就刚好贴附在枝丫上；至于那一对脚因混杂在细梗与须根间，几不可辨。蝶的头部与触须向后收，夹在各翅间隐而不见，各翅基部留有一个小缺口，适足藏起头部。所有这些繁复的细微处，拼凑成一种如此完美与奇妙的伪装，任何人看到它时莫不称异不止。枯叶蝶的习性也充分利用所有这些特点，这无疑说明了这个"拟态"案例所抱持的宗旨，即是为了保护昆虫自身的安全。它强健飘忽的飞翔，在展翅时确实可使它不易为对敌捕获，但若栖息时还像展翅般夺目，难免会遭遇热带林中众多食虫性鸟类与爬虫类的攻击，势必无法长久逃过灭绝的命运。

还有一种和枯叶蝶极为相似的蝴蝶，名为木叶蝶，分布在印度，相当普遍，各家喜马拉雅山探险采集品中都有它的标本。我们检查了相当多的木叶蝶标本后，发觉没有任何两只完全相同，但所有变态都符合枯叶的形态。每一种浓淡的黄、灰、棕与红色皆不缺，而许多标本还有黑色小片与斑点，活像长在叶子上的微小真

飞翔与停息时的枯叶蝶

菌，乍看之下当真会以为真菌长在蝴蝶身上呢！

倘若如此奇特的适应性是仅有的特例，在诠释上就很困难了；虽然枯叶也许是我们知道的保护作用的最佳拟态，其实自然界的类似拟态何止数百件，我们因此可以把这些众多的案例缓慢发生的情形归纳成一种通论。如同达尔文先生在他著名的《物种起源》一书中谈到的物种变异性与"天择"，或适者生存的原理，为拟态提供了理论的基础。我于一八六七年发表在《威斯特敏斯特综论》的一篇文章《论动物界的拟态与其他保护性类似现象》，曾将此理论应用到所有主要的拟态案例上，为此问题提供更多的参考。

猴子和猩猩

苏门答腊有很多猴子，我住在洛博拉曼时，它们常爬到守卫屋上方的大树上，这让我有了好机会可观察它们的嬉耍。两种叶猴属为数最多。叶猴体型瘦削，尾巴极长，因为很少遭到猎杀，它们变得不怕人类。当只有土著在场时，它们毫不在意，行动如常，但是当我出现并观看它们时，它们会盯着我看一两分钟，然后迅速一哄而散，逃逸无踪。它们会从一棵树的高枝跳往相当远的另一棵树稍低的枝条上。当领头的强壮猴子纵身长跃后，观察其余猴子浑身有点发颤地随之跳去，倒是颇富兴味；最后的一两只似乎总是犹疑不决，直等到其他猴子都消失不见了，才会在孤单的急迫感下慌乱地投身空中，却常撞断细树枝而坠落地面。一种很奇特的合趾猿也不少，但比叶猴胆小得多，仅藏身在原始林中，远离村落。合趾猿是长臂猿属的倭猿近亲，但体型大得多，而且脚的头二趾全合在一起，这一点也和倭猿不同，因此学名为合趾猿。它的动作比活泼的长臂猿慢得多，常在树的较低处活动。虽然不会纵跃如飞；但还算活跃，约三英尺高的成猿双臂伸展开来总有五英尺六英寸长。靠着双臂，它能在树木间快速地摆荡移动。

我买到一只小合趾猿，它被土著捕获后，因紧捆上绳索而遭缚伤。最初它野性凶蛮，并想咬人；但是当我们把它松绑，并在回廊下架起两根长竿让它悬吊，只用一条有套环的短绳拴着它，让它可沿着长竿奔跑、轻易移动时，它就变得较为安分，开始敏捷地四处摆荡。各种水果与米饭它几乎都吃；我很希望把它带回英国，无奈的是，它在我动身回国前就死了。它起初很不喜欢我，为了克服这一点，我经常亲自喂它。有一天，在喂食时，它狠狠地咬了我，我顿时失去耐性，就施以一顿毒打。事后我很后悔，因为从那天后，它更加讨厌我了。它肯与我的马来侍童玩耍，而且会连续几个钟头轻松自如而又快速敏捷地运用长臂，从一根长竿荡到另一根长竿，甚至荡到回廊的梁柱，常为我们带来许多娱乐。当我回到新加坡时，它成了众人注目的焦点，虽然合趾猴在马来半岛的某些地区并非罕见，在新加坡却没人见过活生生的合趾猿。

由于素知红毛猩猩栖息在苏门答腊，而且那里也是首次的发现地，所以我曾多方打听猩猩的踪迹，无奈岛上却没有任何土著听说过这样的动物，荷兰官员中也没人知道此事。因此，我们可以断定，猩猩现在并没有栖息在人们很自然地认为会找到它的东苏门答腊森林平原，而可能是局限于岛上西北部小范围内，那是完全由土酋掌理的地区。苏门答腊的其他大型哺乳类动物（象与犀牛）分布较广；但象比起几年前少了很多，似乎随着农耕的快速扩张而迅速匿迹。洛博拉曼附近偶尔可找到象牙与象骨，但活象已不见踪影。苏门犀还很多，我常看到它的脚印与粪便，并一度惊动一只正在觅食的犀牛，只见它横冲直撞地闪过丛林，我只能从浓密的莽丛中得见一瞥。我还获得一副差强人意的犀牛头骨与几枚牙齿，都是土著捡拾来的。

会飞的奇特鼯猴

还有一种奇特的动物，我先前在新加坡与婆罗洲见过几次，但此地相当繁多，那就是鼯猴。这种动物身侧有一层宽膜，直连到脚趾及长尾巴的末端。这层薄膜使它能斜穿过空中，从一棵树到另一棵树。它的行动闲散缓慢，至少在白天是如此，每次短跑几英尺上树后，就要停脚一会儿，似乎不胜其累。白天它抱紧树干大睡，橄榄绿或棕色毛皮卜杂以斑白与晕纹，酷似斑驳的树皮，十足达到保护的目的。有一次在明亮的暮色中，我看见一只鼯猴从一处相当开旷的地方爬到一棵树干上，之后斜飘过空中到另一棵树的根部，然后马上又往上爬。我跨步计算了两棵树间的距离，发觉有七十码（两百一十米）；而它下降的距离，我估计不超过三十五或四十英尺，也就是斜率略低于五分之一。基于这一点，我认为可证实它有某种在空中导向的能力，否则在那么长的距离内，很难正好降落在树干上。就像摩鹿加群岛的袋貂，鼯猴主要吃树叶，有一个很大的胃与长而盘曲的肠。另外，这种动物脑量很小，但具备了极度强韧的生命力，用普通工具很难猎杀它。它的尾部可卷握，可能是吃叶子时的额外支柱。据说它每次只产一胎幼兽，我个人的观察证实了这一点。因为我有一次射杀了一只雌鼯猴，它的胸前还紧贴着一只盲目、赤裸的小幼猴。它全身无毛且多皱纹，令我想起有袋动物的幼兽，似乎是一种中间型。这种动物的背部及四肢与皮膜上，有极为柔细的短毛，质地上类似绒鼠的毛。

有特殊习性的犀鸟

我经由水路回到巴邻旁，途中为了加强船的防水功能，在一座村子中待了一天。那天，我有幸又获得一种大型犀鸟的雄、雌与幼鸟各一只。我派了雇用的猎手去射鸟，等到我用早餐时，他们带回来一只大的雄双角犀鸟。一名猎人说，他在这只雄鸟正在喂食被关在树洞中的雌鸟时射到了它。我常读到犀鸟

雌双角犀鸟和雏鸟

这种奇异的习惯，马上决定伙同几位土著前往现场。走过一条溪与一片泥淖后，我们发现一棵斜倒向水面的大树，离树根高约二十英尺处的树干上有个小洞，洞内有看起来像一堆烂泥的东西，我确定那是填塞树洞用的。过了一会儿，我听到树洞内传出鸟类的叫声，并看到白色的喙尖伸出洞外。我以一枚卢比为报酬，要求土著爬上树取下犀鸟及蛋或幼鸟，但他们都说这事太困难了，不敢尝试。我只得依依不舍地离开。但令我喜出望外的是，大约一小时后，忽然传来一种响亮而又带沙哑的嘶叫声，那只犀鸟被送来了，外加一只雏鸟，都是从树洞取得的。那只雏鸟真是非常奇怪的东西，大小如鸽，全身没有一丝毛羽，又胖又软，皮肤半透明，看起来像一袋果冻上面粘了头与脚，根本不像一只真鸟。雄鸟把雌鸟和鸟卵一起封藏在树洞中，在整个孵蛋期间及幼鸟的毛羽未丰之前，雄鸟全程提供雌鸟的食物，这真是一项极为特殊的习性，此行为常见于几种大型的犀鸟，这是博物志中一些"比故事还玄"的奇特事实。

第九章
印度–马来群岛的博物志

在本书的第一章，我曾经大概说明马来群岛西部的几个大岛（爪哇、苏门答腊与婆罗洲），以及马来半岛与菲律宾群岛，都是新近才从亚洲大陆分离出来的。现在我试着把这些岛屿（我把它们取名为印度–马来群岛）的博物志作一介绍，并呈现博物的证据支持此观点的程度，及能提供多少各岛屿的过去与源起的资料。

目前印度–马来群岛的植物资料零散支离，我也未下过什么工夫，因此无法从植物中举证重要事实。然而马来植物类型十分重要；约瑟夫·胡克博士在他的《印度植物》一书中指出，这类马来植物扩张到印度境内所有较潮湿与气候较稳定的地区，许多锡兰、喜马拉雅山、印度尼尔吉里与卡西亚山脉见得到的植物，都和爪哇及马来半岛的植物相同。在这些植物中，外形特征较具代表性的是藤类，如攀缘性棕榈的省藤属，以及多样、高大及无干的棕榈类。兰科、天南星科、姜科及羊齿类特别多，而一种巨大的附生植物凤凰兰属则是其中特出者，其聚生的叶

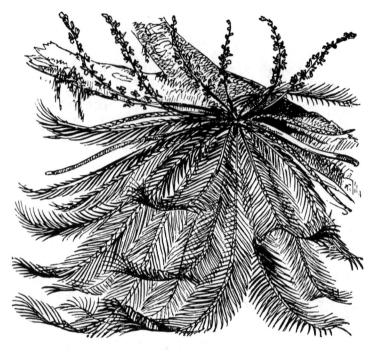

凤凰兰属的巨兰

与花茎长十或十二英尺。这里也是奇妙的猪笼草科的主要分布地区，其只再现于锡兰、马达加斯加、西里伯斯、摩鹿加及（印度洋中西部岛国）塞舌尔群岛。驰名的水果，如山竹与榴莲也是本地的特产，在马来群岛以外罕见生长。先前谈到的爪哇山地植物，足以表露出本区过去曾与亚洲大陆相连接；而远古时澳洲大陆更为奇特的连接，则由洛楼先生自婆罗洲最高峰神山峰顶的采集显示出来。

植物比动物更有本领跨海传播；较轻的种子容易随风飘扬，其中有许多还格外适应风的传播。有些种子能在水中漂浮多时而不受损，可以随风与潮流远赴他岸。如鸠类等食果鸟也是传播植物的工具，因为种子通过鸟类体内后都很容易发芽。因此，长在岸边与低地的植物分布很广。所以，如果想精确地断定各岛植物区系的相互关系，就必须具备对各岛屿物种的广泛知识。目前我们对马来群岛中某些岛屿的植物学知识不够完备；因此，我们所以能证实爪哇曾与亚洲大陆连接，仅仅是凭据以下这个特殊的现象：在爪哇诸山岳的山顶发现北方，甚至欧洲境内的若干植物属。至于陆地动物，情况就很不同了。动物很难跨越宽阔的汪洋。对于它们的分布状况，我们的研究已较为精确，而我们对于各岛上如哺乳类与鸟类等动物也有了比较完备的认识。此外，也正是这两纲动物为我们提供了此区域内有机物的地理分布状况的大半事实。

岛屿与大陆洲的共同种——哺乳类和鸟类

印度-马来地区的哺乳纲动物相当多，共计一百七十多种。除了蝙蝠外，其他动物都没有跨越数英里宽的海峡的能力，因此，它们的分布状况有助于我们决定自从有动物物种的时代以来，这些岛屿是否曾彼此连成一气或与大陆洲相连。

四手类或猿猴族是本区最具特色的动物。本区已知栖息了二十四个独立种，且都相当均匀地分布在各岛上，其中九种在爪哇，十种在马来半岛，十一种在苏门答腊，十三种在婆罗洲。像人类的红毛猩猩仅分布于苏门答腊与婆罗洲；奇特的合趾猿（体型仅次于红毛猩猩）则分布在苏门答腊与马六甲；长鼻猴仅分布于婆罗洲；但是以上各岛都有长臂猿与猴类的代表性动物。类似狐猴的动物，如懒猴、跗猴及鼯猴等属则是各岛均有。

在马来半岛所发现的猿猴类计有七种，也分布在苏门答腊，四种在婆罗洲，三种在爪哇，同时有两种延伸分布到暹罗与缅甸，还有一种进入北印度。除了红毛猩猩、合趾猿、苏岛跗猴及鼯猴外，所有马来的四手类属在北印度都有近亲种，然而由于这些动物大多数的分布范围有限，很少两地绝对同种。

至于食肉类动物，印度-马来地区已知有三十三种，其中有八种同时出现在缅甸与印度。这三十三种中包括虎、豹、虎猫、灵猫与水獭；而在二十属马来食肉动物中，有十三属在印度有亲疏不等的亲缘种。举例来说，马来熊在北印度是以中国的西藏黑熊为代表种，这两种熊在伦敦的动物园中都可见到。

有蹄类动物有二十二种，其中约有七种亦分布在缅甸与印度。所有的鹿都是特有种，只除了两种是从马六甲延伸到印度境内。至于牛类，有一种印度种延伸入马六甲，而爪哇与婆罗洲的白臀野牛也见于暹罗与缅甸。有一种在苏门答腊发现的类似山羊的动物，在印度也有代表种；而苏门答腊的双角犀牛与爪哇的单角犀牛，长久以来被认为是两岛的特有种，而今证实都确实存在于缅甸、勃固与毛淡棉①。苏门答腊、婆罗洲与马六甲的象，现今也被认定与锡兰及印度的象同种。

所有哺乳纲其他类动物中，相同的共通现象不断重复出现。有一些种与印度的种相同，更多的种是近亲或有代表形态，而也总有少数特有属，由与世界其他地区均不相同的动物构成。本区约有五十种蝙蝠，其中不到四分之一是印度种；三十四种啮齿类（松鼠、鼠等），其中仅有六或八种是印度种；十种食虫类，只有一种是马来地区特有种。松鼠类非常多，且各具特征，二十五种中仅有两种延伸分布至暹罗与缅甸。树鼩是一种奇特的食虫兽，外形类似松鼠，且几乎只分布于马来诸岛，例如分布在婆罗洲的体型小而有羽状尾的笔尾树鼩，以及长相奇特、长鼻裸尾的大鼠猬。由于马来半岛是亚洲大陆的一部分，过去两地相连的问题，可由研究半岛及一些岛屿共有的物种来做出最佳诠释。现在我们即使完全不考虑会飞的蝙蝠，也还有四十八种哺乳类动物是马来半岛与另外三大岛所共有。其中，有七种四手类动物（猿、猴与狐猴）终生都在森林中过活，决计不会游泳，就连一英里的海域也颇不可能穿渡；又有十九种食肉目，其中一些确有渡海能力，但我们不能假设这么多数目的物种都泳渡海峡而去，此海峡除了某一处外都达三十至五十英里宽；还有五种有蹄目动物，包括貘、两种犀牛及一种象，

也都不可能渡海。此外，还有十三种啮齿类与四种食虫类动物，包括一种锡金小鼠与六种松鼠，它们在无外在助力的情况下，即使是穿越二十英里宽的海域，也比那些大型动物更不可思议。

当我们碰到同一物种栖息于两个或两个以上相距更远的岛屿的情况时，上文所述穿渡的困难就会剧增。婆罗洲距美立敦（今勿里洞）岛一百五十英里，该岛又距邦加岛五十英里，邦加岛则距苏门答腊十五英里，然而却有不少于三十六种的哺乳类动物是婆罗洲与苏门答腊所共有。再则爪哇离婆罗洲逾两百五十英里，但是这两座岛有二十二种共有的哺乳类，包括猴、狐猴、野牛、松鼠与鼩鼱等。这些事实似乎让我们可以绝对确定在某先前的时代，所有这些岛屿与大陆洲曾彼此相连。加上两个以上的岛屿所共有的动物大多没有或少有变异，这一事实无疑表示，岛间的分隔以地质学来说一定是近时代的事，亦即晚于较近代的上新世，因为那时陆域动物方才开始与现存动物的形态密切同化。

如有必要，甚至蝙蝠也能提供进一步的辩证，这些岛屿如果先前不曾彼此相连，各岛的动物就不可能互相迁徙，也不能从大陆移徙过来。因为假如飞渡是各岛动物迁徙的方式，就可确定那些能长途飞行的动物将首先从一岛散布到另一岛，因此全地域的物种也就有一致的分布状况。但是，这种均匀性却不存在。各岛的蝙蝠都不同，而且不同的程度几乎和其他哺乳类动物雷同。例如，婆罗洲有十六种蝙蝠，其中十种见于爪哇，五种见于苏门答腊，这个比例与并无直接迁徙能力的啮齿类动物大略相同。我们从这个事实可知，分隔各岛屿的海域甚至宽到能阻止会飞的动物迁徙，而且我们必须用共同的原因来解释（会飞与不会飞）两族动物目前分布的情形。我们能想到的唯一的充分理由，就是这些岛屿在古代曾与大陆洲相连，而这种变迁也与我们所知地球的历史完全吻合。同时，仅需提升海床三百英尺高，即可使目前分隔诸岛的宽阔海面变为一片巨大的曲谷或平原，约三百英里宽、一千两百英里长，这个显然的事实增加了此推论的可能性。

也许，我们会认为鸟类因具备超高的飞翔能力，分布范围应不致为内海所限制，也就不会显现很多其栖息岛屿先前分开或连合的影响。其实却不然，有相当多的鸟类似乎也如四足动物般，被水域的障碍严格限制；而由于人们格外留意采集鸟类标本，我们也就有了特别完整的研究资料，归纳出的结论自然更确定，也更完美。不过，其中有些鸟类（如水禽、涉禽与猛禽）是有名的迁徙动物；另有一些族群则除了鸟类学家外，一般所知不多。因此，我在下文仅就少数大家熟知且较引人注意的鸟科申述一番，借以为整个鸟纲所贡献的结论的样本。

印度-马来地区的鸟类与印度次大陆的鸟类很相似，虽则大部分种很不相同，但仅约有十五个特有属，而且没有任何一科鸟只限分布在印度-马来区。其次，如果我们比较印度-马来群岛与缅甸、暹罗及马来半岛地区，会发现彼此的差异越发减小，而相信所有鸟类都因陆地曾相连而有密切的亲缘。在一些大家熟知的鸟科内，如啄木鸟、鹦鹉、咬鹃、须䴕、翠鸟、鸠与雉，我们发现若干相同的种分布在全印度，并远及爪哇与婆罗洲，而又有很大一部分是苏门答腊与马来半岛所共有。

必须等到我们谈到澳洲马来地区岛屿时，方能理解这些事实的作用力量究竟有多大。因为我们会发现，同样的屏障完全阻碍了两岛间鸟类的迁徙流通，使得爪哇与婆罗洲岛上三百五十多种陆栖鸟类中，才不到十种向东跨越到西里伯斯岛。然而，分开此两大地区的望加锡海峡的宽度还不及爪哇海，但爪哇海所分隔的婆罗洲与爪哇岛却至少有一百多种相同的鸟种。

动物相的比较与地球史的变化

现在我要举两个例子，说明如何利用动物分布的知识，认识地球史上一些不可思议的事实。有一座名为邦加的岩石岛素来以锡矿闻名，距离苏门答腊岛最东端约十五英里，当地一位荷兰籍居民曾把该岛若干鸟与动物标本寄往荷兰莱登，结果发现有几种是邻近的苏门答腊沿岸所没有的物种。其中一种是鼯鼠，其与分别栖息于马来半岛、苏门答腊与婆罗洲的三种松鼠有亲缘关系，但非同种，四者间有明显的差别。邦加岛也分布着八色鸫属的两种地栖鸫，其与苏门答腊与婆罗洲所共有的另两种鸫虽有密切的亲缘关系，但另具特点；然而，后两种虽然分别栖息在相隔了宽阔海洋的苏门答腊与婆罗洲这两大岛上，彼此外观却看不出差别。这种情形就和英格兰与爱尔兰之间的马恩岛相似，该岛上栖息着特殊的一种鸫与一种乌鸫，却与英格兰与爱尔兰常见的鸫与乌鸫大不相同。

　　这些奇特的事实表示，邦加岛可能比苏门答腊与婆罗洲更早成为孤立岛屿，另外还有若干地质与地理的事实可证明这乍看之下不太可能的论点。虽然从地图上看来，邦加岛与苏门答腊似乎很近，邦加岛却不是新近从苏门答腊分离出并上升到水面上；因为邻近的印尼旁巴邻一区原是一片新生地，是一百英里外山崩堆积而成的冲积林泽。邦加岛却反而类似马六甲、新加坡，以及居间的林加岛，都是由花岗岩与砖红壤构成，而后三者很可能是马来半岛的延伸部分。由于婆罗洲与苏门答腊的河川泥沙经年累月地填充其间的海域，我们可以断定这海域过去比现在更深，而这几座大岛很可能除了通过马来半岛间接连接过外，彼此从未直接相连。在它们相连接的那段时期，所有这些地区可能都栖息有同种的松鼠与八色鸫，但当地盘活动发生、苏门答腊的火山隆起时，邦加小岛可能就率先分离，岛上的生物从此被隔离，或许在各大岛还未完全分离前就逐渐改变形态。然而，由于苏门答腊南部向东延伸形成狭窄的邦加海峡，许多鸟类、昆虫及少数哺乳纲动物不免会穿渡海峡而去，造成类似的生物相，同时有少数原栖生物停留在邦加岛上，奇特的外貌透露出不同的起源。除非我们假设曾经有过一些实体地理的变化，否则邦加这样的岛上出现这些奇特种的鸟与哺乳类动物，简直就是无解的谜；而这类假设的变动并不太可能，绝非一眼看看地图便可胡乱臆想的，我上文已约略说明了这一点。至于第二个例子，则为苏门答腊与爪哇两大岛。这两大岛相距颇近，又有一系列火山穿越过，赋予两岛一气呵成的整体感，不由得令人马上认为两岛必是近期内才分离开来。此外，爪哇土著的见解更进一步，他们确实有一种有关两岛破裂的大灾难传说，并且指出灾难发生时间不到一千年前。因此，我们比较两地动物的种类来佐证这种说法，想必相当有趣。

　　这两大岛的哺乳类动物的采集尚不够完全，所以一般性的比较难有价值。许多种动物仅得自圈养的活样本，其采集地点经常误列，常把买得标本的岛当做该动物栖息的岛。如果只采用明确知道分布状况的物种，会发现以动物学的原则观来，苏门答腊与婆罗洲的关系远比与爪哇密切。前两者都有大型类人猿类、象、貘与马来熊，而最后者皆无。栖息于苏门答腊的三种长尾叶猴中，有一种延伸分布至婆罗洲，而爪哇的两种则是当地特有种。黑鹿与小鼷鹿也是苏门答腊与婆罗洲共有种，但并未伸入爪哇——在爪哇有鼷鹿来替代。诚然，苏门答腊与爪哇都有虎，单单婆罗洲没有。但这种动物善泳，当然可以游过巽他海峡，或可能在爪哇从大陆分离前就栖息于岛上，而因某种未知的原因从婆罗洲上绝迹。

　　在鸟类学方面，因为我们对爪哇与苏门答腊的鸟类知识远超过对婆罗洲的鸟类，论点不免得稍置疑。但可确定爪哇在更远古的年代就与大陆分离，因为这岛上有不少特有种，而这些鸟种并不分布于其他两岛。爪哇有七种特有种的鸠，而苏门答腊仅有一种；爪哇的两种鹦鹉有一种见于婆罗洲，但苏门答腊均缺。栖息于苏门答腊的十五种啄木鸟，仅有四种见于爪哇，而婆罗洲有八种，马来半岛有十二种。爪哇岛的咬鹃中有两种是特有种，而苏门答腊的咬鹃中至少有两种见于马六甲，一种见于婆罗洲。很多种鸟，像是大眼斑雉、火背鹇、斑眼雉、冕鹧鸪、马六甲鹦鹉、大盔犀鸟、地鹃、玫瑰冠蜂虎、乌暗阔嘴鸟及小绿阔嘴鸟，还有许多其他鸟类都是马六甲、苏门答腊与婆罗洲共有种，却完全不见于爪哇。另一方面，孔雀、绿原鸡、两种蓝色鸫（蓝八色鸫与紫啸鸫爪哇亚种）、小绯顶果鸠、三种鹃鸠类，以及许多其他有趣的鸟类，则是在除了爪哇外的其他群岛上见不到的。

昆虫这方面也存在类似的事实，凡是我们获得充分样本的采集点都是如此；不过，由于爪哇的采集特别丰富，不免有特别偏重该岛的流弊。但是凤蝶科昆虫则不在此限，因为凤蝶体形大又色彩艳丽，往往比其他昆虫更受青睐。爪哇已知有二十七种凤蝶，婆罗洲有二十九种，苏门答腊仅有二十一种。其中四种只分布在爪哇，而婆罗洲仅有两种特有种，苏门答腊则只有一种。将这三岛互相对比，以表明每两座岛各有多少共有种，爪哇的孤立事实便一目了然。列明如下：

婆罗洲 二十九种 ⎫
苏门答腊 二十一种 ⎬ 二十种为两岛共有种

婆罗洲 二十九种 ⎫
爪哇 二十七种 ⎬ 二十种为两岛共有种

苏门答腊 二十一种 ⎫
爪哇 二十七种 ⎬ 十一种为两岛共有种

　　即使对苏门答腊物种缺乏完整的认识，我们仍可看出爪哇的孤立现象远超过其他两岛，此完全符合鸟类与哺乳类动物分布之结果，也使得爪哇几可确定是最早与亚洲大陆完全分离的岛屿，至于土著间所流传的爪哇与苏门答腊在晚近才分离的说法则毫无根据。

　　现在，我们能以相当的概率追溯出各岛往事的顺序。就从整个爪哇海、暹罗湾及马六甲海峡还是干地时开始说起，当时这些海域与婆罗洲、苏门答腊及爪哇组成亚洲大陆一大片向南方伸长的陆地。首先，爪哇火山的活动造成爪哇海与巽他海峡下沉，也使得爪哇岛完全脱离。接下来，随着爪哇与苏门答腊火山带日趋增高活动力，更多陆地下沉，结果婆罗洲、苏门答腊先后完全脱离大陆洲。从第一次发生扰动后，或许又发生了数次大升沉，各岛可能曾多次彼此相连接或与大陆洲一再相连，又再度分离。一拨拨物种迁移可能因此改变了各岛的动物分布，造成分布上的种种异常现象，不易仅以任何单次的升沉作用来解释清楚。婆罗洲的地理由辐射状山脉间夹大冲积河谷构成，显示它过去沉于水下相当的深度，当时的外观大概有几分类似现在的西里伯斯岛或吉洛洛岛，之后陆地逐渐抬升，沉积物亦逐渐堆满海湾，才逐渐呈现今日的规模。苏门答腊显然也经由东北沿岸冲积平原的形成而面积大为增加。

爪哇的诸多生物中有一个特点格外令人困惑，就是若干种或群具有暹罗或印度地区的物种特征，却又未分布于婆罗洲与苏门答腊。哺乳类动物中的爪哇犀是最显著的例子，因为在婆罗洲与苏门答腊所发现的是一种"特别的种"，而爪哇犀却见于缅甸与孟加拉国。在鸟类中，小小的斑姬地鸠与奇特的铜色树鹊都分布在爪哇与暹罗；而爪哇种的鸲鹊、Arrenga、啸鸫、地鸫、八哥及梅花雀等属鸟类，都在印度各地发现最亲缘种，在婆罗洲与苏门答腊却没有任何近似种。

这种难解的现象仅能用以下假设来解释：在爪哇脱离之后，婆罗洲几乎完全下沉，而再隆起后曾一度与马来半岛及苏门答腊相连，却与爪哇或暹罗隔离。凡是地质学家都会认为此处所呈现的地理变化是可以想象的，因为他们都知道地层会褶曲与倾斜，且升沉常轮替发生，不是一两次，而是二三十次，甚至达数百次之多。婆罗洲与苏门答腊境内的大面积煤层历史很短，其页岩内还有很多树叶，简直和现今覆盖该地区森林的树叶难以区别，这一点证明了这种海拔高度的变化确实发生过；而无论是地质学家还是博物学家，都会对以下这件事感兴趣：整理出这些变动的顺序，并了解其对这些地区的动物的物种实际分布的影响——这种分布状况往往呈现相当奇特又矛盾的现象，如不考虑地理变动的话，根本无法想象为何会发生这些现象。

第二部
帝汶岛群

第十章
巴厘岛与龙目岛

一八五六年六月至七月

位于爪哇东端的巴厘岛与龙目岛特别引人关注。在整个马来群岛中，只有这两座岛屿至今仍奉行印度教，它们同时是东半球两大动物分区的两极；两者的外观虽然相像，所有物理环境特征也无大不同，但天然产物上却差别极大。我在婆罗洲、马六甲与新加坡待了两年后，方才在往望加锡^①的途中顺道游历了这两座岛。假使我能从新加坡直接到望加锡的话，大概就不会走近巴厘岛与龙目岛，也会错失我整个东方之旅中的几个重大发现。

巴厘岛的风情

我从新加坡搭乘"日本玫瑰"号前往巴厘岛。那是一艘双

---

① 望加锡，印度尼西亚南苏拉威西省首府。十六世纪葡萄牙人来时已是繁荣的港口，一六○七年转受荷兰人控制。

桅帆船，船东是中国商人，水手清一色为爪哇人，船长则是英国人。航行了二十天后，我们于一八五六年六月十三日在巴厘岛北岸比莱林（今新加拉惹）港外一处危险海域下锚停泊。我、船长及中国押货员一上岸，就看到一幕新奇有趣的景象。我们先到中国"班达"（即富商）的家，看见屋内有大批土著，他们都一身好衣服，腰际配备大喇喇的马来弯刀，刀柄或为象牙，或为黄金，或由纹理美丽且光滑的木头制成。

中国人已不穿祖传的唐服而改穿马来装，看来也就和岛上的土著难以区分，显示了马来种与蒙古种有亲近的血缘关系。屋外芒果树的浓阴下，有几位女商贩正在出售棉织品；当地女性必须为丈夫做买卖与工作，这却非奉行伊斯兰教的马来人的习俗。商贩送来各色水果、茶、糕饼与蜜饯，并问了许多我们此行的目的与新加坡贸易情况的问题，随后我们去参观村庄。那是个枯燥乏味的地方；一条条窄巷挤在高高的土墙间，土墙内有竹屋，我们走进了几家竹舍，都受到十分热忱的招待。

我们在此地停留两天，我于是趁机到附近乡间搜集昆虫、打鸟，并查看土地硗薄或肥沃。我不禁惊喜交错，毕竟数年后我才走访爪哇，在此之前还未发现欧洲以外居然有如此肥沃且精耕的地区。坡度缓缓起伏的平原从海边伸展到内陆约十或十二英里处，与茂密的树林及农田山坡接壤。一丛丛浓密的椰子树、罗望子树与其他果树的密丛中，可以看到住宅与村落四处错落；密丛间则有郁绿的水稻，靠精心设计的灌溉系统供水，媲美欧洲最好的农田。整个地表依地势起伏而分划成不规则的块区，大小则从数英亩到百分之一英亩不等，而每片田地各呈水平，相邻的农田高低差则从数英寸到几英尺不等。每片农田可随意灌溉或排水，利用许多小沟与大渠组成的系统，将山溪的水一概引入沟渠。每片农田长着不同成熟期的作物，部分已可收成，每一种作物都呈现出最茂盛的状态及最悦目的绿色。

　　大小巷道与马路两边常蔓生着多刺仙人掌及无叶的大戟科植物，但整个地区因已开垦殆尽，故除海岸外，几无原生植物的生长地。我们见到很多以爪哇的白臀野牛繁殖出的同种牛群，或由半裸的男孩赶着走，或被拴在草地上。这些牛体型硕大而动作优雅，披着淡棕色皮毛，脚白色，臀部有一块明显的同色椭圆毛斑。据说山上仍有同种的野牛。面对这片完全开垦的农地，我并不期望在博物学研究上有多少收获，而我对此处在说明动物物种地理分布的重要性的无知，也使我错失获得一些无缘再见的标本。其中有一种是头部呈艳黄色的织布鸟，它们在海岸附近的树上筑了成打的瓶子状鸟巢。这种金色织布鸟是爪哇特产，此地是其分布的东界。我射下了一只摆尾鹟、一只金莺及几只棕鸟，并制成标本保存起来，这些全是分布在爪哇的鸟种，而其中有些是爪哇的特有种。我捕得若干美丽的蝴蝶，白翅上有浓艳的黑斑与橙斑，是本地处处可见的昆虫；其中有一个新种，我命名为塔马粉蝶。

抵达龙目岛

离开比莱林后，经过两天愉悦的航程，我们登上龙目岛（东岸）的安佩南镇，我在此等待船只前往望加锡。路上，我们欣赏了巴厘与龙目两岛上孪生火山的美景，它们各高约八千英尺①，在日出与日落时段尤其壮丽。那时它们就从袅绕山脚的云雾中直耸而上，闪烁着瑰丽而变幻万千的色彩，诚然是热带一天中最迷人的时刻。

安佩南镇的海湾或泊锚所幅员广阔，这个季节刚好不受盛行东南风的吹袭，海面平静如湖面。铺着黑色火山岩的砂质海滨极为陡峭，不时地受一波波大浪冲击，春潮期间尤其骇人，那时船舶往往因滔天巨浪而无法靠岸，重大意外事故频传。我们在离岸约四分一英里处下锚，该处海浪不兴，但稍近岸处就有波浪涌现，越近岸越汹涌，最后演变成翻滚巨浪，规律地拍击海岸，震耳欲聋。有时完全平静的海面会忽然掼起强风，巨浪突至，一一击碎未能高搁于海滨高处的船只，卷走一些不够警觉的土著。这种猛浪可能与南方大洋的涌浪及龙目海峡的急流有关。这些情况变幻莫测，有时湾中准备下锚的船会突遭大

---

① 巴厘岛的最高峰为阿贡火山，或称巴厘峰，标高三千一百四十二米，是岛上的圣山，被当地人称作"世界肚脐"。龙目岛最高峰为林贾尼火山，标高三千七百二十六米。

涌而被卷入海峡，过了十天半个月还无法驶回港湾。

水手口中的"卷浪"在海峡中也极为猛烈：海水逐渐沸腾、发泡、飞溅，有如大瀑布下方的急流；一时之间，船只能任其四下卷滚。在清空无云的最佳天气下，偶尔也有小船遭吞噬而沉没海底。

一直要等到我所有的采集箱和我自己平安通过这种会噬人的大浪后，我心头悬着的巨石才放了下来；但土著却带着骄傲的心情看待它，他们说"他们的海总是饥馑难禁，想把所有抓得到的东西吞下肚"。我承蒙卡特先生热诚款待，他是个英国人，也是位"班达"，亦即当地海港领有执照的贸易商。在我停留期间，承蒙他殷勤款待并提供各种协助。他的住宅、仓库及办公室都同在一个院落中，四周围以高竹篱，房舍则一概用竹子建成，上覆草屋顶，这竹和草是当地唯一可得的建材。即使是这类建材现在也都很缺乏，主要是因为数个月前发生了一场祝融之灾，一两个小时内烧光镇上所有的建筑物，重建工程自然得耗费大量建材。

翌日，我带着介绍信去拜见另一位商人，S先生，他住在大约七英里外。卡特先生体贴地借我一匹马，一位住在安佩南多年的荷兰绅士自愿当我的向导，我们于是相偕前往。我们最初走过几处城区及郊地，先沿着一条两旁土墙夹道的笔直大路，再经过有巨树耸立的林阴路，随后经过如比莱林的方式灌溉的稻田，之后走过靠近海边的沙地草原，有时沿着海岸而行。S先生很客气地接待我们，并在屋里腾出空房供我居住，说是附近地区应该颇适于采集。吃了一顿早餐后，我们带了枪与捕虫网出门探索，走到一个似乎很理想的低丘陵地，但一连走过林泽、长满粗莎草的沙地、草原及农地后，发现沿路鸟类或昆虫少得可怜。我们还在路上看到一两具死人骸骨，连同衣物、枕头、床垫及槟榔盒围在小竹篱内；或许是遭谋杀，也或许是被处决的可怜家伙。回到 S 先生家，正巧有一位巴厘酋长伙同随从来访。地位高的那人坐在椅上，其余人蹲踞地上。那酋长非常厚颜地向主人要了啤酒与白兰地，与随从们一同享用。对于啤酒，他们显然只是好奇，似乎觉得很难喝，但对杯中的白兰地就显得兴致勃勃。

我回到安佩南后，一连好几天专心地在附近射鸟。大街上有许多榕树，树上栖有成群艳橘色的华丽黄鹂，是本岛及邻近的松巴哇岛及弗洛雷斯岛的特产。在此镇四周，有许多奇异的帝汶僧鸟，是澳洲食吮蜜鸟的近亲。当地土人叫它们"快去快去"，因为它们响亮的奇特叫声似乎用各种颇为入耳的方式不断重复这个音节。

我们每天看到许多男童在路边、树篱与水沟渠旁逛来逛去，用鸟胶捕捉蜻蜓。他们手持一根细长的棍子，棍头几个小枝丫的尖端都涂了黏胶，只要轻碰一下就可捕到蜻蜓。他们拆掉蜻蜓的翅膀后丢到一只小篮子内。每逢稻米开花的季节，蜻蜓极多，不费多少工夫便可捕上几千只。土人认为将蜻蜓同洋葱与虾酱一块油炸，或单独煎煮来吃，称得上是一道佳酿珍馐。在婆罗洲、西里伯斯及许多其他岛屿上，蜜蜂与胡蜂的幼虫也是食品，当地人或从蜂巢中拉出幼虫生吃，或像蜻蜓般油炸来吃。摩鹿加人会把谷象属的蛴螬（即幼虫）装进竹筒，带往市场当食物贩卖；而只要碰到许多有鳃片状触角的大型鳃角甲虫，则是放在余烬上略为烘烤后就拿来食用。因此，丰富的昆虫生态显然对这些岛民格外有用处。

我发现此地鸟类不多，又屡次听闻海湾最南端的拉布安特林（今西岸大港兰巴）有大面积未开垦的土地，鸟类数量繁多，还有很多鹿与野猪，于是我决定带着两位帮手同往，一位是婆罗洲的马来男孩阿里，另一位是曼努埃尔，他是马六甲籍葡萄牙裔，会剥制鸟标本。我雇了一艘舷外浮杆式的土著小船，带着一点行李，沿着海岸摇了一天桨后来到目的地。

不孵蛋的冢雉

我带了一张介绍便条给当地一位安汶马来人，借他房舍的部分居住与工作。他叫作"英奇道得"（意为大卫先生），为人礼数周到；但是他的房子不大，只能提供部分的会客室给我，那是一栋高架竹屋的前半部（得爬上梯级相隔宽大的六阶梯子才上得了），视野极佳，海湾美景尽收眼底。然而，为了不浪费时间，我很快安置好一切，出发工作。这里的景致优美，是由许多陡峭的火山坡外加隐藏其间的平坦谷地或平原构成，对我而言很新奇。山丘上长满了浓密的竹丛及多刺的乔木与灌木。平原上则点缀数百株高雅的椰子，又有许多繁茂的灌木植物。鸟类繁多又吸引人，我首次见到许多此地以西的岛屿没有的澳洲种。小白凤头鹦鹉不少，那聒噪的尖叫、出色的纯白羽毛，配上美丽的黄冠，成为当地景观的重要特色。这是本科鸟中任何一种在全球分布上的最西点。一些裙风鸟属的小吮蜜鸟及特异的冢雉，也是旅人往东行时初次遭遇的鸟种。冢雉尤其值得多加留意。

冢雉科这一小科鸟类仅分布于澳洲及其周边群岛，但远伸及菲律宾与婆罗洲西北部。这种鸟类与鸡形目鸟类有亲缘关系，唯绝不孵蛋，和鸡形目或其他鸟类不同。它们把蛋埋在砂、土或杂物中，靠太阳或发酵所产生的热度来孵化。最大的特征是有一对大足及长而弯的爪，且大多数种类的冢雉会用脚耙拢各杂物，如枯叶、枝条、石块、泥、腐木等，堆成一个约六英尺高、十二英尺宽的大冢，把蛋埋到中央。土著可根据土冢的状况判断其中是否有蛋；有的话绝不放过，因为这些砖红色的蛋（大如天鹅蛋）被认为是一大美味。据说这些冢雉往往协力筑冢，同在一处产卵，所以有时一个冢内可找到四五十枚蛋。在浓密的灌木丛中到处可看到这种土冢，对那些不明究竟的外来客来说，真是一大困惑，猜想不出有谁会在这种隐蔽的地方堆起一车车的废物；请教土著也问不出个所以然来，因为土著说那是鸟干的事，岂非滑天下之大稽。龙目岛上的冢雉有小母鸡般大，全身为暗橄榄绿与棕色相杂。这种鸟属杂食性，吃落果、蚯蚓、蜗牛与蜈蚣等，但它们的肉若调理得当，肉质白，味道好。

美丽的鸟类

另外有一种大型绿鸠，味道好而且数量也多。这种美丽的鸟比最大号的家鸽还大，成群地栖息在棕榈树上。目前棕榈树正结实累累，处处悬着圆形坚果，直径约一英寸，干绿色果皮，果肉很少。单看绿鸠的喙与头，似乎不可能吞下这种大坚果，也无法从这些干硬果获取足够的营养；然而我射下的绿鸠的嗉囊中常有几粒棕榈果实（当鸟儿坠地时，其嗉囊通常会迸裂）。我在此地捉到八种翠鸟，其中包括一个非常漂亮的新种，由古尔德①先生命名为 Halcyon fulgidus，即蓝白翡翠。这种鸟栖息在灌木丛内，远离水边，并以地面的昆虫、蜗牛为食，习性类似大型的澳洲笑翠鸟。还有一种体形小、体色为紫橙两色的美丽的红背三趾翠鸟，也分布在这类环境中；这种小鸟常疾飞而过，有如火焰蹿升般迅速。在此我又首度看到美丽的澳洲蜂虎鸟。这种优雅的小鸟栖息在空旷处的树枝上，不时急切地东张

---

① 即约翰·古尔德（1804—1881），英国分类学家、艺术家，出版了若干有关岛类分类学的文章以及精致的插画作品，著有《澳洲的鸟类》。

西望，看到有昆虫靠近便飞射出去，然后转回原树枝吞下猎物。它有又尖又长的曲喙，两条长而窄的尾羽，美丽的绿羽杂以颈上艳丽的褐色、黑色及璀璨蓝色，实为博物学家首见最优雅且有趣的动物。然而，在龙目岛上所有的鸟类中，我最想捕捉的首推美丽的地栖八色鸫，每捕到一只，我总自觉万分幸运。这种鸟只栖息在有浓密灌丛的干燥平原，而这种平原在此季节总是落叶满地。这种鸟极为怕人，连瞄准开枪的机会都很小，我经过勤加练习后，才发现一个法子。这种鸟喜好在地上跳跃、啄食昆虫，稍有动静便钻入浓密的灌丛内或贴地低飞。它们每隔一阵会连叫两声，音调特别，听过一次便不易忘怀，其在地面枯叶上跳动的声响也清晰可闻。因此，我采用的方法是，小心翼翼地沿着乡间各处小径行走，一旦听到八色鸫出没的声息，立即纹丝不动地站定，间或轻吹口哨，尽可能模仿这鸟的叫声。这样等待半小时后，我往往会如愿以偿地见到这种可爱的鸟在灌丛中跳跃。然后，一转眼又不见了，我举起枪准备随时射击，等到再看到它时，那珍宝便成了我的囊中猎物，任由我慢慢欣赏它柔软蓬松的羽毛与可爱的羽色。八色鸫的背部是艳丽的淡绿，头漆黑，两眼上方各有一道蓝与褐的条纹，尾羽与双肩有数道灿亮的银蓝色条纹，肩下是细致的浅黄色，外加一道艳红的条纹，这条纹到了腹部时又镶上黑边。美丽的草绿鸠、小型红黑啄花鸟、大型黑杜鹃、金属色泽的黑卷尾、金黄鹂，以及雅致的原鸡（所有家鸡类的原祖），这些都是我们在拉布安特林时留意到的主要鸟类。

多刺丛林

此地丛林的最大特征是多刺。灌木有刺，爬藤有刺，甚至竹也有刺。各种植物都东歪西拐或七折八扭地生长成一团，所以想携带枪、网，甚至戴眼镜穿过灌丛根本办不到，遑论捕捉昆虫了，简直难如登天。八色鸫就常藏匿其间，因此想将射下的鸟弄到手也常困难重重，每每得付出刺伤、刮伤及扯破衣裳的大代价。干燥的火山土壤与干旱的气候似乎有利于这种低矮的多刺植物的分布，因为当地人说，比起松巴哇岛植物的针与刺，这只是小巫见大巫，松巴哇岛的地面至今还覆盖着四十年前坦博拉火山大爆发喷出的火山灰。另就无刺的灌木与乔木来说，最多的是夹竹桃科植物，它那双瓣果实具多样的颜色与形状，非常诱人，悬挂在路旁树上，引诱那些不知它们毒性的疲惫旅人来送命。其中一种有光滑的金色果皮，不逊于希腊神话中赫斯珀里得斯①看管的金苹果。它是许多鸟类的最爱，从白凤头鹦鹉到小黄绣眼鸟都嗜食熟果裂开后内藏的朱红色种子。

有一种被土著叫作"古崩"的行李叶椰子大棕榈树，是这些平原的地标植物。当地有数千株，包括三种不同生长期——

---

① 赫斯珀里得斯，希腊神话中为天后赫拉看管金苹果园的众仙女，通常为三位，在某些场合又多达七位。

展叶期、开花结果期、枯死期。它有巍峨的圆柱主干，直径两到三英尺，一百英尺高；硕大、扇形的叶片会在开花时掉落。一生开花一次，干顶长出一簇大花穗，结出很多大叶棕榈绿色、光滑、圆形的果实，有一英寸宽。果实成熟掉落后，树就枯死，但再过一两年方倾倒。这平原以展叶期的行李叶椰子树最多，其次是开花结果者，至于枯树则散置其间。如前所述，结果的行李叶椰子树是大绿鸠的度假胜地。成群的长尾猕猴也常霸占树上，掷下一大堆果子，遇到惊扰便吱叫不停，逃跑时则把枯叶弄得沙沙作声；同时食果鸠的叫声深沉震耳，有如野兽的吼声，不像鸟的啁啾。

艰辛的采集工作

我在此地进行采集时备感艰辛。一间窄小的房间既要供做吃、睡与工作的场所，还要作为储藏室与解剖间；房间内没有架子、橱柜、桌椅；屋内蚂蚁密布，猫狗鸡鸭随意进出。此外，这房间也是屋主的起居与会客室，我必须顾及东家和访客的便利。我的最大件家具是一只箱子，既是餐桌，亦是剥制鸟标本时的座椅，也是放置剥好待干的鸟标本的容器。为了防止标本遭蚂蚁危害，我们好不容易借来了一张老板凳，把四脚放在装满水的椰子壳中，勉强避开蚁害。而这只箱子与这张板凳实际上是唯一可置放东西的处所，而且通常摆满了两只昆虫标本盒及约一百张待干燥的鸟皮。因此可以想象，当采集到较大或不寻常的动物时，"要往哪儿摆"就成了个大难题。况且所有的动物标本都得花一段时间才能干透，而这段期间它们会发散出难闻的气味，格外吸引蚁、蝇、狗、鼠及其他讨厌的动物，我们就得战战兢兢地随时看管，但在这种环境下哪办得到。

读者诸君现在大概可以了解，像我这样一位纨囊羞涩的旅行博物学家，其成果远不及他人预期或自己期望的部分原因了。把各样鸟、兽、爬虫及鱼等的骨骸保存于酒精中，把较大型动物的皮毛、奇异的果实与植物及最古怪的制造品与商品也保存起来，无疑相当有趣；但不可讳言的是，在我稍早形容的环境下，想把这些收藏加入自己最偏爱的物品中乃是非分之想。乘小舟旅行时，无疑会遭遇相同或更多的困难，就算是在陆上旅行，这些困境也不会减少。因此，我只能把采集范围局限在个人有能力时常照料的特定族群，唯有如此，才能避免费尽心血才获得的收藏品受损或腐败。

每当曼努埃尔在午后坐下来剥制鸟皮时，就会有一小群马来人与萨萨克人（龙目岛土著种族）聚集在他身边。他常以师傅的姿态高谈阔论，群众总是听得入迷。他很喜欢谈论"天意"，认为自己每天都可用做"天意"的主题。他虽身为基督徒，却用穆斯林的话这么说："安拉今天很仁慈，他赐给我们一些好鸟儿，没有他，我们就一事无成。"然后，一位马来人就会接下去说："的确是的，鸟也像人类生死有时，当日子到了，谁也救不了它们，要是时候未到，你绝杀不死它们。"此话一出，附和声就四下响起："布图尔！布图尔！"（正是，正是！）之后曼努埃尔会讲述自己某次狩猎失败的冗长故事——他在什么场合看到一只美丽的鸟，如何紧随一段长路却又忽然跟丢了，然后猎物再次出现，他发射了两三枪，但却没命中。这时一位马来老人就会说："啊！它的时辰未到，你杀不死它的。"对烂射手而言，这无疑是一帖安慰良药，虽与事实相差不远，却不免令人不尽满意。

龙目岛人普遍深信有些人可以变身为鳄鱼，以便吃掉敌人，有关这种变形的怪传说很多。因此，当我有一天傍晚听到一则怪事时，不免颇为惊讶；由于当时在场的所有人都没人反驳，我也就姑妄听之并记录下来，作为对岛上博物志的一点小贡献。一位在当地住了多年的婆罗洲马来人对曼努埃尔说道："这地方有件怪事——鬼很少。""怎么说？"曼努埃尔问道。"你知道的，"马来人说，"在我们西部的家乡，一旦有人死了或被杀了，人们就不敢在晚上从那附近走过，因为会听到各种怪声，表示附近有鬼。但在这里，有不少人被杀害，他们的尸体横陈田里与路旁，可是你在夜晚打从他们身边走过时，却听不见任何怪声，看不到怪事，这和我们家乡的情形完全不同，你是知道的。"曼努埃尔说："我当然知道。"如此一来，大家断定龙目岛上鬼很少或根本没有鬼的说法。然而，据我的观察，由于证据纯粹为反向证据，若把这项"说辞"照单全收，在科学方面实在称不上审慎。

曼努埃尔的恐惧

有天晚上，我听到曼努埃尔、阿里与一位马来人在门外认真地交头接耳，谈话中不断重复"马来弯刀"、割喉、砍头等词句。最后，曼努埃尔走了进来，严肃而又害怕地用英语对我说："先生——小心些，这里不安全；（有人）要割喉。"经过一番追问，我发现马来人先前告诉他们，大酋长下令这个村落呈献一定数目的人头，充做寺庙供品，以确保稻米丰收。另有两三位马来人与武吉士人，以及我们的屋主安汶人都证实了这一说法，并表示那是每年的例行规矩，大家务必小心提防，绝不要单独外出。我把这整件事当成笑话，并试着说服他们这只是传言，但不见效。他们都深信自己的命朝不保夕。曼努埃尔不肯单独出门射鸟，我只得每天早晨陪他出去，但很快把他甩在林中。若没人相陪，阿里不敢出门找柴薪；而除非带了大长矛，他连到屋后几码远的水井打水都不肯。我自始至终确定没有下达或收到这样的命令，大可放心无虞。不久后，一位美国水手从岛东跳船逃逸，手无寸铁地徒步到安佩南，沿途备受礼遇；这件事充分佐证了我的看法。这位水手路过之处，所有人都非常乐意供应他吃住，且不肯收受丝毫的报酬。我把这件事说给曼努埃尔听，他却说："他是坏人，跳船逃走，他的话没人会信。"我只得任凭他生活在忐忑不安中，过着随时心怀断喉之虞的日子。

这里发生的一种现象似乎有助于解释安佩南发生巨浪的缘由。一天晚上，我听到一阵奇异的巨响，同时感觉房子轻轻晃动。我心想打雷了，边问了句："那是什么？"我的房东答道："那是地震。"然后他又说在这里常偶感微小地震，但他从未碰到大地震。这次地震发生在下弦月的最后阶段，本是低潮期，浪大多很弱。但事后我在安佩南询问一番时，发现当地并没有感受到地震，但某夜有一波大浪振动了房屋，次日又发生涨潮，海水甚至淹没了卡特先生的家园，这是他从未碰到过的。这种异常巨浪不时地偶发，并没有引起大家的注意；但我仔细打听后，确定这回大浪发生的那晚，正是我在拉布安特林感受到地震的同一晚，而两地距离几近二十英里。这似乎表示，虽然（安佩南）寻常的大浪可归因于南方大洋的狂涛遇到窄小的海峡，加上近岸海底的特别地形所造成，但在风平浪静的好天气下，突发的大潮与巨浪应该是大火山区海床的轻微隆升所致。

第十一章
龙目岛居民的风俗礼节

在拉布安特林完成了一次满意而又有趣的鸟类采集之后，我向亲切的主人英奇道得告别，返回安佩南，等候前往望加锡的机会。由于等不到开往该岛的船，我决定再偕一位英国人罗斯先生同往岛内一游。罗斯先生出生于基灵群岛[①]，现奉荷兰政府之命，到此解决一位不幸破产的传教士的事件。卡特先生热忱地借了一匹马给我，罗斯先生则带了土著马夫同行。

内陆之旅

这是一段相当长的路，沿途为相当平坦的乡间，田里尽是稻子。道路笔直，路旁大树夹阴，不愧为一条优美的林阴大道。路面起初是砂土，继之转为草地，偶尔有小溪横过及泥坑当途。约行四英里路后，我们抵达龙目岛的首府马塔兰，也就是"拉

———————

① 基灵群岛，又名科科斯群岛，位于东印度洋，现为澳洲领土。

甲"（大酋长）的居住地。这是个大村落，街道宽阔，林木壮丽，低矮的房屋躲在泥墙后面。在这拉甲居住的首府，低阶的土著都不准骑马，而我们的随扈，一位爪哇人，只得牵马步行，我们则缓缓骑马而过。大酋长与大祭师的住屋与民众不同，有红砖柱，堆砌得很讲究。但是房屋本身的大小与寻常的乡下平房差别不大。靠近马塔兰村前方的为卡朗加萨，在本岛未被巴厘人占领前，为土拉甲（即萨萨克拉甲）的驻地。

骑过马塔兰后，地势开始逐渐转为起伏不平，不时地隆起低丘陵地，朝着岛北与岛南两个多山地带绵延而去。在此，我首次见识了世界上农耕种植系统最了不起的概念，足堪媲美中国农业；而据我所知，也远超过欧洲文明国家对任何一片同面积土地所投下的劳力。当我骑马穿行过这片难以置信的农地时，不禁惊讶万分，无法了解这偏远而又名不见经传的小岛，除了少数港口的贸易商外，所有欧洲人都受极端排斥的岛上，竟有数百英里参差起伏的土地如此精巧地辟成平整的梯田，四处还满布人工水渠，每一块田地都能随意灌溉或排水。因着坡度的缓与陡，大梯田有时面积可达数亩，小的则不过数码见方。我们见到不同农耕期的梯田；有的只留下稻梗，有的已犁过土，有的生长着不同成熟期的稻米。这里还有几片欣欣向荣的烟草田，还有黄瓜、番薯、山药、豆子、玉米等作物，景观杂陈。有些地方的沟渠已干涸，其他地方有小河横穿过道路，并分散到预备播种或栽种作物的田里。每块梯田的土埂井然有序地依等高线逐升；有时围绕一处突起的小土墩，状似一座城堡；有时面临深谷，构成大规模露天剧场般的成排座位。每条溪流或小河都改换了河床，却非沿着最低处流下，反而在我们爬到上坡处时与道路交叉而过。这些水渠边满布大老树及长满青苔的石头，俨然天然的水道，这些都证明了工程年代的久远。当我们深入内陆，地景突然转为嶙峋的山岩与深邃的谷壑，住屋或村落近旁有一簇簇竹丛与棕榈丛，而远处又有雄壮的山脉屹立，其中最高点龙目峰[①]海拔八千英尺，形成龙目岛绝佳的背景，衬托出人类文明或自然地景极致之美。

我们路过的第一段，沿途看到数百位妇女带着米、水果与蔬菜上市场；其后又有逶迤绵延的马队，驮着米袋或拉曳载稻穗的台车，朝安佩南港口行去。沿途每隔数英里，路旁树阴或寮棚下坐着卖甘蔗、椰子酒、米饭、咸蛋、油炸芭蕉及其他土著美点的小贩。在这些小摊上，只需花上分文便可享受一顿丰盛的餐点，但我们只点了些甜椰酒，那是炎炎日照下最甘美的饮料。我们约走了二十英里后，来到一处地势高的干燥地区，因为缺水的缘故，农耕只限于溪边的狭小平地。景色虽然依旧美丽非凡，地景则迥然相异；纤细毛绒般的禾草散布在优美的树丛与灌丛间，间或掺杂于森林或空旷地。我们穿过一小片真正的森林，走在巍峨巨树的遮阴下。我环顾周遭郁暗浓密的植

---

① 龙目峰，即林贾尼火山，见第十章。

物，相较于旷野的炎热与烈日，此处的舒适简直不可言喻。

冷漠的接待

终于，午后一点我们抵达了目的地——几近龙目岛地理中心的库庞村，并进入一位首领的住宅的外院，我的朋友罗斯先生与这首领有浅交。我们被邀请进入草棚，坐在高架竹地板上，那是接待宾客与接见村民的地方。我们将马匹安顿在外院，任它们嚼食院里的丰盛禾草，我们则静待首领的马来语翻译员前来。他先问我们的来意，并表示"庞拔叩"（即首领）尚在大酋长家中，但就快回来了。由于我们还没吃早餐，便请求他弄点东西来，他立即应允。可是过了两个小时左右，才送来一只小托盘，上面有两小碟饭、四条小炸鱼及一些蔬菜。我们草草地用了餐，便往村里闲晃，然后再回到院内。沿途我们与几位围绕近旁的男人与男孩聊天来打发时间，也和几位躲在半开的门及墙缝后窥探我们的妇人与女孩笑着挤眉弄眼。我们和两位小男童结成好友，他们名叫摩沙与依沙，即摩西与耶稣；还有个取名卡昌（一种豆）的顽皮小捣蛋做出多种模仿与滑稽的动作，逗得大家乐不可支。

到了下午四点左右，"庞拔叩"终于露面了，我们提出想在他家里住几天，以便捕捉鸟类及四处游览。他似乎觉得有点为难，询问我们有没有龙目岛拉甲"阿纳克阿贡"（意为天之子）

的介绍信。有关这一点，我们以为不需要而没准备；之后他便突然对我们说，他得先回报拉甲，才能决定我们的去留。又过了几小时，一直等到入夜，他还没有回来。我开始想到"庞拔叩"怕我们心怀不轨而不愿惹麻烦。他是一位萨萨克亲王，虽然拥护现任拉甲，但与数年前被敉平的几位谋叛主脑有些关系。

意图不轨

五点多，载着我的枪支与衣物的马车抵达了，我的仆从阿里与曼努埃尔也徒步同来。太阳西斜，天色很快暗下来，我们又饿又累地坐在草棚里，乏人问津。我们一小时又一小时地等候着，直到九点钟左右，"庞拔叩"、酋长、几位祭司及一帮随从才好不容易到来，围着我们团团坐下。大家握了手，然后便是数分钟的默然无语。酋长问起我们此行的目的；罗斯先生回答了这个问题，答话中极力想告诉他们我们是谁，为什么而来，并表明我们并无任何不良意图；而我们没有带阿纳克阿贡的信，只是因为我们认为这个程序无关紧要罢了。他们听了后用巴厘语交谈了好久，还问及我的枪支，用什么火药，用散弹或子弹，射鸟的用途，如何剥制标本，以及标本送到英国做何用途。我的每一项回答与解释都招来一阵低沉而又严肃的讨论，我们虽听不懂，但大略可猜测出主旨为何。他们显然弄不懂也不相信我们所说的话。他们又问，我们是否真的是英国人，而不是荷兰人？对于这一点，尽管我们强力确认自己的国籍，他们似乎并不信任我们。

又过了一小时，他们送来晚餐（与早餐一样，但没有鱼），之后是很淡的咖啡与糖煮南瓜汤。继第一回合的讨论是第二回合的会议，相同的是提出问题与评论答语。中间则穿插较轻松的话题。三四位老人依次试戴了我的眼镜（凹透镜），他们搞不懂自己为何没办法透过眼镜看清东西，这事显然又添增了他们对我的疑心。他们也喜欢我的络腮胡，另外又问了许多欧洲社会避讳的私事。终于，挨到清晨一点，全队人马起立做别，但他们又在门口讨论了一阵子后才各自散去。最后只剩翻译员同几个男孩与男人没有离去，我们要求翻译员带我们到睡觉的地方，他听了后很讶异地说道，他认为这草棚就是很好的过夜处。夜凉如水，我们穿着单薄，又没带毯子。又再经过一小时的协商，我们却仅获得一床土著床垫与一个枕头，以及几幅旧帘子，挂在这棚子的三边遮挡冷风，聊胜于无。我们难受地挨过这个夜晚剩下的时光，一心一意打算一大早赶回去，不再忍受这种刻薄的接待。

天一亮，我们就起身，但过了约一小时后翻译员才来，我们随即要了些咖啡，另由于阿里跛脚，得商借一匹马，故我们求见了"庞拔叩"，想同时向他道别。这家伙显然被这闻所未闻的要求吓坏了，急急忙忙溜回去，随手锁上门，再度任我们空等。过了一小时，仍旧没人出现，我只得下令上马鞍、驮马载货，准备出发。此时翻译员骑着马来了，见到我们准备要走，一脸愕然。我们问他："'庞拔叩'呢？"他说："到酋长那里去了。"我说："我们要走了。"他说："哦，拜托，别走，再等一下，他们正在开会，有几个祭司要来见你们，还有一位首领正赶往马塔兰去请求阿纳克阿贡准你们留下。"事情就这么决定了。我们再也不能忍受更多的谈话、更长的耽搁，或又一次八至十小时的会谈；因此，我们立刻动身，那可怜的翻译员看到我们辞意甚坚并匆匆离去，几乎快哭出来了，他再三保证："（你们一走）"庞拔叩"会很遗憾，酋长也会很遗憾，只要我们再等等，万事都没问题。"我把马交给阿里骑，自己步行，随后他换坐在罗斯先生的马夫的背后，两人同骑一匹马。虽然天气酷热难当、人马疲惫不堪，我们还是平安到家了。

土枪制造术

我们在马塔兰拜访了卡特先生的一位朋友，古斯蒂·加迪欧卡。他是龙目岛的亲王之一，他答应带我去看当地制造枪的法子。他取出两把枪给我看，一把长六英尺，一把长七英尺，各有相称的大口径。枪管上有旋纹，做工虽比不上欧洲枪那般细致，但称得上相当精良。枪托造得很好，延伸到枪管口，木头表面大部分嵌饰银与金，但枪机拆自英国的毛瑟枪。古斯蒂还告诉我，拉甲手下有一位工匠会造枪机及步枪枪管。接下来，

钻枪管

他带我们参观了制枪的工厂与使用器械。那工厂确实很不错。我们看到露天厂棚内主要是两座泥砌的小锻铁炉。鼓风机由两具竹筒构成，有手推动的活塞。唧筒的活塞外有一层厚鸟羽，作为阀门，不费什么工夫便可推动，产生稳定的气流。两支唧筒连于同一只喷嘴，两个活塞相互起落。地上放置了一块长椭圆形铁板当做铁砧，一具小铁钳固定在屋外一棵树的突出树根上。加上一些锉刀与铁锤，的确就是一位老工匠制枪仅有的工具，他就拿粗铁与木头一手制成这些好枪。

我很想立刻知道他们是如何钻出这些似乎完全通直且听说可射得很准的长枪管，当我请教古斯蒂时，却不得要领："我们用一个装满石头的篮子。"因为实在想象不出他话中的玄机，我要求能否目睹这法子，古斯蒂于是从围在我们四周的一打左右的小男孩中唤了一个去拿篮子。小男孩很快就拿了这件最为奇特的钻孔机回来，古斯蒂随即为我解释了使用的方法。那只是单纯一个编得很牢的竹篮，一根约三英尺长的杆子穿过篮底竖直插着，几根木棍横穿过竹篮固定住这根杆子，这些木棍则用藤条绑紧固定在篮顶上。木杆的底部有一个铁环及一个方孔，可插进一根四方形的淬火钢钻头。要钻孔的枪管垂直埋入土中，其上插入钻具，垂杆的顶端装上一根有孔的横竹竿，篮中装入石块，增加重量。两个男孩旋转横竹竿。枪管材料为每段约十八英寸的铁棒，先钻出小孔，数段铁棒再焊成长棒，整段枪管再由渐次加粗的钻具逐步钻通，约三天就完成钻孔工作了。古斯蒂用很直率的态度说明了整个钻孔过程，我毫不怀疑他采用步骤的事实，尽管我仔细检视其中一支精美实用的枪时，难以想象那从头到尾是用英国铁匠认为连造马蹄铁都嫌不足的简陋工具完成的。

我们旅行回来的第二天，龙目岛拉甲到了安佩南，参加由当地的古斯蒂·加迪欧卡的宴会；在他抵达后不久，我们前去看他。他坐在大庭院中浓阴树下的一张垫子上，随从三四百人环蹲在他周围。他身着沙龙（即马来裙）及绿色上衣，年约三十五岁，有一张讨人喜欢的脸，聪智中带有一点柔软心肠。我们鞠了躬，席地坐在几位熟识首领的身旁。那是因为当拉甲坐着时，没人可以站着或坐得更高。他先是问我的姓名及到龙目岛来的目的，然后要看我的鸟标本。因此我差人取来一箱鸟标本与一箱昆虫标本，他仔细看了一番，似乎很讶异它们能被保存得如此完好。之后我们谈了一点欧洲与俄国的战事①，这是所有土著都感兴趣的话题。我先前屡次听说拉甲有栋乡下别墅叫古农萨里（即萨里山），便乘此机会请求他准许我前去拜访，并射猎几只鸟儿，这一点即刻蒙他应允。我谢了他，随后告辞离开。

一个小时后，他的儿子由百名左右的随从簇拥前来拜访卡特先生。随从席地而坐，他则进入曼努埃尔正在剥制鸟标本的敞篷内。一段时间后，他走进屋内，命人布置了一张床小睡片刻，然后喝了点酒。约一两个钟头后，古斯蒂家送来了晚餐，他便与八位主祭司与亲王同进餐。他面对着米饭祝祷片刻后率先开动，其他人随后跟进。他们用手捏成饭团，佐以各种烹法的小猪肉或鸡肉丁，醮点肉汁就吃了下去。少年拉甲吃饭时，有位男孩不断地为他扇风。这位少年拉甲年约十五岁，却已有三位夫人。所有的客人都佩戴了"克利斯"，即马来波刃短剑，他们会相互炫耀短剑的精美与贵重。拉甲的同伴中有个人有一把配备金柄的短剑，柄上镶了二十八颗钻石及几粒别种珠宝。他说那把刀价值七百英镑。短剑的刀鞘是用有纹饰的木料与象牙制成，有一边镶上黄金；剑刃上嵌着精美的白纹细金属，并且保护得很周到。每个男人都得佩戴马来波刃短剑，一概插在

---

① 指克里米亚战争，一八五三年至一八五六年间俄罗斯帝国与英、法、奥斯曼帝国、撒丁王国之间的战争。

背后的宽腰带上，一般来说，这短剑就是男人最贵重的财物。

一次旅行

数天后，我们谈论已久的古农萨里之旅终于成行了。我们的队伍又增加了一艘要把米运往中国的德国汉堡籍船的船长与押货员。我们分骑各种龙目岛小马，因为马鞍等物件不足而大伤脑筋；我们之中许多人必须尽力修补破旧马鞍的肚带、辔头、马镫、皮带。路过马塔兰时，我们的朋友古斯蒂·加迪欧卡骑了一匹雄健的黑马加入我们的阵容。他跟所有的土著一样，不用马鞍或马镫，仅在马背铺上美丽的鞍布与装饰得很华丽的辔头。再沿着一条怡人的岔路走了三英里路左右，就抵达了目的地。我们穿过一座典雅的砖砌牌楼，牌楼的石头基座上刻着面目狰狞的印度教神祇。里面是个庭院，内有两座方形鱼池及一些优美的树木；再穿过一进牌楼来到一座大庭园，右手边是一幢筑在高平台上的砖房，依稀是印度教的样式，左边是个大鱼池，池水由一条小河流供应，河水先流过一座以砖与石块砌得精美的巨大鳄鱼嘴井，再流进鱼池。鱼池的边缘都衬了砖，池中央有一座神奇如画的凉亭，装饰着怪异的雕像。池中蓄养着肥美的鱼，每天早上当木锣响起时，这些鱼都会麇集池边，等人喂食。那木锣就挂在近旁，专门为喂鱼而设。我们敲了木锣，群鱼即从池内茂密的水草中游出，沿着池边跟着我们移动，等待取食。同时，几只鹿也从邻近的树林中走出来，它们因罕受猎杀而又经常被喂养，很是驯顺。庭园四周的丛莽与树林里似乎有很多鸟，我当下射下几只，竟获得美丽的新种翠鸟（蓝白翡翠）及奇异优雅的巽他地鸫。其实将翠鸟称为鱼狗是名不符实的，因为它们很少接近水边，也不捕鱼，而是经常出没在低湿的林泽，啄食地上的昆虫、蜈蚣及小型软体动物。虽然此地的建筑与雕刻的风格远逊于爪哇岛上雄伟的废墟，但我很欢喜自己做了这趟旅行，也改变了原先对本岛居民审美观不佳的恶劣看法。我在此不妨略微谈及本地人有趣的性格、礼仪与风俗。

严峻的法律

龙目岛的原住民叫作萨萨克人，他们属于马来族，长相与马六甲或婆罗洲人几无轩轾。他们大部分信奉伊斯兰教；但统治阶层却是邻近的巴厘岛土著，信奉婆罗门教。这里的政府是绝对君权制，但在政事的执行上比起马来诸国家显得更有智慧且较为温和。现任拉甲的父亲征服了龙目岛，现今住民似乎与他们的新统治者相安无争，统治者不干预他们的宗教信仰，所征收的赋税也不比从前的土酋重。龙目岛现行的法律极为严峻；偷窃罪是死刑。卡特先生告诉我，有人从他家中偷走一只金属咖啡壶，那小偷被捕后，归还了壶，并被带到卡特先生面前，准备依他的意见处理。所有的土著都建议卡特先生当场将他

"克利斯"（即用马来弯刀处死）；"因为假使您不这么办，"他们说，"他还会再偷您的东西。"但是卡特先生把他放了，只是警告他，假使他再踏进到他家，铁定取枪对付。几个月后，那人又去偷卡特先生的一匹马。马匹后来找回来了，但偷儿一直没捉到。当地的法条规定，除非经过屋主的同意，否则任何人天黑后在他人屋内被发现，均可予以刺杀，你可将死者的尸体丢到大路上或海滩上，绝对无人过问。

这里的男人非常善妒，对待太太极度严格。已婚妇人即使在剧痛下，也不得从陌生男人手中接受一根烟或一片栳叶。据说数年前有一位英国商人娶了一位巴厘望族女子共居，这种结合被当地人认为是十分光荣的事。在某次宴庆中，这女子触犯了法条，因为她从男人手中收下一朵花或别的小东西。拉甲（这位女子与拉甲的几位妻子有亲戚关系）得悉此事后，立即派人到英国人的家中，命令他交出这名女子，因为这女子必须被"克利斯"。那英国商人哀求再三，并自愿偿付拉甲开出的任何数目的罚金，却丝毫不见效，最后他决定除非对方强制执行，否则拒绝交人。拉甲不愿采用强迫手段，但他无疑认为此事不仅是为了他自己的名声，也是为了顾念英国人的面子；于是他暂且抛下此事不谈。然而，不久后，他派了一位手下到英国人家，招呼那女子到门口，然后说"拉甲送这个给你"，就拔刀刺入她的心脏。不贞的处罚更为残酷，凡通奸的男女都会被背对背绑在一起丢入大海，去喂食守候人体大餐的成群的大鳄鱼。

我在安佩南期间执行了一桩这种徒刑，但由于我当时刚好在内地旅行，回来后已事过境迁，坐失了穿插一个令人动容的故事到我这冗长乏味文章中的机会。

有一天早上，我们正在吃早餐，卡特先生的仆人忽然来通报村中有个"阿莫克"（杀人魔），即有个"见人就杀"的男人。我们立即关上庭院所有的门，但过了一阵子见没动静就走了出去，才发现原来是虚惊一场。起因是一位奴隶逃跑了，由于他的主人想把他卖掉，他于是扬言要"阿莫克"。不久前，有个男人在赌桌上被杀，原因是他才输掉半块钱就声言要"阿莫克"。另一位则在他被杀死前杀伤了十七人。在他们的争斗中，有时整个团队的人会决意去"阿莫克"，这时的他们会爆发出视死如归的精神，让不像他们这般疯狂的对手望而生畏。在从前，这些"阿莫克"会被视做保家卫国、牺牲自己的英雄或半神。现在，大家则只单纯说他们是"阿莫克"。

东方"见人就杀"最出名的地点就是望加锡了。据说每月平均会有一两起，而每起事件有时可能有五、十，甚至二十人遭杀害或受伤。这是西里伯斯岛上的国粹，或当地人光荣自杀的方式，也是解脱困境的流行方式。罗马人自刎，日本人切腹，英国人举枪自戕，但采用武吉士人的自杀方法却有许多优点。当一个人自认蒙受社会冤屈，如负债累累无力偿还，或被贩为奴，或因赌输而使妻儿沦为奴婢，一旦眼见无法挽回劣势，便会心生绝望。他不愿接受这种残酷的不公，誓言报复人类，并视死如归。他握住他的克利斯刀柄，一瞬间拔刀而出，刺中一个人的心脏。他向前飞奔，手握血腥的克利斯，逢人便刺。于是街巷回响着"阿莫克！阿莫克！"的喊声；长矛、马来刃短剑、大弯刀及枪支纷纷出笼，企图抵抗这个人。他疯狂前奔，大开杀戒——遑论男人、女人、小孩——然后历经一场激烈战役，终因寡不敌众而永赴黄泉。那种惨烈只有亲身经历的人最能体会，然而所有曾放肆于狂野的盛怒，或曾沉溺于狂烈且亢奋越矩之人，也多少能想象那种激狂。那是一种狂乱的沉迷，一种吸光所有思维与释放所有体力的瞬间狂飙。我们怎能以外人的眼光来参悟身佩克利斯刀、无知、思虑内敛的马来人呢？若是他想解脱无法承受的重负，或走出刽子手无情的掌握，遁避大庭广众前受刑的屈辱，他总愿选择这种马来人视为光荣的死法，而不愿走向自戕的凄凉繁琐；当他不遵守法令而急于向敌人报复时，都会选择"阿莫克"这条不归路。

物产外销

米与咖啡是龙目岛与巴厘岛主要的出口物产；前者种植在平原，后者产自山区。大量的稻米输出到马来群岛的其他诸岛与新加坡，甚至中国。通常每天都有一艘以上的船只在港口载米。这些稻米用驮马运到安佩南，而几乎每一天都有马队来到卡特先生的院中。土著卖米唯一肯收的货币是中国铜板，一千两百文换大洋一圆。每天早上得先算好两大袋铜板，以便支付所需。巴厘岛输出的干牛肉与牛舌也不少，龙目岛则出口许多鸭与小马。鸭是特别品种，鸭身很扁平，像企鹅般近乎直立行走。这些鸭子羽毛淡红灰色，成群饲养。它们价格低廉，主要供运米船的水手食用，水手们称之为巴厘士兵，但多半被叫作印度跑鸭。

我的葡萄牙籍鸟标本剥制工人费南德斯，突然坚决要违约返回新加坡；部分原因是思乡，但（我相信）更主要的是他认为不值得为了几个月的薪水，在这群嗜血的野蛮人中间赔上自己的性命。这对我真是损失惨重，我已预付他足足三倍于平常的三个月薪资，而这三个月有一半时间花在旅程上，剩下的时间则又因到了昆虫少的地方，我可以亲自射鸟与剥制标本，不必劳驾他。费南德斯离开几天后，一艘小双桅帆船进港要往望加锡去，我便搭船上路了。我将在下文描述自己所听闻有关现任拉甲的故事，作为我描写这几座有趣岛屿的适当结尾；而不论这故事是真是假，都神龙活现地表现出了土著的个性，也可作为我尚未详述的当地若干礼仪与习俗的入门。

第十二章
龙目岛拉甲统计人口的方法

　　龙目岛的拉甲是个很有智慧的人，这一点在他统计当地人口这件事上一览无遗。读者要知道，拉甲的主要税收来自按人头征收的米税，岛上每一个男人、女人与孩童每年都得缴纳少量稻谷。这儿的每个人都愿意缴税，因为税不重，土地又肥腴，人人相当富有；但这种税得历经数人之手方能缴纳到国库。收成后，村民把他们应缴的米送到"卡帕拉堪彭"（村长）的手中；不可避免地，村长有时会同情一些贫病村民而准许他们短少纳税，有时又得略施小惠给那些不满于他的村民，再则他自家的谷仓得比邻居更为丰盈，才能维护身为村长的尊严，因此他送到监管他区域的地方政府"卫都诺"（王子）处的稻米扣斤减两很多。而所有的卫都诺总有点债务，当然也得照顾一下自己，而从政府的稻米中扣下一点是如此轻而易举，况且留给拉甲的还很丰盛呢！从卫都诺手中收到稻米的"格斯替"（亲王），也同样中饱私囊一番，以至于贡奉给拉甲的稻米数量总是一年不如一年。税收递年逐降的借口很多，如某区有病灾，另一区有热病，第三区歉收；但是当拉甲到某处山脚狩猎时，或是到岛的另一边拜访一位"格斯替"时，他总是看到各村人口众多、人人丰衣足食，日子好不快乐。同时他留心到手下众头目与官员们佩戴的克利斯（马来波刃短刀）越来越华丽，黄木刀柄曾几何时变为象牙柄，而象牙柄则变为黄金柄，许多刀柄上镶了璀璨的钻石与翡翠；他心知贡米流向何方，但苦无证据，只好暂时保持沉默，暗下决心有朝一日要普查人口，确知子民的人数，以免受蒙骗而短少了应收的米贡。

困难之处是如何进行人口普查呢？他势必无法亲自到每座村落与每幢屋内把所有的人头点数一次；但假使下令官员代办，他们立刻会发觉这事所为何来，普查结果当然会和去年所征贡的米量完全吻合。因此，很显然，要达到他的目的，必须让别人完全不致怀疑人口普查的原因；而要做到这一点，又必须不让任何人发觉人口普查这回事。这是个很难的问题；拉甲想了又想，殚精竭虑仍无解决妙方；他因此郁郁寡欢，每天只与最喜欢的老婆吸烟与嚼槟榔度日，无意做事，胃口也尽失；即使去斗鸡大赛，也不在乎他最勇猛的公鸡是输是赢。有好几天，他都活在这种懊恼中，而所有的朝臣都怀疑拉甲遭恶魔附身；一位倒霉的爱尔兰船长那时刚好进港来运米，他因为有一双可怕的斜眼，差点遭弯刀刺死之刑；行刑前他被带到拉甲面前，幸好蒙受王恩获释回船，但命令他在船泊港期间不得上岸。

神灵召登神山

大约经历一个星期无可言喻的抑郁寡欢后，一天早上，可喜的转变出现了，因为拉甲把当时在首都马塔兰的所有头目、祭司与亲王们都召唤到场；当众臣怀着期待的心情聚集一处后，拉甲说道："这许多天我心情很沉痛，但不知原因何在，然而现在烦恼尽散，因为我做了个梦。昨晚，'古农阿贡'那伟大火山的神灵在我面前显现，并告诉我，我必须登上山顶。你们都可随我登到山顶附近，但之后我必须单独上山顶，那伟大的神灵会再度显灵，告诉我一桩对我、对你们、对岛上所有人民都极重要的事。你们现在都回去，把这事通告全岛，要每座村落都提供人力净除一条大路，以便我们穿过森林登上那伟大的圣山。"

因此，拉甲要上山顶拜见伟大神灵的消息传遍了全岛；每座村落都派出民夫清除丛莽、在山涧上架桥、整平崎岖山路，以便拉甲通过。当碰到嶙峋陡峭的山岩时，就另辟佳径：有时沿着山间湍流的河床，有时沿着黝黑岩壁的狭窄突岩；在某处砍倒一棵大树，横跨深渊为桥，在他处则造了一座梯级，爬升过峭壁的平滑岩面。监工的头目根据道路的状况，定好每天路程的距离，在清澈的河边或有大树遮阴的近旁，选择怡人的地点建造竹棚或竹舍，密铺棕榈叶为顶，供应拉甲及其随从每天行程结束时食宿之用。

当一切准备就绪后，亲王、祭司与头目们再度去参见拉甲，报告完成的工作，并探问他何时打算上山。他选了一天，还下令各地有官职有权位的人都随他同行，对命令他进行这趟朝圣之旅的伟大神灵表示敬意，表明他们遵奉他的命令的诚意。于是，全岛各地都动员了，宰杀最肥的牛，腌好牛肉，晒成肉干，收集很多红辣椒与番薯；爬上高耸的槟榔树，采集新鲜的槟榔，捆好栳叶，每个男人都装满自己的烟袋与石灰盒，旅程中才不会缺少嚼提神槟榔的配料。备粮早一天送达。预定出发的前一天，所有大小头目都骑马带仆浩浩荡荡地来到君王（拉甲）住处的所在地马塔兰，随身带着捧栳叶盒的专人，外加睡垫与粮秣。他们在马塔兰周围所有的道路边种着的高耸垂叶榕下扎营，彻夜点燃熊熊火堆，吓走可能在夜里出没在阴街暗巷的尸鬼与恶灵。

第二天早上，这一大队人马整队引领拉甲上山；拉甲的皇亲贵戚骑黑马，马尾巴垂及地面。马上无鞍无镫，但有一张艳丽的鞍布，另有银制衔嚼、五彩辔绳。低阶官员骑着各种颜色的强健小马，与这山岳之旅颇为相宜；所有人（包括拉甲在内）都光着大腿，上身只绑着鲜艳的棉腰布，配上丝或棉上衣，头上裹着大手巾布，十分高雅。每位官员随身有一两位仆人，骑着小马，捧着长官的栳叶与槟榔盒；前前后后还簇拥着许多人。有权势的官员不下数百人，随从更高达数千人。全岛的人都猜不透会有什么大事发生。

头两天的路程是好路，穿过许多打扫干净的村落，房舍的窗口挂着鲜艳的布帘；拉甲路过时所有村民都蹲踞地上敬拜，每个骑马的人也都下马蹲下，而每走过一村，总有许多村民加入行列。队伍停在过夜之处，大家在屋前大路的两侧插上桩子，木桩顶端劈成十字叉，叉间放置数盏小黏土灯，各木桩间插了青葱的棕榈叶，叶上沾着向晚的露珠，与闪烁的灯光互相辉映。那天晚上只有少数人一觉到天明，因为每一家都聚集了一堆急着发表意见的人，消耗掉大量槟榔，事情的未来发展众说纷纭。

次日，他们走完最后一座村落，到了大圣山外围的郊野，那里有一条冷冽清澈的小溪，岸边预备了许多小屋，他们入屋休息。拉甲的猎手配备了长而重的枪，往附近的林子去猎鹿与野猪。次日一大早，他们带回鹿肉和野猪肉，差人预先送到前面准备午餐用。第三天，他们奋力骑到马无法再前进之处，选在高危崖壁下方扎营，上崖只有几条窄径通往山顶。第四天早上拉甲出发时，随身只带了一小队祭司与亲王及他们的贴身侍从；他们千辛万苦、精疲力竭地爬过崎岖的山径，有时还得由仆役背上去；最后他们走过山上的巨树林，进入多刺的灌丛带，再往上便是巍峨圣山顶峰的焦岩。

会见伟大神灵

当他们接近山顶时，拉甲下令所有的随从就此打住，他要独自登上圣山的顶峰，去会见伟大的神灵。因此，他带了两位替他拿栳叶与槟榔的男孩出发，不久便抵达巨石嶙嶙的山巅，眼前的深渊烟雾袅袅。他要了一份栳叶，吩咐两名男孩坐在一块岩石底下，双眼看着山下，在他回来前不得乱动。由于身心疲累，阳光和煦舒适，岩石又挡住了冷风，男孩不久就呼呼大睡了。拉甲走了一小段路，坐在另一块巨石下，也因疲累及和煦怡人的阳光而很快进入了梦乡。

那些在下面等候的人觉得拉甲在山顶待了颇久，认为那伟大神灵必定有很多话要说，也许想将他长留山上，也或许他下山时迷了路。正当他们争论着是否应出发搜寻他时，忽然看见他与两名男孩走下山来。他碰到他们时，面色凝重，不发一言；之后全体人马一同下山，如同来时那般返回；拉甲回到宫中，头目各自回到村落，村民则返回自宅向妻儿报告所有发生的事情，众人依旧臆测纷纷，不知将来会发生什么事。

三天后，拉甲召见马塔兰的祭司、亲王与头目来聆听伟大神灵在山顶上告诉他的话。等大家集合就绪，槟榔与栳叶传遍共享后，拉甲说明了事情的经过。在山顶上，他一度恍惚如入梦境，此时伟大的神灵显现眼前，脸上闪着熊熊金光，开口说："啊，拉甲！大瘟疫与疾病即将降临大地，附在人、马及牛群身上；但是你与你的子民既已服从我的指令，亲自到我的圣山来，我愿教导你方法，使你与所有龙目岛居民逃过这瘟疫的劫难。"所有的人这时都急切地等待下文，想听听他们如何从大灾难中被拯救。过了短暂的死寂后，拉甲再度开口，告诉他们伟大神灵下令铸造十二把克利斯圣刀，而为了铸造这些圣刀，每座村落与每个地区必须送来一束针，由各村居民每人纳一枚。当哪个村落发生大病疫时，就得将一把圣克利斯圣刀送到村里；而倘若该村的每一户都呈送了正确的针数，疫病就会马上停止；但是假使所送的针数不正确，克利斯圣刀就会失去效力。

因此，各亲王与头目纷纷派人回村宣布这个大好消息；大家连忙以最准确的方式火速收集针支，生怕缺了一枚就祸及全村。之后，各村的头目一个接一个送上了他们的一束针；靠近马塔兰的村落率先送到，偏远的村落则最后才到；拉甲亲手检收针束，小心地装入内室中一个有银链与银钩的樟木箱中。每一束针都标上村名及区名，让伟大神灵知道所有人都听从了它的命令。

当拉甲十分确定每座村落都送来针束后，他把这些针束分为十二份，吩咐马塔兰最好的铁匠带着炼铁炉、鼓风机与铁锤进宫来，在拉甲的亲眼监督下，以及他所遴选的人眼前，铸造成十二把克利斯圣刀。那些短刀制成后，以新丝绸包裹，慎重地收藏起来，以备有朝一日不时之需。这趟朝圣之旅是在吹东风的季节举行的，那是龙目岛的干季。待克利斯炼成后，就到了稻米收成的季节，各区各村的头目得按照村里的人头数把税贡送到拉甲手里。对那些只缺扣一小部分的头目，拉甲就不予计较，但遇到只送来规定量的一半甚或四分之一的人，他就会温和地说道："你村里送来的针比起某某村子多得多，但你的贡奉却比那一村少；回去调查一下谁没纳谷。"经过这一回后，来年所征的税收果然大为增加，因为他们害怕拉甲可能会严办那些胆敢第二次又多扣贡物的头目。因此，这位拉甲变得很富有，他扩充了军队的规模，分送金饰给众妻子，还向白皮肤的荷兰人买了不少神骏黑马，又在儿女诞生或结婚时举办盛大的宴会；整个马来地区的拉甲或苏丹王，没有人像龙目岛的拉甲那么伟大或有权势。

那十二把克利斯神剑也展现了巨大的威力，不论哪一村有病灾发生，就送上一把圣刀；有时病灾果然消失了，克利斯圣刀便载誉归宫，村里的头目则会进宫禀告圣刀的神奇力量，并向拉甲表达谢意。有时疾病并未改善，大家就认定那座村子送出去的针数有误，以致圣克利斯圣刀没法奏效，于是头目带着沉重的心情把圣刀送回宫，但仍附带隆重的敬礼——因为这搞不好是自己的过错呢？！

第十三章
帝汶岛

古邦，一八五七年至一八五九年；帝力，一八六一年

　　帝汶岛约有三百英里长、六十英里宽，位于苏门答腊岛往东连绵两千多英里的一条火山列屿的终端。帝汶岛与此列屿的所有其他群岛屿极为不同，虽然该岛中央的帝汶峰①过去为活火山，但它在一六三八年爆发后就呈休眠状态，因此目前帝汶全岛已无活火山。帝汶岛上也不见新近的火成岩，所以根本称不上是火山岛。实际上，它的位置也正好处于从弗洛雷斯岛经翁贝（今阿洛）岛与韦塔岛到班达岛的大火山带之外。我第一次到帝汶岛是在一八五七年，在岛西荷兰大城古邦待了一天，尔后又在一八五九年五月再度造访，在同地区待了两个星期。一八六一年春，我在岛东葡萄牙属首都帝力停留了四个月。

---

　　① 帝汶峰，即塔塔迈洛火山，标高二千九百六十三米。

荷兰大城古邦

古邦附近一带似乎是在新地质年代才隆起的，由嶙峋崎岖的珊瑚礁岩构成，岩貌在海滩与市镇间垂直拔起，有如一面高墙。古邦市内低矮的红瓦白墙的屋宇，使这城市跟荷兰的其他东方殖民地颇为相像。四下的植物矮小，夹竹桃科与大戟科的植物极为普遍，却没有称得上是森林的；全区看来干旱荒芜，与摩鹿加或新加坡的大树林与终年青翠绿意无法比拟。植物最大的特征是很多扇棕榈，民间常见的强韧且耐久的水桶就是用这种植物的扇叶编制成的，比别种棕榈的制品优良许多。这种棕榈还可做椰酒与椰糖，其扇叶铺成的草屋顶可维持六七年不须更换。市镇附近高水位线下有一幢破屋的地基，表示该地层近期曾下陷。这里的地震不严重，频率也低，不会造成破坏，以致大建筑物都用石块砌成。

古邦的居民除了土著外，还有马来人、中国人及荷兰人；因此当地人有许多奇特与复杂的混血儿。有个英国商人落户于此；捕鲸船与澳洲船只时常来镇上补充补给品与饮用水。此地以帝汶土著为主，不难发现他们与马来人大不相同，比较接近阿鲁群岛与新几内亚的巴布亚人。他们个子高，鼻子大而略呈鹰钩形，头发卷曲，皮肤暗棕色。女人彼此交谈及与男人对话的方式，都是高声朗笑、充满自信，有经验的观察家听了后，即使没有目睹，也可确定她们不是马来裔。我待在古邦时，一位任公职的德国医生阿恩特先生请我到他家做客，由于我只打算做一次短期考察，因此欣然前往。我们起先讲法语，但他法语太不灵光，我们不知不觉地换成了马来语；之后，我们就用那种半开化的语言大谈文学、科学与哲学的问题，遇到不顺之处则随意掺和法文或拉丁文。

冒泡泉胜地欧埃沙

我在古邦附近走了几趟后，发现当地的昆虫与鸟类太少，便决定到帝汶岛最西端的塞毛岛上盘桓几天，因为我听说那里有一片森林栖息了古邦没有的鸟。几经波折，我找到一条舷侧装有浮竿的大独木舟载我过去，距离大约二十英里。我发现当地植物覆盖良好，但多为灌木与刺灌丛而非树林，因旱季很长，到处焦枯干燥。我在以冒泡泉出名的欧埃沙小村住下。村子中央有一处清泉，泉水如水泡般自锥形泥滩中冒出，泥滩四周隆起，仿佛一座迷你火山。那水滑溜溜的，将油质的东西放进水中洗涤时，会起很多泡沫。水中碱与碘的浓度高，附近的植物都无法生存。靠近村子的地方有我所见过的最优美的一泓泉水，泉水流过数个岩盆，各岩池间有水道相连。人们在适当的地方筑了围墙，部分地面也整平过，形成数个优美的天然浴池。泉水甘洌、晶莹，而岩池边缘有巍峨的大榕树环绕，泉池因有遮阴而水质清凉，益增如画般的美景。村子的小屋造形奇特，我从未在其他地方见过。屋子呈椭圆形，墙由约四英尺高的杆子紧密排成，中央耸出高锥形禾草屋顶，只有一道约三英尺高的门。当地的居民一如帝汶人，鬈曲或波状头发，古铜色皮肤。我在古邦见到几位来自更西边萨武岛的酋长，他们的长相与马来人或巴布亚人很不相同。他们最像印度人，五官鲜明，鼻子挺拔偏窄，肤色为浅褐色。由于婆罗门教一度传遍整个爪哇，甚至现今还盛行于峇里岛与龙目岛，或许从前曾有一些印度人来到这座岛屿，或出于偶然，或为了逃避迫害，最后在当地定居下来。

我在欧埃沙住了四天，找不到昆虫，也没有什么新鸟种，于是回到古邦等待下一班运邮汽轮。回程时，我千钧一发地逃过被淹死的厄运。那艘形如棺材的独木舟载满了我的行李，还有运往古邦市场的各类蔬菜、椰子及其他水果；正当我们划到波涛汹涌的大海时，发现有不少水渗入船内，我们却没法把水掬出。结果舟子在海中越沉越深，海水随之升过船舷，桨夫们先前还说没啥大事，这会儿纷纷紧张起来，想掉转船身退回离得还不是太远的塞毛岛海岸。我们清掉几只袋子，掬掉了一些水，但远及不上海水涌进的速度。当我们靠近岸边时，眼前却只见狂浪猛击的高崖，最后沿岸滑行了一段距离后才找到一处小湾。我们把船驶入小湾，拉上岸，清光船内所载的物品，才发现船底有个大洞，原先暂时用一颗椰子塞住，现在椰子脱离了开来。假使我们再多划四分之一英里才发现漏水的话，想必得把大多数行李抛下海，也可能轻易送掉老命。我们解决了问题并再度出发，但划到半途时又遇上强流与高浪，几乎再度灭顶，这让我暗中发誓再也不把自己的性命交给这种又小又破的船了。

过了一个星期，邮轮依旧没进港，我只好尽量以猎鸟来消磨时间，结果发现了一些极有趣的鸟种。其中有五种鸠，分隶五属，大多为岛上的特有种；又有两种鹦鹉，一是美丽的宽尾玫瑰鹦鹉，一种澳洲鹦鹉的近亲，二是一种鹦鹉属的绿色种。帝汶僧鸟则与龙目岛上的一样繁多，也同样喧闹聒噪；绿裸眼鹂是一种奇妙的绿鹂，有红色的眼圈，是我的一项大收获。此外还有若干美丽的雀、刺嘴莺及鹟；其中我还捕到了雅致的蓝红两色的白腹蓝鹟；但我在标本中却一直认不出丹皮尔提到的那种鸟，当年他似乎对帝汶的各种小燕雀印象深刻。他写道："这些美丽的小鸟当中有一种被我的助手称为铃铛鸟，因为它的叫声有六个音符，而且每次总是重复两声，一声高而尖，另一声低而沉。这种鸟的大小有如云雀，有小而尖的黑喙及一对蓝翅膀，淡红色的头与胸，颈上有一道蓝纹。"塞毛岛上猴子很多，常见的是有裂唇的长尾猕猴，分布在整个马来群岛西部诸岛，可能是由那些常带着活猴四处走动的土著所引进。岛上也有一些鹿，但不知是否与爪哇的鹿同种。

葡萄牙属首都帝力

我于一八六一年一月十二日抵达葡萄牙属帝汶岛的首都帝力，受到英国籍老侨民哈特上尉的热忱接待。哈特在当地经营土产贸易，也在山脚的庄园种咖啡。他介绍我认识了一位矿业工程师吉奇先生，吉奇花了两年时间四处勘探有足够蕴储量且值得开采的铜矿。

帝力算是个最破烂的地方，连最穷困的荷属市镇都比不上。住宅全是泥屋草顶，堡垒都为泥墙，海关与教堂也采用同类烂材料建成，毫不加修饰或维持整洁。全城予人的观感就是一座穷困的土著小镇，毫无农业或文明的景象。唯一花了心思整饬的是总督府，但那也不过是一幢白石灰墙的低矮平房罢了。唯有一件事显现文明味：文官身着黑色与白色欧服，武官穿着华丽的制服，而这些官吏为数之多，与当地的城市大小与市容根本不成比例。

城镇四周近处环绕着林泽与泥滩，环境极不卫生，外来游客停留一晚就常罹患热病，而且病情多半相当严重。为避免患疟疾，哈特上尉总是在离镇约两英里、地势稍高的农庄过夜，吉奇先生在那里也有一幢小屋，他好意邀我同住。我们每到黄昏就骑马前往，过了两天后我的行李到了，可以开始四处走走，看看能否做点采集的工作。

我因为身体不舒服，最初几个星期没法离屋子太远。这整个地区遍布低矮多刺的灌丛与金合欢，只有一处小山谷生长了些青翠的乔木与灌木，庇荫流于其中的溪水，成了一处怡人的逍遥点。四处可见不少鸟类，种类也很多，但羽色华丽者颇少。实际上，除了一两种例外，这座热带岛屿的鸟类几乎还比不上不列颠的那般炫丽。甲虫很少，采集者若说这里空无昆虫也不为过，因为只有几种不上眼或司空见惯的种类，根本不值得搜寻。唯一称得上特别或有趣的昆虫是蝴蝶，虽然种类稀少，但数量繁多，有许多新奇或稀有的品种。溪岸是最好的采集点，我每天都在阴凉的小溪里走上走下采集，往上溯约一英里处，河床变得岩石嶙峋与地形陡峭，我在此捕到稀有美丽的凤蝶标本（俄诺玛俄斯凤蝶和丽珠凤蝶）；这两种凤蝶的雄蝶差别很大，事实是同属不同种，然而雌蝶却相差无几，飞行时非专家区分不出来，就算放在标本箱中也是如此。我还获得几种美蝶，可算不虚此行；其中我要特别指出一种中山大人蛱蝶，它的深紫色双翅镶嵌着淡黄色边缘，乍看之下极似英国种的黄缘蛱蝶，实则分隶两属。当地最多的蝴蝶是粉蝶科的白蝶与黄蝶，其中数种我在龙目岛与古邦见识过，其余则从未看到过。

　　二月初，我们计划到巴利巴村住一星期，该村约在四英里外的山上，海拔高两千英尺。我们用驮马搬运行李与所有必要装备，虽则路程不过六七英里，我们却花了半天才抵达那儿。这路不过是小径，有时是陡峭的岩梯，有时则走进马蹄践踏出来的冲蚀沟，那时就必须抬起双脚架在马脖子上，以免双腿被夹扁。在某些路段，必须卸下马背上的行李，而在其他一些地方，行李则被撞落地面。有时坡度太陡，下马步行比趴在小马背上好过些。我们就这样上上下下走过许多裸露的小丘，丘上小卵石累累，桉树散生其间，让我想起了从前读过的澳洲内陆的情景，而非马来群岛的景象。

村子只有三幢屋，建在几英尺高的木桩上，屋墙低矮，高耸的屋顶用草扎成，草披垂到离地仅两三英尺。一幢未完工的屋子，屋背露空，作为我们栖身之用。我们在屋中架起一张桌子、数张长凳及一副纱网，并将内室围起作为卧榻。这儿可鸟瞰帝力，全境尽入眼中，远处躺着海洋；四周的乡间丘陵起起伏伏，除了山洼处有树林外，植物分布稀疏。跑遍东帝汶的吉奇先生明确地告诉我，那几片林子是他所见过全岛最茂密的树林。我满怀希望地到林中寻找昆虫，但或许是气候太潮湿的缘故，竟大失所望。我等到日出三竿，雾气才消散，及至中午云雾又遮蔽天空，每天太阳露脸的时间都不到一两个钟头。我们往四处寻找鸟兽，但数量也很少。我在路上射下一只漂亮的黑背果鸠与美丽的吸蜜鹦鹉。我在桉树的花丛间又猎到几只这两种鸟，及其近亲种虹膜吸蜜鹦鹉，外加几只奇特的小型别种鸟类。常见的印度原鸡数量不少，我们用它做成好几餐佳肴。但我们找不到鹿。在较高的山区种了很多马铃薯，品质不错。我们每隔一天屠宰一头羊，此时天气清冷，适宜整天围炉烤火，羊肉显得格外开胃。

　　帝力的欧洲居民有一半饱受疟疾之苦，葡萄牙人占领东帝汶也有三个世纪，却未曾有人在这美丽的山丘上盖个砖房。若建一条像样的路，从镇上骑马一个小时便可抵达这儿；同时，在较低处也可找到相差无几的好地方，从城里来仅需半小时路程。那些上等马铃薯与小麦生长在海拔三千到三千五百英尺处的事实，表示只要栽培得法，这附近一带的气候与土壤是不成问题的。海拔一到两千英尺处，咖啡应可生长良好；而介于咖啡与小麦之间的好几百平方英里土地，只要适合这种中间型气候的作物，也可以长得很好；奈何至今无人动手铺设一英里道路，或垦殖一亩农地！帝汶必有很特殊的气候，小麦才能在此不太高的海拔处生长。麦粒的品质极佳，烘焙出来的面包不亚于我曾尝过的；大家也公认这种面粉不输给欧洲或美国进口面粉。这些土著（完全凭借自己的本领）栽植了小麦与马铃薯之类的外来作物，又用小马驮载收成品跋涉过寸步难行的山路运到海边廉价卖出，这无不表示若铺设了良好的道路，加上对居民施以教导、鼓励与保护的话，帝汶岛的农业大有可为。绵羊在山上也发育得很好，还有一种驰名整个马来群岛的耐寒小马，在此已成为半野生种。因此，这个看起来如此荒凉而又缺乏热带常有的茂密植物的岛屿，却最适宜供应欧洲人很需要的农产，这是其他岛做不到的。目前欧洲人因为在东半球无法购买到这几种物品，只好依赖由西半球进口。

铜矿的故事

二月二十四日，我的朋友吉奇先生离开了帝汶，最终的报告认定当地没有值得开采的矿产。此结果令葡萄牙人相当失望，原先他们认定当地的铜矿蕴藏丰富，而且至今仍不肯死心。根据古老的传说，帝力以东约三十英里某处海滨曾发现纯铜。土著则表示他们曾在一处深渊的河床中发现纯铜，且多年前有一位船长取走了数百磅。但现今显然已相当稀少，因为吉奇先生在岛上住了两年，竟毫无斩获。我见过一块几磅重的铜块，外观仿佛澳洲的大金块，只是质料是纯铜而非黄金。土著与葡萄牙人很自然地想象这种小铜块的来源地势必还有更多的铜块；况且他们又获得一项情报或传说，指称深渊上游的山头几乎由纯铜构成，当然价值匪浅。

经过千辛万苦的筹措，由新加坡一位葡籍商人出了大部分的资金后，终于成立了一家公司来开采那座铜山。他们对铜矿的存在深信不疑，认为事先进行勘探纯属浪费时间与金钱，因此立刻从英国聘请了一位矿业工程师，还要他运来所有必要的工具、机械、实验室、器皿、几位机械师，以及为期两年所需的后备品，来开采已确定发现的一片铜矿。工程师与材料抵达新加坡后，改雇船只转运到帝汶，经过冗长的航程并花费巨额费用后，人货终于在几经耽误后抵达了帝汶。然后，选定了一天进行"开矿"。哈特船长陪伴吉奇先生同往，担任他的翻译员。总督、司令官、法官、当地达官显要及吉奇先生的助理与一些工人都来到山边。他们走向山谷的途中，吉奇先生沿路检视岩石，都不见有铜。他们继续往前走，但除了一点成分很低的矿物外，依旧什么东西都没有。最后，他们站在铜山上了。总督止步，在百官围绕下开口演说，说是他们大家期待已久的日子终于到来了，帝汶土里的宝藏即将见到天日。他长篇大论地说了很多词藻华丽的葡萄牙文，并转向吉奇先生，要他指出最好的地点，让大家动手开采大块纯铜。吉奇先生既已细心检视过沿途的深渊与悬崖，对当地的性质及矿物成分早明了于胸，于是他当下简单地告诉他们，山上没有一丝铜的踪影，开工也是枉费工夫。听众当场如遭棒喝！总督简直无法相信自己的耳朵。之后吉奇先生再度做了声明，但总督只是很严肃地告诉他，他必定是弄错了；他说，他们全知道那里"有"极多的铜，而他们只是要他以矿业工程师的身份告诉他们"如何最有效地进行开采"；无论如何，务必请他选定某处开挖。吉奇先生拒绝服从，并努力解释深渊向山切割的程度，远超过他花几年工夫所能向山挖的深度，他不能把金钱或时间花在这种无用的尝试上。将这段话翻译给总督听了后，总督知道再说无用，便一言不发地调转马头离去，把我的这群朋友抛在山上。他们都相信其中蕴藏着某种阴谋，英国佬"不愿"找到铜矿，他们被无情地出卖了。

吉奇先生随后写信通报他的雇主，那位新加坡商人，最后决定由他安排各项机器运回，吉奇本人则留下来勘探矿产。最初政府还百般刁难，并严禁他四下行动；但最后还是准他四处勘探，于是他带同助理花了一年多时间探察了整个帝汶岛东部，好几处还横跨重重大海，他还翻越每一座重要的山谷，却仍找不到任何值得开采的矿藏。有几处是有铜矿，但品质太差。其中最好的铜矿如果分布在英国的话，也许可以赚钱，但一旦位处这种荒凉的岛屿内陆，既得先筑路，还得进口所有的技术工与物料，那就必赔无疑。他也发现了金矿，不过量稀质差。内陆深处也发现了一处纯石油矿，但在本岛未经开辟前，根本没有用处。这整件事情是葡萄牙政府的梦魇，因为他们对开矿始终深信不疑，还与荷兰邮轮定约定期停靠帝力；几艘澳洲船也被诱运各色货物前来，想在新开张矿场的人群中找到顾客。然而，天然铜块仍然是难解之谜。吉奇先生已在本岛境内考察了一圈，不曾找到矿源；因此它们似乎有可能来自含铜古地层的残渣，而实际上并不比澳洲或加利福尼亚州的金块蕴藏量更丰富。后来东帝汶政府悬出重赏，征求土著寻找自然铜块并明确指出寻获地点，但音讯全无。

土著人种

帝汶山区的土著是巴布亚人种，体形修长，头发多又鬈，皮肤暗褐色，鼻长，鼻尖悬垂，这是巴布亚族的典型特征，在马来族裔中绝无仅有。海岸边的土著则与马来人或印度人、葡萄牙人有很大的混合。那里的人身材较矮，头发呈波浪状而非鬈曲，五官也较不分明。海岸居民的房舍盖在地上，而山地居民则把屋子高筑在离地三四英尺高的木桩上。通常的服饰是一条长布，在腰间绕成一串后披垂到膝盖，如第二百二十四页上从照片翻绘的插图所示。图中两位男人都携带了当地特制的伞，是由一片棕榈扇叶制成，小心缝妥各小叶的折边处以防撕裂。下阵雨时，他们会张开这种雨伞，斜披在头与背上挡雨。小水筒也是用一整片没缝的棕榈叶做成；有盖的竹筒可能装着待售的蜂蜜。通常他们都带着奇特的方形包，用方形布块牢牢织成，四角连着细绳，配上珠子与流苏的装饰。右方那人背后靠在屋侧的，就是当作水罐的竹筒。

　　这里有一种普遍的习俗叫作"波马利"，相当于太平洋岛民的"塔布"①，也受到同等尊重。它施用在一般的场合，用数片棕榈叶插在园子外面代表"波马利"的标志，保护园中产物免于被偷，其效果有如我们社会的陷阱、弹簧枪或恶犬的威胁告示。死人被安置在一个离地六或八英尺的平台上，平台有的是露天式，有时覆了顶。尸体就一直放在台上，等到亲属有钱办葬礼时才下葬。帝汶人多半精于偷窃，但并不嗜血。他们不时地彼

---

① 指南太平洋波利尼西亚等地人禁止与圣物或不洁物相接触，否则将招致超自然惩罚的观念或其实践。

帝汶岛男人（照片翻绘）

此争斗，并时时拐骗疏于自卫的部落居民为奴隶；但欧洲人却可安然在岛上任意走动。除了镇上几位半白种混血儿外，帝汶全岛并无土著信奉基督教。当地人仍然保留着许多传统，厌恶与鄙视葡萄牙人或荷兰人的统治。

葡萄牙政府

帝汶的葡萄牙政府最是差劲。他们从不关心当地的改良，占领三百年后的今天，仍没建造一英里通往镇外的道路，整个内陆也没有一位欧洲居民。政府官员都竭力压迫与剥削土著，但又疏于本城的防卫，遇帝汶人前来攻击时毫无招架之力。军官无知无能，即使接收了一架小迫击炮与弹药，也无人懂得使用方法；有一次发生土著暴乱（当时我正在帝力），预期派去敉平暴乱的军官立刻生病告假！还让叛民控制了离镇不到三英里的一个重要隘口，而那里有以一当十的战力。结果山上的粮食没办法送下来，城里立即闹饥荒，总督只得派人去向安汶的荷兰总督请求粮援。

帝汶岛的现况对荷兰与葡萄牙统治者而言是弊多于利，除非另寻制度，否则难有改善的一天。倘能建造几条好路通往多山的内陆，实行抚恤政策与严正的司法，并引进像爪哇岛与北西里伯斯岛的良好垦殖制度，也许可使帝汶成为一个具生产力且价值不菲的岛屿。稻米在毗邻海边的泥沼长得很好，玉米在各处低地也生长得很繁茂，这都是目前土著的主食，和一六九九年丹皮尔游历此岛时相同。现今生长的少量咖啡品质极优，种植面积不难扩大。绵羊发育良好，即使羊毛没有大用处，但羊肉可提供捕鲸船船员作新鲜食物，又可供应邻近岛屿所需，相当有价值；何况只要配种改良得当，这山区产羊毛的可行性很大。这里的马匹健硕得令人讶异，如有充足的诱因让土著开垦更大面积的土地种植小麦，并同时建造好道路，降低运输到海岸边的成本，所生产的小麦当可供整个马来群岛区域所需。在这种制度下，土著很快就会明了欧洲政府对他们很有好处。他们会开始存钱，而财产安全一旦有了保障，很快就会产生新需求与新口味，因而成为欧洲商品的大宗消费者。对统治者而言，这种制度远比靠重税与剥削更具利益，也更确定；在效果上，当然也比从前一向最无效的假军事统治更可能营造和平与顺服。然而，想实施这种制度需要实时的资金挹注，而这是当前荷兰与葡萄牙殖民政府都不愿做的事；另外，这同时需要一群诚实与能干的官员，而这一点乃葡萄牙政府的梦想；因此值得忧虑的是，帝汶在未来多年仍然会持续目前叛乱频繁与统治腐败的社会状况。

帝力城内的道德水平就跟巴西偏远的内陆一般低落，在欧洲会招致身败名裂与刑法起诉的罪行，在此地却猖獗狂妄。我在该地期间，地方上公认并深信两位官员毒杀了与他们有奸情的妇女的丈夫，并在对手死后立即与情妇同居。然而，却没有人对这种罪行表露出一丝反对的想法，甚至还不将此事视做罪行，反认为受害者既是社会底层人士，理当为了长官的喜悦而让路。

土产与外销

根据我亲眼所见及吉奇先生所言，帝汶的原生植物相当贫乏且单调。低丘陵带尽是低矮的桉树灌丛，间或穿插些高大的林木。少数金合欢与芳香的檀木杂生其间。至于海拔六七千英尺的高山，不是为粗草覆盖，就是寸草不生。地势较低处是数种野草般的灌丛，开阔的荒地到处长了荨麻般的野薄荷。此地有美丽的嘉兰蔓生在灌丛间，盛开着瑰丽的花朵。还有一种野生蔓藤，生着大串不整齐的毛葡萄，质地粗粝但甘美多汁。在一些植物茂密的山谷，多刺的灌丛与蔓藤使得整个地区寸步难行。

土壤似乎很硗瘠，主要由黏质页岩崩解而成。地面裸露，岩石密布。干季的旱象极为严重，以致大半溪流在平原上就干涸了，根本来不及入海；地面一概焦枯，大树的叶子掉光光，有如我们的冬天。海拔两千至四千英尺的山上水汽较丰，马铃薯与其他欧洲作物可全年生长。除了小马外，帝汶的外销品只有檀香木与蜂蜡。檀香木（檀香属）是一种小树，散生在帝汶及远东地区许多岛屿的山里。黄色木材很美，发出普为人知的怡人香味，经久不散。这种木材劈成小圆木段后运到帝力，主要外销到中国，在寺庙或富豪人家中作为熏香用。

采蜂人

蜂蜡是重要的高价产品，为野蜜蜂的产物。它们将所筑的大蜂巢悬空挂在最高树木的大树枝下，呈半圆形，直径三四英尺。我曾见过土著摘蜂巢的景象，相当有趣。有一回我在常去采集昆虫的一处山谷中，看见一棵大树下有三四位帝汶男人与男孩。我仰头一瞧，发现高处一根平伸的大树枝上挂着三个大蜂巢。这棵树很直，树皮又光滑，离地七八十英尺处才有枝丫，蜜蜂就选在那里筑巢。眼看这些人显然是为了蜂蜜而来，我于是等在一旁看个究竟。我看见一个人拿出随身带来的一根长木杆，那是小树或爬藤的茎干，看来材质结实，纤维相当坚韧。他把木杆撕裂开来，接着用一根细藤牢牢绑上棕榈叶，做成一支火把。随后，他把衣服紧缠在腰际，又拿出另一件衣服裹住头、颈与身体，并绕着脖子绑紧，只剩脸、手臂与两腿裸露在外。他又在腰带上挂了一条细长绳；在他做这些准备工夫时，另一位同伴砍了一根八至十码长的强韧爬藤（又称丛林之绳），将爬藤一端紧绑在木棍火把上，火把底端点上火，烟便冉冉上升，火把上端则用短绳绑了一把砍刀。

采蜂人现在捉住近火把上方的绳藤，把绳子抛绕过大树树干，手分别握住绳子两端。他把绳子往上一抖，抖到头上方一点的位置，双脚抵住树干，身子后仰，开始走上去。我目视着他利用树干上的每一寸凹凸与倾斜来帮助自己上升，每当找到一处赤脚能踏稳的地方，就把硬挺的藤绳抖高几英尺，技术高超，可说精彩绝伦。我看着他敏捷地爬上树，转眼离地三十、四十、五十英尺，不禁头晕目眩，无法相信他怎么可能爬上他头上那几英尺直滑的树干。然而，他不慌不忙、信心十足地继续上升，无异于登爬梯子。之后，他在距离蜜蜂十到十五英尺处停了下来，小心翼翼地将悬挂在脚边的火把晃向那些危险的昆虫，于是冉冉的烟雾隔开了他与蜜蜂。他再往上爬一分钟，来到那根平伸的大树枝下方，忽然以一种我难以想象的法子翻爬到大树枝上，一双手忙着用藤绳稳住自己的重心。

这时蜜蜂开始有所警觉，在他头上聚成一团嗡嗡不绝的浓密蜂云，只见他把火把移近自己，并从容地扫开那些停在臂上与腿上的蜜蜂。然后，他横着身子爬向最近的蜂巢，把火把晃到蜂巢下方。蜂巢接触到烟时，颜色在瞬间魔术般由黑变为白，附在巢上的无数蜜蜂轰然飞起，在巢的上方与四周形成一片浓云。采蜂人平躺在横枝上，用手扫开未离巢的蜜蜂，并抽出砍刀，顺树木之势一刀切下蜂巢，绑在细绳上，垂放到树下的同伴身旁。这时，他全身笼罩着一团忿怒的蜜蜂群，他竟然忍受得了蜂的叮螫，在那种令人目眩的高处如此随心所欲地进行他的工作，实在令我无法想象。烟显然熏不昏蜜蜂，也赶不开太远，而他工作时，那么一小股烟根本无法保护他的全身。他逐一摘下树上另外三个蜂巢，为这场采蜂巢之行带来贵重的蜂蜡、美味的蜂蜜及蜂蛹飨宴。

在摘下两个蜂巢后，树下群集了很多蜜蜂，四处狂乱飞舞，露出想蜇人的凶猛气势。有几只飞到我身边，我马上就被蜇了，只得跑开，一边用捕虫网赶开它们，一边顺手逮了几只做标本。有几只蜜蜂甚至跟了我半英里路，钻进我的头发里，勇猛不休地缠着我，我因此越发惊异于那些土著的蜂蜇免疫力。我私下认为缓慢而自然的动作及不逃逸的方式，或许是最佳的保护对策。蜜蜂停栖在沉着的土著身上，可能如同它停在树上或其他无生命的物体上一般，因而不会叮蜇他。不过，采蜂人终究逃不掉受叮蜇之苦，只因习以为常而学会了漠然承受，毕竟做不到这一点就无法当个采蜂人。

第十四章
帝汶岛群的博物志

如果我们看一看整个马来群岛的地图，爪哇到帝汶岛之间这成串密布的群岛，在物种上似乎不可能出现大差异。事实上，其间气候与地理上固然有种种差异，但这些差异并不符合博物学家希冀的划分法。列岛东西两端的气候相当不同，西端很潮湿，只有短而不稳定的干季；而东端却干旱焦枯，湿季短。这在爪哇岛的中部亦复如此，该岛东部（有如龙目岛与帝汶岛）有干湿分明的季节。它在地质地理上也不相同，但这种差异只发生在列岛东端，因为爪哇、巴厘、龙目、松巴哇及弗洛雷斯诸岛所有显著的火山，到了极东端后都转向北方经亚庇山到达班达岛，而遗下的帝汶岛只在中央附近有一座火山峰，岛上其余部分大多为古老的沉积岩。然而，这些气候与地质上的差异并不符合物种上的显著变化，因为这种变化是发生在分隔龙目岛与巴厘岛的龙目海峡；此外，这种变化的数量繁多，性质上也很重要，可说是全球动物地理学的一大特征。

鸟种的比较

长居巴厘岛的荷兰籍博物学家佐林格 [①] 说，岛上的动物物种与爪哇岛上完全相同，他尚未发现巴厘岛上有任何动物是较大的爪哇岛上没有的。我往龙目岛途中曾在巴厘岛北岸停留几天，这期间见到的几种鸟与爪哇的鸟类几乎雷同，如金色织布鸟、黑黄鹊鸲、粉红拟啄木、马来黄鹂、爪哇地椋鸟及爪哇三趾啄木。之后我渡过不到二十英里宽的海峡来到龙目岛，心中自然期待看到几种这些鸟。但在该岛的三个月里，我却一种也没瞧见，只找到完全不同的其他鸟种，其中大部分不仅在爪哇岛找不到，就连婆罗洲、苏门答腊及马六甲也绝对没有。例如，龙目岛上最常见的鸟是白凤头鹦鹉与三种吸蜜鸟科，但它们所隶属的各鸟种则完全不见于马来群岛西部，或印度-马来地区。从龙目岛跨越到弗洛雷斯与帝汶岛后，与爪哇的物种差异就更加显著了，我们发现这些岛屿的物种自成一群，所有鸟类虽与爪哇及澳洲有亲缘关系，个别岛屿间却两两有别。除了我自己在龙目岛与帝汶岛的采集品外，我的助理亚伦先生也在弗洛雷斯岛有不错的收获；这些，再加上荷兰各博物学家所采得的标本，我们为这些岛屿的博物志整理出一个很清楚的概念，并从

---

① 指海因里希·佐林格（1818—1859），荷兰博物学家，出生于瑞士。

中推演出一些极为有趣的结果。

到目前为止，这些岛屿上所发现的鸟类数目是：龙目岛六十三种，弗洛雷斯八十六种，帝汶岛一百十八种，全组岛屿共一百八十八种鸟。其中除了两三种似乎来自摩鹿加群岛，其余虽则至少含有八十二种鸟种，却都是这些小岛群的特有种，在别处找不到，但所有鸟种皆可追源于爪哇或澳洲，或直接相同，或有亲缘关系。此外，没有一属只限于分布在这些岛群，也没有一属有特殊的种为代表，这个事实显示这一动物相绝对是衍生而来的，而且其起源还不必追溯到最近的地质时代之前。当然有许多鸟种（比如大部分涉禽类、许多猛禽、一些翠鸟、燕子及少数其他鸟类）广布整个马来群岛的大部分地区，以致无法追踪它们来自哪个地区。这种鸟类依我计算共有五十七种，此外又有三十五种虽然是帝汶的特有种群，却为分布广泛的鸟种的近亲。除了这九十二种外尚有约一百种鸟，现在我们就来谈论它们与其他地区鸟类所发生的关系。

就我们目前所知，只分布在各岛的鸟种数量如下：

地　区	物种数	属　数	为澳洲属者	为印度属者
龙目岛	四　种	二　属	一　属	一　属
弗洛雷斯岛	十二种	七　属	五　属	二　属
帝汶岛	四十二种	二十属	十六属	四　属

我不认为上列各岛特有种的实际数目是准确的，因为上表

所列各岛间悬殊的数目，显然是因为帝汶岛的采集品比弗洛雷斯岛多，在弗洛雷斯岛的采集品又比龙目岛更广泛，鸟类数目当然会增加。但是我们可以说，也更感兴趣的是，当我们从西往东走时，澳洲类的鸟种比例增加，印度类鸟种相对减少。我们还可把各岛与爪哇及澳洲相同的鸟种表列如下，更清楚地说明这桩事实：

	龙目岛	弗洛雷斯岛	帝汶岛
爪哇鸟种	三十三种	二十三种	十一种
澳洲鸟种	四　种	五　种	十　种

从上表中，我们很明显可看出过去数百或数千年来，且目前仍在持续进行的物种迁移路线。从爪哇来的鸟在最接近爪哇的岛上最多，而横越各岛的海峡可说是一项障碍，于是越往下一座岛，鸟的数目越少①。还有，从澳洲来的鸟类似乎比从爪哇来的鸟类少得多，乍看之下我们不免认为应诉诸隔开澳洲与帝汶岛的宽阔大海。但这个结论下得太快，而我们很快会见到，这个假想是靠不住的。除了这些与爪哇及澳洲同种的鸟类以外，还有不少其他鸟类与爪哇及澳洲的特有种有相近亲缘，我们必须先考虑一下这些鸟种，方可对此事下结论。现在我们把这些

---

① 栖息于这些岛上的鸟种的名字可见于一八六三年《伦敦动物学会会志》。——原注

鸟类与前表合并，结果如下：

	龙目岛	弗洛雷斯岛	帝汶岛
爪哇鸟种	三十三种	二十三种	十一种
与爪哇鸟种为近亲种	一　种	五　种	六　种
总　数	三十四种	二十八种	十七种
澳洲鸟种	四　种	五　种	十　种
与澳洲鸟种为近亲种	三　种	九　种	二十六种
总　数	七　种	十四种	三十六种

　　现在我们可以看出从爪哇与澳洲来的鸟种数虽然很相近，但是两者的组成却有很明显的不同：从爪哇来的鸟类较大成分与现在爪哇岛的鸟相同，而几乎相同比例的澳洲鸟群，虽与澳洲现有鸟类有相当的亲缘关系，却为不同种。同时，这些代表种或亲缘种离澳洲越远，数目就越少，而离爪哇越远，数目却渐增。造成这种现象的原因有两个：一是群岛面积的大小，各岛面积从帝汶逐渐朝龙目岛剧减，可维持的鸟种数也就锐减。更重要的是第二点，从澳洲到帝汶的距离阻绝了新鸟的迁移进入；因此让变异有了发生的空间。龙目岛到巴厘岛及爪哇间的近距离，让个体不断地迁移进入，再与较早期的移入种杂交，减少了物种变异的发生。

　　为了简化这些岛屿上鸟类起源的说法，让我们视所有的岛屿为一体来看待，或许更容易了解鸟种别与爪哇及澳洲间的关系。

帝汶岛群的鸟为：

	属爪哇	属澳洲
鸟　种	三十六种	十三种
亲缘种	十一种	三十五种
总　计	四十七种	四十八种

从上表可看出，属于澳洲群与属于爪哇群的鸟数相当接近；但组成方式却正好相反，爪哇群的鸟种中有四分之三是相同种，只有四分之一为代表各岛的种，而澳洲群的鸟种中却只有四分之一是相同种，其余四分之三都是各岛的代表种。这是我们研究这些群岛的鸟类所得最重要的事实，因为这让我们获得有关鸟类历史的一个很完整的线索。

虽则大家对变迁的发生或持不同看法，但物种变迁过程缓慢这一点想必殆无疑义。因此，澳洲种在这些群岛上大多已变迁，而爪哇种则几乎维持未变的事实，显示这些岛屿上的物种是先从澳洲移入的。不过，若要发生这种状况，当时的物理环境势必与目前有很大的差别。现今澳洲与帝汶之间间隔着大约三百英里宽的汪洋海面，而帝汶岛与爪哇岛之间则有一条列屿相连，各小岛间海面距离大多不到二十英里宽。这一点有助于现今爪哇物种在这些岛屿上的散布与栖息，而澳洲物种若要抵达这些岛屿可就困难重重了。为了阐释目前的情况，我们很自然地会认为澳洲曾一度与帝汶岛很接近，比现在近得多，而澳洲整个北部与西部延伸的海脊某处距帝汶海岸不过二十英里，使得这一假定更具可能性。这也显示北澳洲地质晚近的沉陷，其海岸可能一度连接到这处海脊的边缘，而介于海脊与帝汶之间则是深邃的海洋。

我并不认为帝汶曾与澳洲连接过，因为帝汶岛上并没有澳洲特有且数量众多的鸟类，也没有一种澳洲哺乳类动物进入帝汶；若是两地曾经相连过，情况绝非如此。如果两地曾相连，或在一段时期内彼此间的间隔比二十英里还近一点，那么诸如亭鸟属、黑色与红色凤头鹦鹉属、细尾鹩莺属、钟鹊属与鸸雀属、鸲鸫属，及其他许多在澳洲各地为数众多的鸟类，势必会散布到帝汶岛。再则没有一种澳洲特有的昆虫族群分布到帝汶岛。因此，综合所有的事实，帝汶与澳洲之间显然始终隔着一道海峡，但这海峡曾一度缩小为约二十英里宽。

但是当海峡一边变窄时，列岛的另一端则应离得更远，否则我们便会见到从这两边移植来一样多的相同种与独立种。澳洲那端的海峡因陆地下沉而变宽，阻止个体生物从原分布地外移或与外来个体交配，使得变种的因素得以完全发挥；而另一方面，爪哇那边却不断地输入新物种，而持续相互交配的结果，也就阻止了变种的机会。但是，这个观点却无法解释所有的事实。因为帝汶群的动物相特征，不但呈现了它所"有"的形态，也呈现了它所"没有"的形态，由此可得出，帝汶群的动物相较偏向澳洲型而非印度型。足足有二十九属在爪哇算是普遍而且分布也算广的鸟种，在帝汶岛上不见分布；而相同程度分布的澳洲鸟类中仅约十四属在帝汶岛上找不到。这一点清楚地显示，直到晚近的地质时代，帝汶诸岛始终与爪哇远隔；此外，巴厘与龙目两岛都是小岛，且几近为火山岛屿，分布的变异种又比其他岛屿少，这些事实皆说明它们起源自近期的地质时代。当帝汶岛最接近澳洲时，巴厘与龙目两岛的位置可能还是一片汪洋，等到地底之火逐渐堆出目前富饶的巴厘岛与龙目岛时，澳洲北岸也就陆续沉入大洋。只有这种模式的变迁，才能让我们了解到帝汶群组鸟类虽与印度-马来群岛与澳洲同样接近，但其中的特别种却大多为澳洲型；而这同时也让我们了解到，很多常见的印度型鸟虽分布远至爪哇、巴厘，但没有一种代表种移植到更东面的群岛上。

帝汶岛的哺乳类动物与本组其他岛屿相同，除了蝙蝠类，其余都很少。蝙蝠类还算不少，想必有许多新种有待发现。就帝汶岛所发现的十五种蝙蝠中，有九种也分布于爪哇或更西边的群岛，有三种是摩鹿加种，内中多半也分布于澳洲，其余则是帝汶岛的特有种。

陆生哺乳类动物只有七种：一、长尾猕猴，分布于整个印度-马来群岛，已从爪哇经巴厘岛与龙目岛散布到帝汶岛，常出现在河边，可能随同洪水漂流的树木漂往其他岛上；二、一种棕榈猫，马来群岛到处可见；三、豹猫，据说是帝汶岛特有种，只栖息于内陆地带的极稀有种；四、帝汶黑鹿，即使是特有种，也与爪哇及摩鹿加鹿种的亲缘很近；五、帝汶野猪，可能与某摩鹿加野猪同种；六、一种鼩鼱，应是帝汶岛特有种；七、灰袋貂，也分布于摩鹿加，但两地的种可能有别。

上述的哺乳动物都不是澳洲种，也都与澳洲种无亲缘关系，这一事实足以证明帝汶岛从未是澳洲一部分的说法，否则帝汶岛上毫无疑问必有澳洲的一些大袋鼠类或其他有袋动物。但少数几种哺乳类动物又确实分布在帝汶岛——特别是虎猫与鹿——这一点倒是很难解释。不过。我们必须考虑到，数千甚至数十万年来，这些岛屿及岛屿间的海洋曾有一度屈服于火山的威力下。陆地数次升降，海峡宽窄多变，许多岛屿可能曾经相连又再度分离，大洪水数度破坏山岳与平原，数百株树木冲入大海，正如爪哇岛上发生火山爆发时的情形。如此，在一千或一万年间应可产生一些可能的组合环境，两三种陆生动物从一岛迁移到另一岛并非不可能。只有这种变动，可供我们解释今日栖息于帝汶大岛上的哺乳类动物种类如此稀少且分布零散的原因。其中鹿很可能是人类引进的，因为马来人常常蓄养已驯化的小鹿，而且某物种迁移到另一个气候与植被像帝汶岛与摩鹿加群岛般差别极大的地区，很可能不需要一千年，甚至只要五百年的时间，就能让该动物衍生新的特征。上文我没提到马，虽则帝汶岛上的马常被大家认做野生动物，却是毫无证据的；帝汶岛的每一匹马都各有主人，就跟南美洲大庄园的牛一样，属于驯化的家畜。

随机原理

我花了大篇幅讨论帝汶岛动物相的源起，因为我认为这是一个最有意义、最具启发性的问题。我们很少有机会遇到这样的案例，从一个地区的动物相追溯到两个特定的来源。更难得的是，这些动物还提供物种引入的时间、方式及比例等明确的证据。我们在此找到一组具体而微的大洋群岛，这些岛屿虽然与邻近的大陆洲十分贴近，却不曾与大陆洲相连，而岛上的生物虽略有改变，却仍具备真正的大洋群岛的特征。这些特征为：除了蝙蝠外，没有其他哺乳类动物；分布着特有种鸟类、昆虫与陆生蜗牛等动物，这些虽均为当地的特有种，但与最近的大陆洲物种显然有关联。因此，完全不见澳洲哺乳类动物，只有若干从西方来的飘移物种，其出现的原因即为前述的方式。蝙蝠还算多。有许多特有鸟种，但与邻近的两大陆洲物种息息相关。昆虫的关系亦与鸟类类似。例如，帝汶岛上有四个凤蝶科特别种，另有三种同时分布于爪哇，一种分布于澳洲。那四个特别种中，两个绝对是爪哇类的变化种，其余似乎是摩鹿加与西里伯斯种的近亲。令人不解的是已知的少数陆生贝壳，它们一概与摩鹿加与西里伯斯的种相近或相同。习于漫游的粉蝶科的白蝶与黄蝶，时常飞到空旷地，比较容易随风飘到外海，它们均与爪哇、澳洲及摩鹿加的种有亲缘关系。

这种情形的确有违于达尔文先生的大洋群岛从未与大陆洲相连的理论，因为这情形暗示群岛上的动物种群是随机发生的，所谓"漂浮物与抛弃物理论"，并坚持自然的运作，而非依循连续发生的意外事件。但在我刚刚叙述的例子中，我们却有一项最有力的证据，显示那正是岛屿上物种移栖的方式。岛上的生物显示出一种混杂的特征，刚好指示着这种模式的起源。若假设这些岛屿曾是澳洲或爪哇的一部分，就会陷入完全无根据的困境，结果根本无法解释岛上最熟知的动物族群（鸟类）所呈现的那些奇特关系。另一方面，临海域的深度、海底海岸线的形状，以及大半岛屿的火山特性，无不指证这些群岛有一种孤立的起源。

在结束前，我必须先做一项声明以避免误解。我说帝汶岛从未与澳洲相连，只是指近代的地质史。在第二纪甚至始新世或中新世时期，帝汶岛与澳洲大陆也许相连在一起，但即使如此，所有这种陆连的记录在后续的下沉中都已湮灭殆尽；此外，我们解释现今任何地区的陆栖动物时，只消考虑那地域最后一次隆升海面后所发生的变迁。我深具信心地认为，从最后隆升后，帝汶岛就不曾为澳洲大陆的一部分了。

第三部

西里伯斯岛群

第十五章
西里伯斯岛

望加锡镇：一八五六年九月至十一月

我于八月三十日离开龙目岛，三天后抵达望加锡。上岸时，我不禁喜从中来，这是我从二月起就梦想造访的地方，我渴望在这儿看到数不尽的新奇而又有趣的事物。

我上岸的西里伯斯岛这一侧海岸，地势平坦低洼，一片树木与村落遮挡了内地，通过偶有的缺口，无垠的水泽与稻田一览无遗。远处衬着几座浅山，由于正值大雾的季节，我无缘一睹半岛中央巍峨的山岳，或岛南著名的朋达因峰①。望加锡近岸锚地停泊了一艘配备四十二英寸加农炮的大巡洋舰，属于当地的防守战力；又有一艘军用汽艇及三四艘独桅小帆船，可用来追逐入侵的海盗；还有几艘横帆商船，外加二三十艘大大小小的土造船。我带了介绍信去拜会一位荷兰籍绅士梅斯曼先生与一位丹麦籍店

---

① 西里伯斯岛的最高峰称作兰特孔博拉山，又称马里奥山，标高三千四百五十五米。朋达因峰应指隆波巴唐火山，标高两千八百七十一米。

商，他们俩都会说英语，也都答应帮我找一处适合采集工作的居处。由于当地没有旅馆，我住进了俱乐部之类的会所。

望加锡镇

望加锡是我所游历的第一座荷兰城镇，比起我之前造访过的东方城镇，它较为雅致、干净。荷兰人在当地设下若干好法规。所有的欧式住宅必须保持白色外墙，每户人家每天午后四点得为屋前的马路洒水。路面没有垃圾，所有的污物通过有盖的下水道排放到一处露天的大污槽，海潮高时水流入污槽，退潮时则把污水冲入大海。镇上主要是一条沿海的狭长大街，为商业区，多为荷兰与中国商人的办公室与仓库，还有土著的店铺与市集场所。街道往北延伸一英里多，逐次伸入土著住宅，这些住屋往往简陋不堪，但沿着街路排成直线，后院又多种植果树点缀，故看来相当整齐。街上经常可见大批土著武吉士人与望加锡人，男人身着约十二英寸长棉裤，只遮盖住臀部到大腿的一半，另外还有绕在腰际或以各种方式横过肩头的传统马来沙龙，多为色彩艳丽的花格子布料。和这条大街互相平行的还有两条短街，属于荷兰旧镇，有多处城门。这两条街旁坐落着私人住宅，街头南端有一座堡垒及一所教堂。一条和短街以直角相交的路通往海滩，为总督与高官的住家所在地。堡垒后方沿着海滩又有一条长街，街旁都是土著的茅舍与商贾别墅。

全镇周边分布着平坦的水稻田，现在田里的土壤裸露、干涸、荒芜，上覆泥梗与野草。几个月前，这里还是一片青翠，此时的荒芜景象和龙目岛与峇里岛的四季常青，真是天差地别。两地虽处在同一季节，但后者精致的灌溉系统造就了永恒春天的景象。

我抵达的第二天，就在那位英语流利的丹麦商人朋友的陪伴下礼貌性地拜访总督。阁下大人亲切有礼，提供我在当地旅行与研究博物志所需的各种方便。我们用法语交谈，所有荷兰官员都能说一口流利的法语。

我发现住在镇上既不方便而又昂贵，过了一周便迁到梅斯曼先生好意借住的一幢小竹屋。小屋离镇约两英里，坐落在一小片咖啡园与农场上，和梅斯曼先生的私人别墅约隔一英里。屋内有两个房间，架高约七英尺，较低处有部分是露天（正好用来剥制鸟皮），另一部分为谷仓。外面还有一间厨房及几间外搭小屋，附近又有几幢小屋，供梅斯曼先生的工人住宿。

我在新居才住了几天，便发现非得走颇远的路到乡下，否则根本采集不到标本。周遭数英里的荒田就像英格兰的晚秋时节，只残留些麦梗，鸟类与昆虫也杳然。这里有数座土著村落散布在浓密的果树内，从远处望去就像一簇簇森林。这些村落是我仅有的采集地点，无奈物种有限，不久便一无所获了。然而，想前往任何更好的采集点之前，我必须先获得果阿拉甲的许可证，因为望加锡镇周遭两英里地都属于他的领域。因此我又去拜访总督的官署，请求一封致拉甲的信，期能获得他的保护，并允许我在他的管辖领域内四处旅行。我的要求马上获得同意，总督还派了一位专差送信同往。

我的友人梅斯曼先生好心借了我一匹马，还陪我觐见拉甲，那是他的老友。我们到达时，拉甲刚好坐在门外监造一幢新屋。他光着上身，只穿了常见的短裤与沙龙。随从拿了两把椅子给我们坐，但是所有的首领与其他土著都坐在地上。信差蹲在拉甲脚旁，取出黄丝绸袋封裹的那封公函。一位高官收下信并撕开信袋后交到拉甲手中，拉甲读了信，并拿给梅斯曼先生过目。梅斯曼先生会读，也会说望加锡语言，他清晰地说明了我的需要。我立刻获得了在果阿境内随处旅行的许可，但我若想在某处待上一阵子的话，拉甲希望我能通知他，方便他派人照料我的安全。随后酒送来了，不久是一些难以入口的咖啡与不像样的蜜饯。事实上，我在种植咖啡的各地从未尝过美味的咖啡。

虽然现在是干季的高峰，并且整天凉风习习，却非每年中最宜健康的季节。我的随身小童阿里上岸不到一天就生了热病（疟疾），造成我极大的不便，因为我待在屋内时，除了三餐外，得不到任何东西。阿里病愈后，我好不容易请到另一个仆人帮忙做饭，但我才在乡下安定下来，这仆人又害了热病；而他有个妻子住在镇上，便离职回家去了。他走后不久，我自己也生了一场严重的病，每隔一天发一次烧。我服用了大量奎宁后，在一个星期内痊愈，但我才能站立，阿里的病况却逆转恶化。他每天都打摆子，唯清早时情况还好，能勉强烹煮够我一天的食物。再一个星期，我医好了阿里，同时雇到一位会炊煮、会射猎的男孩，他也不排斥往内陆挺进。这个小孩叫巴德隆，未婚，过着流浪的生活，曾数度到北澳洲捕海参，我有意长久雇用他。我又找到一个不太懂礼节的巴索，他能说一点马来语，十四岁左右，帮我扛枪或拿捕虫网，做一点杂事。这时阿里已成为很好的鸟皮剥制师傅，因此我的帮手还不少。

望加锡一带的鸟类

我到内地去了好几次，寻找捕鸟与昆虫的好据点。往内地数英里，有一些村子零落地分布在树林中，那原是茂密的原始森林，但现在多改植果树，特别常见高大的糖棕，或称桃椰，树汁可酿酒制糖，黑色粗纤维可供制绳。四处可见生活必需的竹子。我在这里找到许多种鸟类，包括美丽的乳黄色果鸠及稀有的苏拉佛法僧。后者的叫声很刺耳，多成对在树间飞行，休息时全身缩得圆滚滚的，头与尾不断地抖动，这是数量多与具深裂喙的佛法僧鸟类族群独有的特征。若只在自然状态下看到这些习性，而无缘查探其形态与生理构造，可能会把翠鸟、蜂虎、佛法僧、咬鹃及南美洲的喷鸀等归为同群。在这些田园中，有种比英国秃鼻乌鸦小的乌鸦，数量达数千只，聒噪不停。又有怪异的燕鵙在树头啾啾鸣叫，这种鸟的习性及飞行方式与燕子很相像，但外形与生理结构迥异。此外还有尾如竖琴的琴尾卷尾，它生有黝黑发亮的羽毛与乳白的眼环，常以变化多端但难听的音调，把博物学家弄得一团雾水。

在树阴浓密处，蝴蝶数量不少；最常见的品种是紫斑蝶属与斑蝶，它们常光临院子与灌丛，因飞行缓慢，很容易捕获。有一种浅蓝黑色的美丽蝴蝶最是特殊，它会在灌丛的地表扑翅飞行，偶尔也停在花上；略逊一筹的是一种黑翅上有浓艳橙黄带的蝴蝶。这两种蝴蝶都属于粉蝶科，但外观上与英国白粉蝶相当不同。这两者对欧洲博物学家来说都是新种。我时常由那两位男孩分别持枪与捕虫网陪同，往内陆走数英里到那一小片我所能找到的真正的森林。我们得起个大早，带着早餐上路，找个有树阴与水的地方享用。我那两位望加锡帮手在进食前，会先把一点米饭、肉或鱼放在一片树叶上，之后摆在石头或树桩上敬奉给当地神祇。如果酿制得宜，"沙桂尔"是一种很清凉的饮品。我们也常走到小摊贩饮上一盅，乡区只要有行旅来往之处都可见到这类小摊贩。

一天，梅斯曼先生向我说及一片他偶尔会去打鹿的较大片的森林，但是他斩钉截铁地表示，路途很远，也没有鸟。不过，我仍然决心前去一探究竟。第二天一早五点钟，我们带了早餐与一些粮食动身出发，打算在那森林旁的一幢屋子里待一晚。着实出乎意料的是，我们才跋涉两个小时就到了这幢小屋，并获得留宿的许可。然后我们继续前行，阿里与巴德隆各带一把枪，巴索带着粮食与昆虫标本盒，我自己只拿着捕虫网与采集瓶，打定主意全力采集昆虫。我才进入森林，立刻发现一些有绿色和金色斑点的美丽小象甲，与硬象甲属有亲缘关系，该属几乎完全分布于菲律宾群岛，在婆罗洲、爪哇或马六甲并未发现过。沿路颇为阴凉，显然常有马匹与牛只践踏，我很快就捉到一些前所未见的蝴蝶。不久后传来两声枪响，我走去一看，发现两名侍童射到了两只我所知最美的一种杜鹃。这鸟的学名意为"美喙杜鹃"，这是因为它有个大喙，上有明亮且大约等分量的黄、红、黑三色。它的尾巴极长，有美丽的紫色金属光泽，全身覆有淡咖啡褐色羽毛。它是西里伯斯岛的特有鸟，只分布于这座岛屿。

我们慢慢闲晃了两三个小时后，来到一条小河边，河水太深，马匹得游过去才行，我们只好回头。这时饥肠辘辘，而这河水不太流动，水质十分混浊，根本不能饮用，我们于是往数百码外的一幢屋子走去。我们走到一片栽植地，看到一幢高架小草屋，以为可进屋用早餐便一头钻进去，不料屋内有一位抱着婴儿的年轻妇人。她送上一罐水，但面露很害怕的神色。然而，我还是坐在门阶上，向巴德隆要了吃的东西。巴德隆递来食物时，一看到婴儿，立即像遇到蛇一般向后退却。我这才灵光一闪，想到这是专供妇女产后隔离一段时日住的小茅屋，正如婆罗洲的戴雅克族及许多其他部落般，我们贸然进入无疑是个大错误；因此，我们立即离开，向附近其他家宅请求入屋用早餐，也顺利获得对方的应允。我吃东西时，有三名男人、两名妇女及四个小孩一直死盯着我看，看到我吃完为止。

美丽的鸟翅蝶

我们在日正当中时往回走，在路上又幸运地捕捉到三只优美的鸟翅蝶，那是蝴蝶中最巨大、最完美也最美丽的种类。当我从网中取出第一只标本时，发现它极为完整，不禁兴奋得全身颤抖。这种华丽昆虫的底色是一种浓密闪亮、带青铜光泽的黑色，下翅有细白纹，翅缘有一排极为明亮、有丝光的大黄斑点；身上点缀着白、黄与艳橘色斑，头与胸则是浓墨色；腹下的一面，下翅为白丝色，翅缘是半黑半黄的斑点。我很好奇地盯着这天赐的好礼，以为它是新种。不过，事后证实那是鸟翅蝶的一个变种，是这最珍贵属中最罕见、最奇特的种。我又捉到若干新奇的美蝶。我们到达夜宿的小屋后，我特别关心采集到的昆虫宝贝，特地把标本盒用线悬挂在一根找不到蚂蚁的竹竿上，然后才开始剥制鸟皮羽。我一边工作，一边留意那宝贝标本盒，确定没有不速之客光临。后来过了一段较长的时间后，我抬眼再看，赫然发现一队小红蚁正沿着细线往下爬入盒内。它们正忙着在我的宝贝昆虫的身体上工作，只消再过半个钟头，我全天采集的努力就会化为乌有。我只得把昆虫一一取出，彻底清干净蚂蚁，又把标本盒净除一番，然后再为它们找一处安全地点摆放。唯一有效的方法是向屋主借来一个浅盘与一只汤钵，把浅盘装满水，汤钵置于盘中，标本盒放在汤钵上，这才能安心过夜。这些大害虫绝对没法逾越这几英寸深的清水或油。

猎屋记

回到称为马马姜的住屋后，我的轻度疟疾又发作了，迫使我不得不在室内待上几天。等身体康复后，我马上偕同梅斯曼先生又到果阿，请拉甲帮我在树林边盖一幢小屋。我们在他的豪宅附近的斗鸡场找到他，他见我们造访，马上丢开斗鸡接待我们，领我们走上一道斜板阶梯来到他家。这是一幢宽阔、豪华的架高屋宅，地板铺着竹条并有玻璃窗。全屋似乎是一间用柱子隔开的大厅。王后怡然自在地坐在窗边的一把粗陋的扶手椅上，嘴里永远不停地嚼着栳叶与槟榔，身边特别摆放了一只痰盂，面前则有个栳叶盒。拉甲在她对面一把同款式的椅子上坐下，一个小男孩蹲踞他身旁，手捧同款式的痰盂与栳叶盒。他们搬了两把椅子让我们坐。几位年轻女子站在四周，有些是拉甲的女儿，有些是奴婢；有几位用织布机在纺沙龙，但大多闲着没事。

我大可像过去许多旅人一样，在这里毫不吝惜地大费笔墨形容这些少女的风采、她们衣着的华美、身戴的金银等饰物。紫纱紧身上衣衬托出纱缦下丰满的胸部，更有"明眸""乌发""巧足"……我大可让这些文辞溢满全文。但抱歉的是，我致力于将所见人物与所访察地区做真实的报道，对事实的尊重不容我在这种题目上太过煽情地赞叹。眼前的这些公主的确长得很美丽，可惜缺乏干净的身子与清洁的衣着，少了这些，就很难谈得上风采了。每样东西都有一种脏污与褪色的外观，这在欧洲人看来实在颇为碍眼，也无皇家气势。唯一令人稍为欣赏的是拉甲安静庄重的神态，以及属下对待他的恭敬态度。他在场时，没人可以站着；当他坐在椅子上时，在场所有人（当然欧洲人除外）都得蹲坐在地上。对这些人而言，最高的位置就是最尊崇的位子，也是地位的象征。这规矩绝对不可违背，以至于当龙目岛的拉甲订购的一辆英国马车送到后，因马车夫的座位太高而无法合用，只好沦落成摆在车房内当展示。我说明了来访的目的后，拉甲立即说，他会下令村民腾出一幢屋子供我使用，那可比花很多时间再建一幢方便许多。依惯例，难以下口的咖啡与蜜饯又送来了。

两天后，我再次晋谒拉甲，请他派一名向导陪我去看看要让我住的屋子。他马上差遣来一个人，给了他一些指示，几分钟内我们就上路了。我的向导不会说马来语，我们于是默默地走了一个钟头，来到一幢颇优雅的房子里，然后他请我坐下等候。这是本区首领的住宅，大约半小时后，我们再动身走了一小时，到达预定让我居住的村落。我们先到村长的家，我的向导与村长闲聊了一阵子。我觉得累了，便要求去看看为我准备的屋子，却只获得"再等一下"的回应，两人仍旧继续交谈。因此我告诉他们，我不想再等了，我要马上看看房子，然后到林子里打猎。这似乎让他们很感为难，我再三询问，旁边一两位略通马来语的人终于给了我含糊的解释，原来房子并没有准备好，似乎也没人知道到哪里弄一幢屋子。由于我不想再去惊动拉甲，想来稍微威吓他们或许有效；因此我告诉他们，如果他们不遵从拉甲的命令马上找幢屋子给我，我就回去向拉甲抱怨，但是如果立刻为我准备好一幢屋子，我会付租金。这法子果然有效，一位村里的长老马上出面带我去找屋子。他陪我看了一两幢破烂不堪的屋子，我马上回绝说："我要一幢好屋子，还要靠近林子。"他找的下一幢倒是不错，我便请他隔天清空屋子，我将在后天搬进来住。

到了我指定的那天，我并没准备好搬进去，只派遣我雇的两位望加锡男孩带扫帚去彻底打扫屋子。到了黄昏时分，他们回来告诉我，他们到达时屋子还住着人，一样东西都没搬走；听到他们前去打扫、准备搬进时，住户开始动手搬东西，但嘴里抱怨连连。这使我相当不安，不晓得他们对于我闯入村子到底持什么想法。第二天早上，我们把行李放在三匹驮马上，几经挫折后，于近午抵达目的地。

我把东西都安顿好，匆促用过午餐后，决定尽可能与村民和睦相处，因此我请来原屋主与他的朋友，召开一次"毕查拉"，即谈天。等他们坐稳后，我递了些烟草给大家，然后请侍童巴德隆当翻译，开始解释我此行的目的；我对请他们搬家一事表示歉意，并说明这是拉甲的命令，他不许我另建新屋；然后我把五枚银卢比放在原屋主的手中当做一个月的租费。最后，我真心告诉他们，我来这儿对他们有利，因为我会向他们买鸡蛋、家禽和水果；同时我拿出一些标本给他们看，表示如果他们的小孩带给我贝壳与昆虫，将能赚到好几枚铜板。我把这一切解释给他们听，每一句都经过冗长的交换意见与讨论，之后我发现全部的人都露出满意的神色；就在当天下午，十来个小孩一个接一个地送来几只大蜗牛属的小蜗牛，似乎是为了验证我是否会买下根本不成样的小蜗牛壳，他们收到了几枚"铜板"后欢天喜地而又满脸讶异地走开了。

又患热病

经过几天的四处探索后，我已经很熟悉周遭的环境。这地方和我上次造访的树林里的大路相隔颇远，我住处的周遭有些老旧的垦殖地与几间小屋。我捕到一些很好的蝴蝶，但甲虫很少，甚至腐木与新砍倒的树木（通常很吸引甲虫）内也杳然无一物。这使我相信附近没有大森林，也不值得我久待，然而再过约一个月，雨季就要来临，想更深入内陆为时已晚；我于是决定待在这里，有什么捕什么。不幸的是，数天后我便患了热病，虽然病情不是很重，但我浑身变得懒洋洋的，提不起劲来干活。我想将病医好，却始终没有成功；我每天只能在院子四周及井边静静散步个把钟头，偶尔或可找到一些好昆虫，其余时间则静坐家中，等待我那小采集队带来甲虫与蜗牛之类的标本。我这回生病必是饮水之故，那是取自浅井的水，井旁有几摊死泥水，听任水牛打滚。我住屋的近旁又有一个有栅栏的泥坑，每晚关了三头水牛，从泥坑飘来的恶臭往往钻过有缝的竹篾地板传进屋内。我的马来侍童阿里也得了同样的病，由于他是我主要的鸟羽剥制人，我采集的进度自然跟着放慢了。

村中居民的工作与生活方式与其他马来民族差别不大。妇女每天几乎都在捣米、筛米、捡薪材、汲水回家，以及净绵、染色、纺纱、把土产棉花织在沙龙布上。织布是靠架在地板上的最简易的框子，制作过程既花时间又琐碎。要做普通的格子花样，每撮染线要用手一缕缕分别拉起，用梭穿过其间，因此一码半宽的布每天只能织一英寸。男人则是栽种些栳叶（刺鼻气味的胡椒叶，用来配槟榔）及几种蔬菜，然后每年一次拉水牛随便耕一下地，种下稻秧，之后就不再照料，只等收成了。偶尔他们得稍微维修房子，编制草席、竹篮或其他家用器皿，但大部分时间闲逸无事。

村中没有人能说几个词以上的马来语，几乎也不曾有人看到过欧洲人。这造成了一件最糟糕的事，那就是不论人与兽看到我都畏惧三分。我足履之处，群狗狂吠，小孩哭喊，妇女逃避，男人睁着受惊的大眼，仿佛见到怪异而又可怕的食人魔。

就连路上的驮马见到我走近，都会避开冲入丛林。至于那些长相可怕、丑陋的畜生水牛，我更不能接近——不是因为我怕它们，而是为了他人的安全。那些水牛看到我，会先伸长脖子盯着我，等到我走近后，便奋力挣脱车轭或绳索，像被恶魔追赶般横冲直撞地逃开，完全不顾路上有什么东西。每当我在路上遇到载货或正被赶回村里的水牛时，只得转身躲到树林内，把自己藏起来，等待它们走过，避免出事，否则我在村中不受欢迎的程度将更甚。每天中午左右，村民会将水牛赶回村，绑在屋舍外的树阴下；那时我就得像小偷般靠屋后的小路蹑手蹑脚地进出，要是我走入牛群，真不知道它们会对小孩及房子闯出什么祸来。我若突然走到妇女汲水或小孩洗澡的井边，结果必是一哄而散；这种事每日都发生的话，对于我这种不愿被人嫌弃也不常被人看做是丑魔的人，可是件难受的事。

到了十一月中旬，我的健康并无起色，而昆虫、鸟类与贝壳又非常少，我于是决定回到马马姜，在大雨未来前把采集品打包好。西风已开始吹起，许多征兆都显示今年雨季可能提早到来，届时每件东西都会变得很潮湿，采集来的标本就没法彻底干燥了。我好心的友人梅斯曼先生再次借给我驮马，但由于担心鸟与昆虫标本驮在马背上不太保险，我又去找了几个人帮我搬运这些采集品，就这样带着所有的东西安全回到家。我难受地蹲坐在地上用餐五个星期后，现在再次舒服地躺在沙发上，又坐着竹摇椅倚靠桌子舒舒服服地进餐，这种奢侈的感觉真是少有人能体会。身体健康时，这些都可说是鸡毛蒜皮的小事，但一旦病得虚弱，这些终生建立的习惯便无法置之不理了。

特殊的建屋

我的住屋就像这一带所有其他的竹屋一般有点倾斜，雨季里强劲的西风把所有的柱子整得东歪西斜，真让我怀疑哪天它会整个坍翻过去。奇特的是西里伯斯岛的土著尚未发现利用对角柱来强化建筑物的结构。我怀疑当地所有的土著新屋在受风吹袭两年后，没有一幢撑得直。这些屋子都是单用直柱或横梁构成，只用藤条略为捆住，无怪乎无法承受大风的吹袭。这些屋子呈现不同程度崩塌的面貌，从刚开始的微斜到危险角度的倾斜，这时屋主就会察觉已到了非搬不可的地步。

当地人的结构学智慧只发现了两种治疗屋斜恶疾的方法。其一，屋子开始倾斜时，在上风处竖立一根柱子，把屋子用藤或竹吊在柱上。另一种方法是事先预防法；但他们既发现了这个诀窍，为何没发现真正的方法，这倒是十分令人费解。这种方法是，筑屋仍利用寻常方法，但主要柱子中有两三根选用越弯越好的柱子，其他仍维持用笔直的柱子。我时常看到屋内有这种弯曲的柱子，还以为是欠缺上好的直木所致；后来有一天，我碰到几个男人抬着一根像狗的后腿般弯曲的柱子回家，就向我的土著小童询问这种木头的用处。"屋柱子。"他说。"但是他们为什么不弄根直柱？这里直木材多得很呀。"我问。他答道："喔，他们比较喜欢那种柱子建的屋舍，它不会塌。"显然认定这种弯曲的木材有一些神秘效果。其实，只要稍微想一想，再搭配一幅图绘，就可看出弯曲柱的效果有实际的功能。因为正方形很容易变成菱形或斜角形，如果在对称位置摆上一两根弯柱子或斜柱子，就可产生对角柱的作用，只是这法子看起来太粗糙、太笨拙了些。

就在我离开马马姜之前，当地人刚在田里播撒了很多玉米，这种作物不出两三天就会发芽长小苗，要是天气不错，两个月内就能收成。但是天落下了一个星期的早雨，我回来时，正在结穗的玉米都枯黄而凋萎了。想必这回全村将毫无收成，幸好玉米只是他们生活中的奢侈品，而非必需品。下雨是开始犁田的通告，谷子便撒在村子与市镇之间的大片平坦的田地上。村民所用的犁是一种粗陋的木器，犁上有一根很短的柄，柄尾是一具形状不错的犁刀，犁刀尖端用一块硬棕榈木缚在柄上。村民用一两头水牛缓步拖着犁前进；稻谷用手撒播，再用一种粗陋的木耙整平地面。

到了十二月初，每年的雨季来了，西风催着雨丝，有时一连几天不断；周围方圆数英里都一片水乡泽国，鸭与水牛尽情享受雨水。从这里到望加锡沿路边，天天有人在掺水的烂泥地里耕田。农夫用一只手握着犁柄，另一只手握着一根长竹子指挥水牛，木犁轻易地滑过地面。这些动物需要大力鞭策才愿意

土著的木制犁具

向前移动，于是不停的吆喝声"喔！啊！叽！呃！"整天此起彼落，各种声调不绝于耳。夜晚，我们又可聆赏另一种音乐会。我屋外的干地早变成青蛙的泽国，从黄昏到次晨的聒噪声令人难忘。然而它们的叫声有时也颇为悦耳，那低沉的颤音有点像交响乐团中两三支低音提琴的演出。像这样的蛙鸣，我在马六甲与婆罗洲都不曾听过，这说明了西里伯斯的蛙一如当地的大多数动物，都是该地的特有种。

望加锡的农庄

我的好友兼房东梅斯曼先生堪称是望加锡出生的荷兰人的好榜样。他年约二十五，有一个大家庭，市郊有一幢大房子，位于一大片果园内，周围是一圈错综复杂的房舍，包括办事处、马厩、土著小屋；土著小屋里住着他如云的仆役、奴隶或食客。他通常在黎明前起床，喝过一杯咖啡后，巡视他的仆从、马与狗直到七点，才前往凉爽的回廊享用那准备妥当的丰盛米饭加肉的早餐。餐后他换上一套洁净的白亚麻西装，乘马车到镇上；他在那里有一间办公室，雇了两三位中国职员管理业务。他经营的业务是咖啡与鸦片商品。他在朋达因有一块咖啡田，又有一艘小马来帆船，用做与新几内亚诸东方群岛买卖珍珠贝与玳瑁壳。到了下午一点左右，他回到家中，喝杯咖啡，吃点糕点或炸芭蕉片，换上花棉衬衫与裤子，光着脚拿本书睡个西班牙式午觉。四点钟左右，他喝过下午茶后，会绕着家园散步，也常顺道走到马马姜来看我，并照料他的农庄。

他的农庄内有咖啡园与果树园、十二匹马与二十头牛，还有一个小村住着帝汶奴隶与望加锡仆佣。小村中有一家人负责看管那十二头牛及供应牛奶，每天早上也会带给我一大玻璃杯牛奶，那是我最豪华的享受。有几家负责照料马匹，每天下午将马带进厩中，喂食切好的牧草。还有几家得为主人圈养在望加锡的马割草料；这可不是个容易的活儿，在干季全区就像入窑烤过的干泥般，进入雨季后则成为水乡泽国漫溢数英里，找草可非易事。他们究竟到何处找草，对我而言可真是个谜，但是他们知道草料不可或缺，总是善尽其职。有一位跛脚妇人负责看管一群鸭子，她每天两次把鸭子赶到沼泽处觅食，让它们摇摇摆摆地走动、狼吞虎咽一两个小时后再赶回来，关进一个黑漆漆的小棚子里消化食物，那时鸭子偶尔会发出忧伤的呱呱叫声。每晚都有人轮班守卫，主要是为了防盗马贼，因为两英里路外的果阿人是恶名昭彰的小偷，马匹又最易下手，也最值钱。虽然望加锡有不少人认为我孤处在恶邻居附近实在朝不保夕，但这个保安措施却让我每晚安眠到天明。

我的住处周围有一道篱笆，蔓生着玫瑰、茉莉与其他种花卉。每天早晨，一名女佣会采一篮花给梅斯曼家，我通常会抽两三朵放在自己的早餐桌上。我停留的那段时期，花卉的供应从未间断，我相信全年也不曾中断。几乎是每个星期日，梅斯曼先生都会跟他的十五岁大长子进行射猎之旅，我通常也会伴随同去；因为这几位荷兰人虽是新教徒，但并不像英格兰及英国属地人民死守星期日的教规。当地的总督每个星期天傍晚都会举行一次公众餐会，会间一概以玩纸牌为消遣。

十二月十三日，我搭上一艘开往阿鲁群岛的马来帆船，这段旅程将留待全书的后段再做描述。

七个月后我又回来了，这回我造访了望加锡以北的另一个地区，我将在下一章详述这趟旅程。

第十六章
西里伯斯岛

一八五七年七月至十一月

七月十一日我重访望加锡,又住进马马姜的旧居,开始整理、安排、清洁及包装我在阿鲁群岛的采集品,这共花费了我一个月的工夫。把它们托运往新加坡后,我把枪修好,之后我收到了从英国寄来的一把新枪、一批钉针、砒霜与其他采集需用品,于是又开始急切地想再度投入工作。然而出发前,我必须考虑该去哪里度过这年底前的日子。我七个月前离开望加锡时,附近一片水泽,土人正犁地准备播撒稻谷。之后雨连下了五个月。如今,稻子都收割了,大地覆着干燥多尘的稻梗,重演了我首次抵达的情景。

转往马罗斯

经过多方打听后,我打算到望加锡以北约三十英里的马罗斯。我友人的兄弟雅各布·梅斯曼先生住在当地,他热忱地表

糖棕

示，我若决定前访，他会帮我找一处住宿地并提供其他协助。因此，我照例从行政官那里取得一份通行证后，雇了一艘船，在一天傍晚动身往马罗斯去。我的侍童阿里因患疟疾病得很厉害，我只得把他留在医院里，由我的德国医生朋友照顾他，我则新雇了两位一问三不知的仆役。我们连夜沿海岸航行，于天亮时驶入马罗斯河，下午三点抵达村镇。我马上拜访了助理行政官，申请自用的马一匹，以及十名帮佣运送我的行李。他答应我当晚都会备妥，第二天一早我就可以动身。喝了一杯茶后，我便告辞回船上睡觉。有几个人应约当晚就到了，但其余人则次晨才来。为了公平分配行李给挑夫，花去我不少时间，因为他们都不想拿沉重的标本箱，总是抓起一些轻便的物件就想上路；我把他们一个个叫回来，重新平均分配全部行李。到了八点钟，一切终于分配就绪，我们开始往梅斯曼先生的农场行去。

沿路风景先是一成不变的干焦的稻梗平原，但几英里路后便出现陡峭的山阜，背后衬着半岛巍峨的中央山脉。我们的路径朝着这些高山绵延而去，六至八英里后，平原左右突然升起一座座山丘，不时地矗立石灰石岩块与岩柱，又出现几座陡起如孤岛的尖丘与山峰。越过一处山肩高处的小径后，眼前展开了如画般的景致。我们往下鸟瞰一座小山谷，周围群山环抱，那山群陡然耸立，高崖联袂成连续的圆丘礁，或尖峰或圆顶，神采各异，形状多变。山谷的正中央有一幢大竹屋，周围错落着同样竹材的十来间小屋。

梅斯曼先生在通风的会客厅殷勤地招待我，那会客厅搭建在大宅外面，完全采用竹材，以草覆顶。用完早餐后，他带我到约一百码外他工头的屋子，在我找到地方盖一幢自用小屋前，可暂且借住这屋子的一半。不久我便发现这里招风又多灰尘，很难书写或进行昆虫工作，下午更是热气逼人；不出数天我便得了急性疟疾，只得决意搬离。我在约一英里外找到个好地点，位于一座森林小丘的山麓。没过几天，梅斯曼先生的工人就帮我搭好了一幢漂亮的小屋，内有大小适中的阳台及一间小卧室，屋外则有一间小厨房。屋子一盖好，我立刻搬了进去，觉得这新屋真是不错。

环绕我新屋周围的树林很疏，大树稀落地长着，树下植物不多。林中有不少糖棕（又称糖椰子），树汁可酿椰子酒与椰子糖；还有许多野生的菠萝蜜，枝干上挂着许多硕大的长形果实，是极美味的菜蔬。地面堆着一层厚干叶，有如英国十一月的林子。一条布满石子的小溪几乎完全干涸，连一滴水或甚至一小片湿河床都找不到。从我的屋子朝山麓走约五十码的溪中有一处深潭，水质不错，我每天到那里洗澡，掏一桶桶水当头淋下。

乡村生活

我的东家梅斯曼先生很会享受乡间生活，桌上的食物全靠一支枪与一群猎狗得来。硕大的野猪很多，他通常一个星期可猎得一两头。此外偶尔有鹿，还有为数众多的原鸡、犀鸟与大食果鸠。他饲养了许多水牛，水牛奶供应不缺，并可自制奶油；他自种稻与咖啡，养鸭与鸡，蛋的来源自然不缺。他有椰子树终年供应"沙桂尔"，可代啤酒喝，沙桂尔制成的糖也是极佳的糖果。应时的热带菜蔬与水果丰富，他抽的雪茄也是以自种的烟草做成。每天早上，他礼貌周到地送给我一竹筒水牛奶；那奶稠得像油，必须加水稀释才能变成液状。这种奶搭配茶或咖啡很可口，不过有一点特别的味道，但吃过几次后就习惯了。我也能尽情地喝甜沙桂尔，而梅斯曼先生每猎得一头野猪，总会送给我一块肉，外加鸡与蛋，这些东西再加上我们自己猎得的鸟及每两星期一次的水牛肉，挤满了我的橱柜。

　　附近每一分平地全开垦为稻田，许多山丘较低的坡面则种满烟草与蔬菜。这些山坡地大多巨石嶙峋，爬起来令人筋疲力尽，还有许多山丘因太过陡峭，简直无法登越。这些环境再加上大干旱，对于我的采集工作极为不利。鸟类稀少，我只猎到几只新种。昆虫还算丰富，但数量上差异很大。通常数量很多且很有趣的甲虫，在此居然少得可怜，有几科甚至不存在，其余科则只有少数物种。然而，蝇与蜂类则为数甚多，我每天都捕到新奇的种类。西里伯斯岛稀有的美蝶是我寻找的主要对象，而我也看到许多我从未见过的新种，但它们往往十分活泼且怕人，很不容易捕捉。捕蝶的最佳去处是森林中的干河床，不管是河中潮湿的地方、泥塘，甚或干石头上，都能发现各种昆虫。

这岩石密布的森林中栖息了世界上最美的蝴蝶。三种鸟翅蝶，展翅宽达七或八英寸，黑底上衬着美丽的丝缎光泽黄斑或黄块，毫不厌倦地飞旋在灌丛间。湿地附近有成群的蓝带凤蝶（米利都凤蝶与忒勒福斯凤蝶）、华丽的金绿凤蝶，以及一种罕见、纤小的凤蝶，这些蝴蝶虽生性好动，但我还是捕到了一套好标本。

博物学者的乐趣

我待在这里有难得的享受。我早上六点坐着喝咖啡时，附近的树上常会出现稀有鸟类，这时我会急忙穿上拖鞋赶过去，或许就能捕得我寻找了数星期的宝贝。西里伯斯大犀鸟常伴着展翅的响亮拍打声前来，停栖在我面前不远的高树上；黑冠狝猴则总用惊奇的神色探头张望侵入它们领域的行为；夜晚时分，野猪群在屋外四处巡搜，找垃圾吃，我们不得不把所有的食物或易破的东西收到小厨房中。在清晨与黄昏时分，我在住屋附近的倒树间搜寻数分钟，收获的甲虫往往超过一整天的采集；而留宿各村或远离森林时，有时会巧遇良好的采集地，有时则流于浪费时间。糖棕流出汁液的地方，会麇集不计其数的蝇类，有一回我在这种地方花了半个钟头，就获得了此类昆虫最好与最独特的标本。

此外，当我在巍峨植物的遮阴下，沿着布满水潭、岩石与倒树的干河床上下来回漫步时，心里感觉真是愉快！我不久就熟悉了每处水潭、每块石块和每个树头，总是屏住呼吸、小心翼翼地走上前，查看究竟藏了什么宝贝。在其中一处，我找到一小群稀有的尖粉蝶；当我靠近时，它们轰然飞起，展现鲜艳的橙色与朱红色的翅膀，中间夹杂几只美丽的蓝带凤蝶。而在枝叶扶疏的溪沟，总能找到一只正在休息的大鸟翅蝶，真可说是手到擒来。在某些腐烂的树干上，我总会找到一些奇特的小虎甲；在较浓密的灌丛中，又可捕获栖停在叶上、体型小且闪着金属蓝光的灰蝶，以及一些罕见且美丽的铁甲科与叶甲科的甲虫。

我发现腐烂的菠萝蜜果实很能吸引各种甲虫后，常把这种果实剖开一角，置放在住处附近的树林里任其腐烂。这样一来，我只要在早上到这些烂果堆里搜集一番，往往可捕到二十来种甲虫——其中最多的是隐翅虫科、露尾甲科、粪金龟科与细小的步甲科。偶尔沙桂尔酿造者会带给我一种蔷薇刺金龟，他们发现它时，它正在舔食甜树汁。有好长一段时间，我只碰到两个新鸟种，一是神气的西里伯斯八色鸫，二是美丽的紫冠鸠，两者都和我新近在阿鲁群岛上捕获的很类似，但非同种。

一探马罗斯河众瀑布

大约九月下旬，一阵大雨降下，预告雨季将至，这对大旱望云霓的大地颇有帮助。我因此决定到马罗斯河的瀑布走一趟，那些瀑布位于这条河的高山发源处，常有旅游者前往寻幽访胜，公认是美丽的佳境。我向梅斯曼先生借了一匹马，再从邻村雇了一位向导，外加一位手下随行；我们于清早六点钟动身，沿着环绕我们左侧陡峭巍峨山崖的平坦稻田骑了两个钟头后，抵达河边，刚好是马罗斯与各瀑布的中间点；之后是一条马走的好路直通瀑布，我们在一个钟头后抵达目的地。我们越往前进，两侧的小山越是逐渐靠拢；后来我们抵达一个原为旅客居住而建造的破棚子，四下是宽约半英里的平坦谷地，谷地两侧耸立着石灰岩壁。沿途的土地一概辟垦为农田，直到这儿才出现灌木与疏落的大树。

等到我们几件行李送到并在棚中放妥后，我立刻独自前去观赏瀑布，大约剩下四分之一英里的路程。此处的河道约二十码宽，河水从两片笔直的石灰岩壁冲出，铺流于四十英尺高的玄武岩河床上，又被岩壁中间的小岩石隔成两道水弧。这瀑布优美地飞溅在岩壁表面，形成一层薄沫，一再扭曲与盘旋，转成无数相连的同心圆旋涡，直落底下的深潭。瀑布边有一条崎岖的狭径蜿蜒到上游，又出现在悬崖壁下的水边，有时或没入水中；再行数百码，山岩往里凹缩，只剩单侧树木丛生的堤岸，那小径沿着堤岸再延伸约半英里路，到达第二道比较狭小的瀑布。此处的河水仿佛从一个岩洞中急涌而出，因为上方许多落石挡住河道，水无法前流。只有一条小径通往这道瀑布的上方，那小径从一块大巨岩背后绕转上去；这块巨岩有部分已崩离山壁，只剩下一个两三英尺宽的岩面，露出一条深陷入山中的黑暗裂隙。我因为先前已造访过几个这种黑缝，这次就无意探险了。

从上层瀑布下方不远处跨过河流后，沿着小径往上行约五百英尺，通过一道两侧逼近高耸绝壁的峡谷，再行半英里路，山谷突然右转，变成山上的一道裂谷。进入裂谷约半英里，两旁山壁逐渐缩成仅剩两英尺宽，裂谷之底陡然上升成一条小径，或许可通往另一道山谷，但我已无暇深入探险了。回到裂谷的起点，主道转向左上方，进入一道冲蚀沟，抵达最高处时有个优美的天然岩拱，约五十英尺高。再下来是穿过浓密丛林的下坡陡径，峭壁与远方的岩石山尽收眼底，路的前方可能又通向另一个大河谷。这真是一处引人入胜的寻幽胜地，可惜我迫于几个理由无法再往前探索。我没有带向导，也没有申请进入武吉士人土地的许可证，况且大雨随时可能降下，届时河水上涨，我也许就回不去了。因此，我只能利用这短短的逗留时间，尽可能搜罗当地生物分布的知识。

各处狭窄的裂谷有几种我从未见过的精美昆虫及一个新鸟种——那是一种黄胸、黄冠及紫颈的大型黄胸鸡鸠。那条崎岖的小径就是马罗斯通往山后武吉士人部落的大道。雨季时，这道路寸步难行，因为河水高涨，从数百英尺垂直的山崖急冲而下。我这次造访期间，小径虽可通行，却也极为陡峭累人，然而妇女与小孩每天越山而来，男人则驮着重又不值几枚钱的椰糖一路行来。我在上下两瀑布间的小径及上层瀑布的水潭边缘，发现最多的昆虫。就在这里，成打大而半透明的蝴蝶曼妙飞舞着，而我也终于捕到凤蝶中最大型也最稀有的青凤蝶，我早渴望获取这种瑰丽的凤蝶，但万万没想到竟能遇上；我在瀑布区共停留了四天，竟极幸运地获得六只完好的标本。这种美丽的昆虫飞翔时，长而白的尾部犹如飘舞的彩带，等它栖停在水滨时，则会把翅尾高高抬起，仿佛怕伤到它一般。即使在这儿，这种蝴蝶也不常见，我所见到的全部加起来不超过一打，许多还是在河堤追上逐下好久才捕得的。在近午阳光最炙热之际，上层瀑布下方的水潭湿沙滩，会出现一幅美丽的景象，沙滨上点缀着成群艳丽的蝴蝶，或橘或黄或白或蓝或绿，五彩缤纷，一旦遭受干扰，数百只齐飞空中，宛如五彩缤纷的云朵。

热带的景观——见不到花朵

这地方处处可见的深峡、裂谷与绝壁，是我在整个马来群岛所仅见。斜坡地面似乎不多，所有的山都由巨大山壁或峥嵘巨石构成，它们包围了全部的山谷。许多陡直或高耸的崖壁，虽然有五六百英尺高，但全部铺着如地毯般的植物。羊齿、露兜树、灌木丛、爬藤，甚至乔木都织锦成一片常绿的网状物，孔网不是白色的石灰岩，便是许多黑洞与深沟。这些高崖靠着特殊的结构才能维系这么多植物的生长。岩壁表面非常不平整，破裂成许多孔隙，阴暗的洞口有外突的岩石，突石下挂着石钟乳，在洞穴上与凹洞处形成不受规格的哥特式窗棂，为灌木、乔木与爬藤的根部提供了良好的支撑。这些植物在温暖干净的空气中与从岩石不断冒出的适中湿气下，生长得极为繁茂。在坚实、光滑的崖壁上，则不见植物生长，只有几处点缀着一些地衣及羊齿植物，生长在小突岩与最窄的缝隙中。

　　读者如果只借由阅读书本与参观植物园来获取热带自然知识，或许会在心中想象这种地方还有其他许多天然美景。你们或许会认为我为何遗漏了那些簇锦般美丽的璀璨花朵，或嫣红或蔚蓝，闪耀在翠绿的山崖，悬垂在瀑布上及装扮着山涧两岸。但是事实上呢？我努力巡视这些翠绿的大山壁，观察了瀑布周围、河岸，甚至深穴与阴暗山隙内垂悬的蔓藤与浓密的灌丛，却见不着一丝亮丽的色彩；没有任何一棵树木或灌丛或蔓藤上生着引人注目的花朵，能成为地景上醒目的焦点。四面八方，眼光所及都是绿叶与斑岩。叶簇的颜色与形态变化万千，硕大的巨岩与繁茂的植物何其壮观，但就是不见缤纷色彩，没有普遍认作热带到处都有的亮丽花朵与迷人的花团锦簇。我上文所述的繁茂热带的真实景象既是在现场立即记录下来，而大致的特性与色彩也在南美洲及数千英里外的东方热带重复出现，这让我不得不做出以下结论，那就是：上文所述的现象可以代表赤道地区（即最热的热带）自然界的一般状况。那么，旅行者的描述为何南辕北辙呢？还有，我们所知的那些瑰丽花朵果真分布在热带吗？答案很简单，我们在温室中培养的那些美丽的热带开花植物，是从各种各样的地区千挑万选出来的；虽说我们很容易误以为热带地域到处都是那些花朵，殊不知这些植物中，有许多极为稀有，有许多的分布极为局部，还有许多是生长在非洲与印度较干燥的地区，在那种地区，热带植物并不如一般人所认为的那般繁茂。热带植物发展到极致典型的特征是优美多变的叶，而非鲜艳的花。这些地区的花维持盛开期很少超过数星期，甚或仅数天。不管在什么地点，只要逗留得久一点，你就会发现许多耀眼鲜艳的开花植物，然而前提是你得四下搜寻一番，且很少有机会在同一时间内在某地点看到花团锦簇的地景。但是，旅行者总是把他们在长期旅行中所见的一切美好植物浓缩在一处描述，不知不觉带给人热带艳丽与繁花处处的景象。他们很少单独研究与描述一地植物的茂密与美丽，或真实陈述花朵的效果。这几点经过我细心检视后，我认为艳丽花朵对于自然界的整体影响力，在温带气候区远大于热带气候区。我在广袤的热带植物界中游历了十二年，从未看到任何花卉对景观所产生的力量，比得上我们英国的荆豆、金雀花、石南、野风信子、山楂、紫野兰及毛茛花等。

西里伯斯岛这个部分的地质结构相当引人。石灰岩山脉的分布范围虽然辽阔，基础却很浅，石基下则是玄武岩，构成圆墩矮丘分布于笔直石灰岩的山崖间。在河流的岩床上，玄武岩纷纷显露，上述的瀑布便流溢在这种石阶上。陡起的石灰岩山耸立在玄武岩的基盘上;当你爬过瀑布边的阶石,总三番两次从一种岩石踏上另一种岩石时,你会发现,石灰岩干燥而粗糙,遭河水与雨水溶蚀成锐利的岩脊与蜂窝状孔穴,而玄武岩则潮湿而平坦,因土人经年累月赤足走过而磨得平整滑溜。当你走近山麓时,会发现冲积平原上密密麻麻冒出的小石块与小山峰,最能表现石灰石受雨水溶解的性质。这些石灰岩都呈柱状,中段比基部粗大,最大的直径处恰相当于本地雨季时洪水的水线;在这水线以下,岩柱往基部逐渐变细。有许多岩柱倒置得很厉害,有些细杆的石柱仿佛只有一个小点着地。一些比较松软的岩柱,因在年复一年的冬雨的侵蚀下,岩石表面变成蜂巢状,着实蔚为奇观;有些岩石甚至溶蚀成透光如石网。这完全平坦的冲积平原一路自山脉铺展到海边,其地下深处显然没有储留地下水的可能,然而望加锡当局却曾投下巨资,开凿了一口一千英尺深的井,希望它能像伦敦与巴黎盆地上的自流井般提供民众所需的用水。这次尝试以失败告终,显然不足为奇。

雨的力量

我回到林间的小屋后,依旧每天出外搜寻鸟类、捕捉昆虫。但气候越来越干热,水塘与石洞中的水一滴一滴消失,一向聚集在此的昆虫也纷纷失去踪影。只有双翅目,即蝇类,不受大旱的影响，数量像往日一样多。我不得不把注意力集中在它们身上，过了一两个星期后，我收藏的该目昆虫增加到两百种左右。这时我也陆续收集到几种新鸟种，包括两三种小型的鹰与隼、一只美丽的刷舌吸蜜鹦鹉，以及一只稀有的苏拉鸦。

　　终于，到了十月中旬左右，连续几个阴天后，大雨滂沱降下，每日午后阵雨开锣，雨季的脚步显然来临。我因此满怀希望来个昆虫大斩获，而就某些方面来说，这期待的确实现了。甲虫大量涌现，我又在林间溪边岩石上厚厚的落叶层里发现大量步行虫，该科在热带素来少见。然而，蝴蝶却消失了。我的两位仆役又恰在第三位仆役离开后，罹患了疟疾、痢疾与脚肿，两个人躺在屋内呻吟了好几天。等他们稍有起色后，却换我自己病倒；眼见备粮几近告罄，每件东西也都变得湿漉漉的，我只得整理行装返回望加锡，毕竟不久后就将刮起猛烈的西风，届时驾无篷小舟渡海，即使安全无虑，难受还是免不了的。

　　雨季开始后，无数粗如手指、长约八至十英寸的大马陆，开始在小径、树上、屋外四处爬动，有天早上我起身时，甚至在床上找到一只马陆！马陆的体色通常呈暗铅色或深砖红色，总是四面八方爬着阻挡人的去路，虽对人类完全无害，但长相真难讨人喜欢。蛇也开始露脸了。我杀了两条蛇，它们属于一种常见的蛇种，头大而通身碧绿，这蛇蜷缩在树叶与灌丛上时，除非靠得很近，否则难以发现。我有一回拍打枯叶捕虫时，一条褐蛇跑进我的捕虫网内，搞得我此后除非知道捕到什么猎物，否则不会轻易伸手入网。一向焦枯且死气沉沉的田地与草原，现在突然都长出新草；我曾不知多少次走过的炙烫的岩石河床，现在则成了一条又深又急的溪流；无数的草本植物与灌木四处冒芽、展叶、绽放花朵。我也发现了许多新奇的昆虫，假使我有一间宽敞又禁得住风吹雨打的好屋子，我也许会留下来度过雨季，因为我觉得必有许多物种只有在这季节才能采得。但在这夏季小屋里，一切根本行不通。只要豪雨降下，阵阵微雾就透进全屋，想保持标本干燥可是个大难题。

我在十一月初回到了望加锡，打包采集品后，再搭荷兰籍运邮汽船前往安汶与德那地。这段旅程暂且按下不表，我想先在下一章描述我在两年后造访的西里伯斯岛的北端，对这座岛屿做个总结。

第十七章
三访西里伯斯

万鸦老：一八五九年六月至九月

　　我在帝汶岛古邦地区住了一阵子后，才走访了西里伯斯岛的最东北端，沿途在班达、安汶及德那地稍做停留。我于一八五九年六月十日抵达万鸦老，承蒙陶尔先生热忱接待。陶尔是英国人，久居万鸦老经商。他介绍我认识了对博物学深感兴趣的杜伊凡波顿先生（我在德那地和他的尊亲结为好友），还有一位奈斯先生，他是万鸦老的在地人，但在加尔各答受教育，精通荷兰语、英语及马来语。这些绅士都对我亲切有加，充当我停留当地的前期导游，并尽力提供我协助。我在镇上待了愉快的一星期，除了采集外，还四处打听好的采集点，不过结果很不顺利，因为城镇方圆好几英里内的森林都开垦成广袤的咖啡田与可可田，甚至扩张到内陆广大的区域。

　　万鸦老小镇是东方最美的城镇之一。城镇有如一座超级花园，分布成排的田园别墅，中间有宽阔的道路成直角交叉。几条路况良好的道路向各方向伸入内地，沿路有无数美丽的别墅、整齐的庭院及繁盛的庄园，其间还点缀着果园块区。万鸦老的西南两方多山，矗立着成群的雄伟火山，高六七千英尺，形成壮阔雄伟如画的地景。

米纳哈萨土著的今昔

米纳哈萨半岛的居民有别于西里伯斯岛其他地区的居民，事实上也与整个马来群岛的其他部族不同。他们有淡褐带黄的肤色，往往像欧洲人一般洁白；他们的身材相当矮，块头粗壮，体型优美；有开阔姣好的脸庞，但年老时颧骨突起而略微变丑；留着马来民族惯常的长直乌发。就若干内陆村落而言，他们也许称得上是最纯粹原种的部族，男男女女出奇的俊美；但在较近海地区，因为与其他种族通婚的关系，他们血统的纯度下降了，面貌就变得近似周围地区的一般土著。

在心智与道德特点上，他们也相当特殊。他们的性情尤其恬静温和，顺服于他们所认定的较为优越的当权者，而且很能学习与采用文明人的习惯。他们精于机械，似乎能接受许多心智教育。

不久前，他们还是彻底的蛮民，现在还有许多万鸦老居民记得如十六、十七世纪作家所描述的事物。当时有些村落的居民分属不同部族，各自拥有自己的首领，语言也不相通，终日争战不休。他们把屋舍建在高柱上，防卫敌人的攻击。他们和婆罗洲的戴雅克人一样，也是猎头族，据说偶尔还会食人肉。一位酋长去世后，他的坟墓要用两颗新鲜的人头装饰；如果猎不到敌人的首级，就杀奴隶充数。骷髅头是酋长家中最大的装饰品。他们只穿树皮条。全区是没有路径的野地，只有小块耕地栽种着稻米、蔬菜或成丛的果树，夹杂在原生森林之间。他们的宗教起源于未开化人类对伟大的自然现象与热带的天然繁茂所生的冥想。火山、急流与湖泊是他们神祇的住所，若干大树与鸟可左右人类的行为与命运。他们用狂野而激奋的庆典讨好鬼神，并坚信他们能使人类沦为动物，不论生前或死后。

我们在这里见到野蛮人社会的真实面目，各自孤立的小团体终年互相争战，在此环境下物质短缺、生活凄苦，虽有肥腴的土壤却依旧只能苟延残存。这情形代代相传，人民没有改善环境的欲望，也不谋道德提升的前景。

这就是一八二二年前他们生活的写照，之后咖啡作物首度引进，各种试种实验开始进行。结果发现在海拔一千五百英尺到四千英尺的范围内栽植咖啡，成效显著。村落的酋长受到了咖啡栽种业的利诱。从爪哇送来了咖啡种子与土著教官，从事开垦与栽植的劳工都获得粮食供给，政府用固定的官定价格收购所有的咖啡，而现在获颁"少校"头衔的村落酋长，可获得产物百分之五的佣金。不久，万鸦老港口到台地的路筑起来了，村与村之间也修筑了较小的道路；传教士定居在人口稠密的地区并开办了学校；中国商人深入内陆，用衣物与其他奢侈品交换土著卖咖啡所得的钱。此时，全区也分划成许多小区，引进了在爪哇行之有成的"督察"制度。督察是欧洲人，或是有欧洲血统的土著，他是当区栽植业的总监、酋长们的顾问、人民的保护者，也是酋长与百姓和欧洲政府间沟通的管道。他的职责是每月依次辖访各村落，将各村的情况报告给行政官。现今邻村间的争执都改由向较高的权威投诉裁决，以往老旧且不方便的半堡垒式屋舍已无用处，于是在督察的指导下，大部分屋舍都按照雅致整齐的形式重建了。我现在要去造访的就是这么一个有趣的地区。

高原之旅

我决定了路线后，于六月二十二日上午八时动身。陶尔先生驾着马车送了我三英里路，而奈斯先生又骑马送我到三英里外的洛塔村。在那里，我们遇见了通达诺地区的督察，他刚结束每月的例行巡察，正在回家的路上，他同意充当我旅途的向导与伙伴。从洛塔开始，我们连走了六英里上坡路，最后抵达海拔约两千四百英尺的通达诺高地。我们路过的三座村子，其整洁与美观颇令我惊异。所有供牛车载运内陆收获的咖啡的大道，每到村子入口处一律转向侧边，再从村后通过，如此一来，保持了村中街道的整齐与清洁。村里的街道两侧有终年开花的玫瑰树篱；村落中央有一条宽阔的步道，路旁有茵茵绿草，总是保持得又干净又雅致。住宅都是木造，由粗柱架起，离地面约六英尺，柱上一律刷上蓝漆，屋墙则涂抹白灰。每幢屋都有雅净栏杆围成的回廊，周围则大多栽种了橘树与开花的灌木。周边的景色青翠如画，放眼所及是茂盛的咖啡园、高雅的椰子树与树蕨、披覆森林的山丘，以及火山的山峰。我久闻这个地区景色优美，实则百闻不如一见。

午后约一点，我们抵达托莫洪，这是本区首善市镇，住有一位现称"少校"的土著酋长，我们预定在他家用餐。在这里，我又大吃了一惊。这酋长的屋宅十分宽敞，通风极好，采用当地坚硬的木材建成，角度方正，稳固精巧。屋内采用欧式装潢，有华丽的水晶吊灯，桌椅则是当地木匠精工制作。我们一脚跨入大门后，马上递来了马德拉①葡萄酒与苦味啤酒。随后两位面容姣好的男孩，穿着白净的衣裳，头上的乌发梳得相当平滑，每人端给我们一盆水与一方放在托盘中的干净餐巾。午餐极为可口，有各式烹调的鸟禽，烤、炖与煎的野猪肉，油焖蝙蝠肉，外加马铃薯、米饭及各式蔬菜，一一用精致的瓷器盛装，还有细玻璃杯与细致的餐巾，配上丰富的红葡萄酒与啤酒。对我来说，这些款待出现在西里伯斯山区一位土著酋长的餐桌上，是件不可思议的事。我们的主人身着黑西装，脚踩黑漆皮鞋，看来令人悦目，颇有绅士风范。他坐在桌子的首位，虽然话不多，

---

① 马德拉，位于北大西洋中东部的群岛，一四二〇年起为葡萄牙占领，后被改为葡萄牙的一个辖区。

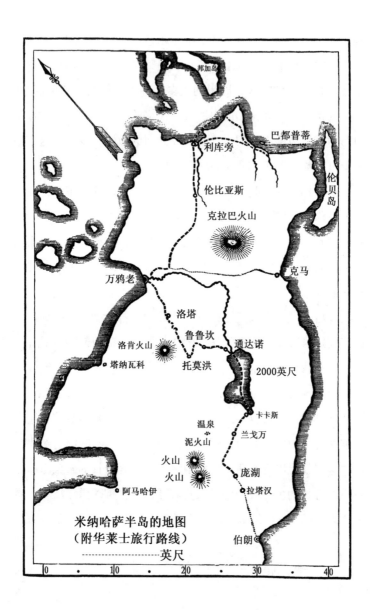

米纳哈萨半岛的地图
（附华莱士旅行路线）
-------------英尺

却称得上待客称职。我们完全用马来语交谈，因为马来语是这里的官方语言，事实上也是有一半土著血统的督察官的母语和唯一语言。据说少校的父亲，即前一任酋长，只穿着一条树皮，住在高柱撑起的粗陋小屋里，屋内装饰了许多骷髅头。当然，我们是受邀的客人，正餐也准备得特别丰盛，但我听说这些酋长的确都仿效欧风习俗，并以能优雅地款待访客为荣。

吃过午餐用完咖啡后，督察继续前往通达诺，我则留在村中散步，等候牛车载运的行李，不料那牛车居然过了午夜才抵达。晚餐与午餐很像，而回房休息时，我发现自己身处一个典雅的小房间，有一张舒适的床，白纱窗帘上有蓝红两色悬穗，而且样样方便。第二天一早太阳露脸后，回廊上的温度计指着二十摄氏度，据说这是此地通常的最低温，而这地方位处海拔两千五百英尺。我在宽敞的回廊上享用了一顿有咖啡、鸡蛋、新鲜面包与奶油的美味早餐，空气中飘来面前花园中玫瑰、茉莉与其他芬芳的花香；八点钟左右，我离开托莫洪，十来个帮我搬行李的男人与我同行。

我们先沿着约海拔四千英尺的山脊路径，然后下行约五百英尺抵达鲁鲁坎小村，这是米纳哈萨地区最高的村，也可能是整个西里伯斯岛最高的村落。我早决定在这里停留一段时间，观察这种高度是否出现动物学的改变。这座小村只有十年左右的历史，和我先前经过的各村落一样整洁，且更美丽。村子坐落在一小片平地上，有一侧是覆满林木的坡地，陡直朝下通往美丽的通达诺湖，湖后远方矗立数座火山。村子的另一侧是一道山沟，再过去便是美丽的山岳与森林之乡。

村子附近有许多咖啡园，咖啡树成排栽植，并修平成最多七英尺高，侧枝因而硕健，树形多呈完整的半球形，从上到下长满果实，每年每株可生产净重十到二十磅的咖啡。这些庄园都是政府建立的，由酋长指挥村民从事垦殖。除草或摘果日都预先规定，届时以锣声集合所有能工作的村民一起动工。每家工作的时数都有记录；等到年终，产品销售所得即依比例分配。收成的咖啡送到政府的储仓，仓库设在整个殖民地位置适中的各处，咖啡收购价低而固定。酋长与少校能分得一定百分比，其余则分配给居民。这个制度运作得不错，我相信在目前要比自由交易好得多。当地还有大面积的稻田，据说这七十户人家的村子一年能生产价值一百英镑的米。

我在村子尽头有一栋小屋，几乎悬在下降至溪流的笔直山崖上，从回廊向外望去视线绝佳。每天早上温度计总是指在十六七摄氏度的位置，也从未高过二十六七摄氏度，因此穿着热带平原适用的薄衣物，不时感到凉爽，有时还觉得有点冷。我每日洗澡的一溜山泉尤其冷冽。虽然我住在这片山林间颇为怡然自得，但采集的成果却令我有些失望。在动物物种方面，这个温带地区与山下闷热的平原相较，几乎没有明显差异，而真正有差别的又大多对我没用处。这种高度似乎也没有什么特有生物。鸟兽不多，且种类多半相同。昆虫似乎比较不同。树皮与腐木上主要是郭公虫科的甲虫，比其他地方找到的更美。美丽的天牛较少，而少数几种蝴蝶都是热带种，其中的蓝尾翠凤蝶是我所见最瑰丽的凤蝶，但我只采得少数标本。那是一种绿金两色的凤蝶，有天蓝色汤匙般的尾翅，在阳光下于村中四处飞舞，可惜翅破翼残。我待在鲁鲁坎时，始终是多雨与多云的坏天气。

即使是植物，这里也不具海拔高度的特性。树上不过多了些地衣与苔藓，羊齿与树蕨则比我在平地看到的更为优雅与茂盛，这两方面可能是这儿终年多雨的缘故。到处都有一种淡而无味的覆盆子，以及蓝色与黄色的菊科植物，平添若干温带的气息；而纤细的羊齿与兰科植物及矮生的秋海棠，则有点接近亚高山的植物型。然而森林极为茂密，有很多高雅的棕榈树、露兜树与树蕨，各大树木上更是长满兰科、凤梨科、芋科植物、石松、苔藓等植物。常见的散干羊齿类很多；有些复叶巨大，足足有十到十二英尺长，有的则仅一英寸高；有些有全缘的大叶，有的则优雅地摆动细碎深裂的叶，点缀着林间小径，呈现无穷的变化与趣味。可可椰还是结实累累，据说这种椰子油质很低。橘树比山下的茂盛，结了很多可口的橘子；但是柚子或文旦因需要热带阳光的全力照射才长得好，即使生长在再低一千英尺的通达诺也长不好。山坡地广植稻米，虽然当地温度很少超过二十七摄氏度，但收成还不错，往往让人误认为这稻也能生长在英国和煦的夏日之下，特别是秧苗先行在温室培育的话。

山上的土壤或腐殖质异常深厚，即使在最陡峭的山坡，也都处处有黏土和沙泥，以及厚厚一层腐殖质。或许就是因为这一点，这山上的林木呈现一致的繁茂景象，并且阻碍了亚高山植物的发展，这种植物除了需要多石与裸露的地表，还要搭配多变的气候。以马六甲的金山而论，在海拔低得多的高度就有陆均松类属与杜鹃花类，还有大量猪笼草属、羊齿与地生兰，骤然取代了高大乔木的位置；但这一点显然是因为在海拔不到三千英尺处有一大片光秃的花岗岩山坡所致。因此，这附近一带有大量腐殖土，还有松散的砂土与黏土堆积在陡坡、山顶及山沟的峭壁上，的确是一件奇特且重要的现象。这也许有部分是源于经常出现的轻微地震，促使岩石加速崩解；但也可能表示这地方长期暴露在温和的大气作用下，而隆起作用异常缓慢却又连续不断。

地震的经验

我停留在鲁鲁坎时，曾经历了一次大地震而满足了我的好奇心。六月二十九日晚上八点一刻，我正坐着看书，屋子突然轻微震动起来，随后迅速转成剧烈震动。我静静地安坐了数秒钟，享受这种新奇的感觉；但不到三十秒，地震强到能摇动坐在椅中的我，眼看屋子也摇晃起来，发出吱吱嘎嘎的声音，仿佛就快塌下来。然后村中各处传来"塌呐够殃！塌呐够殃！"（"塌呐"为"地"，"够殃"为"震"）的惊喝声。大家都冲到屋外，妇女尖叫，小孩哭喊，最后连我也觉得最好马上起身到屋外去。我站起身，却发现脑袋发昏，双脚蹒跚，每移前一步都几乎快摔倒。地震持续了约一分钟，在这期间，我觉得自己像陀螺般被转了许多圈，几乎快晕过去。我回到屋内，发现一盏灯与一瓶亚力酒打翻了，油灯的玻璃罩则从油碟上摔了出去。这回的震波似乎是上下方向的快速摇晃及颤动。它的强度毫无疑问足够震倒砖砌的烟囱与墙壁，以及教堂尖塔；但是此地的房屋都很低矮，加上强韧的木材框架结构，除非碰上能完全摧毁一座欧洲城市的强震，否则不致造成很大的伤亡。这里的居民告诉我，距离上次大震已有十年，而上回的地震比这回强烈许多，那次损毁了许多房子，也有多人罹难。

之后每隔十分钟到半小时都有轻微的余震发生，有时强度大到又把我们赶出屋子。一种怪异的恐怖掺和戏弄的气氛笼罩着我们。我们随时会碰到更强烈的震动，头顶上的房子因而坍塌，或者产生更令人心惊胆战的地滑，把我们推到村子附近的山沟深渊；但每回遇到轻微晃动就冲出屋外，再过一会儿又跑回屋内，这种行为让我感到很好笑。这里的逃命与可笑不过是一线之隔。就一方面来说，最可怕也最具摧毁力的自然力在我们周边发威——岩石、山岳、坚实的大地在颤抖，对于随时降临的厄运，我们完全束手无策。但就另一方面来说，一大群男女老少每遇一次无谓的惊扰，总要演出冲进冲出屋舍的景象，而其实每次震动停止就代表下一回合震动的开始。我们似乎真像在玩"地震来了"的游戏，虽则大家互相提醒不可将地震视做好笑的事，却有许多人和我一起开怀大笑起来。

终于，寒夜来临，我也困倦不堪，只好回到屋内，留下侍童睡在门边，等房子真要倒塌时再唤醒我。但是我错估了自己紧绷的神经，根本无法入眠。整晚，每半小时或一小时就发生一次地震，每次强度都强到震醒了我，使我处在随时准备逃生的惊恐中。因此，看到晨光乍现，我不禁满心欢喜。这晚大多数村民都彻夜未眠，有些似乎还整晚待在户外避难。接下来两天两夜，余震依旧不断，之后每天出现几次，竟又持续了一星期，显示这一带的地壳下有大变动。想知道地震的力量真正有多大，唯有体验它们的效果后才能领会。我们在感受到地震发生后，可抬头向外远眺广阔的山丘、谷地、平原及山岳，就能体会这种将大地稍微举起并晃动的力量是多么的巨大。地震带来的感觉是毕生难忘的经验。我们觉得自己被一种力量控制着，即使是最狂野的风暴或巨浪都相形失色；然而它的效应是令人敬畏的激动，而非狂风暴雨所带来的恐惧感。我们所遭遇的危险带有一种神秘与未知，使得想象力更为驰骋，希望与畏惧的影响力也随之增加。不过，这些话只适用于中度地震，大地震则是人类所面临的摧毁力最大也最恐怖的灾难。

通达诺的瀑布

地震后几天，我到通达诺走了一趟，那是一个约有七千名居民的大村子，位于通达诺湖的下端。我在督察官班史奈德先生家里用餐，当初我到托莫洪时就是由他担任向导。他有一栋漂亮的大宅，常在宅内接待宾客；他的庭园是我在热带地区所见最美的花园，花团锦簇，但种类并不算多。当初就是他引进玫瑰树篱，为各村装点出妩媚的景致；整个地区环境清洁有序，也多半是因为他大力提倡的缘故。我发现鲁鲁坎总是云雾缥缈、湿气逼人，阴霾老是不散，阻碍鸟雀与昆虫生存，于是向他请教新的采集地。他推荐我一个离湖有一段距离的村子，村旁有一大片森林，他认为那里可以找到许多种鸟。由于他过几天就要前往该村，我便决意随他同去。

午餐后，我请求他找一位向导带我一览湖泊出口处的溪流上一道著名的瀑布。那瀑布距离村子下方约一英里半，位于一个略微隆起的地方，那地方缩成盆地，显然一度曾为湖岸。河水在此流入狭窄又曲折的峡谷，在峡谷中急流了小段距离，便轰然坠落到一道深邃的裂谷，这就是大河谷的开端。瀑布上方的河道宽不到十英尺，河道上架了几块木板，木板的狂流虽被茂密的植物遮掩了一半，冲泻而下的气势仍一览无遗，再向前数英尺就下坠到一处深渊。这瀑布不论景观与声响都令人印象深刻。四年前，有一位荷属东印度总督曾在此跃下瀑布，结束了自己的生命。大家都认为他是苦疾缠身，因而厌世自尽；他的尸体次日在下游的溪流中浮现。

不巧的是，长在峭壁边缘的草木太多，没有观赏瀑布的好景点。这里共有两道瀑布，较低的瀑布落差最大；但得绕过长长的一段路才能爬下河谷，从下往上观赏瀑布。假使能找出最佳的观景点，并凿路通达，这两道瀑布很可能是整个马来群岛中最宏伟的瀑布。悬崖上的裂隙似乎极深，可能有五六百来英尺。可惜我没有时间探索这山谷，因为我急于把握每一个晴天，补充我先前少得可怜的采集品。

荷兰人的教化系统

我鲁鲁坎住所的正对面是一所校舍。校长是一位土著，受教于托莫洪的传教士。学校每天早上约上课三小时，每星期又有两天晚上有教理问答与祈祷课。每逢星期日上午举行礼拜，孩童们都教以马来语，我常听到他们很流利地复诵乘法表，直到二十乘二十。他们放学时总会唱歌，在这些偏远的山村里竟能听到许多我们的老圣诗用马来语唱出来，真是令人开怀。歌唱可说是传教士带给这些国度的一项真正的福音，毕竟他们原先的吟唱总是单调且忧郁。

在教理问答的那晚，校长是主角，他用英格兰喧嚣派教徒^①的方式，一面传道，一面带领信徒，一连持续三个钟头。他自己虽然讲得很起劲，听众却反应冷淡；我个人认为这些土著教师学会了言语流畅的能力与讲不完的宗教上的陈腔滥调，便尽情抖出自己想说的话，全然不顾受教羔羊的需要。不过，传教士却有许多傲人的成就，他们在极短的时期内，帮助（荷兰殖民）政府把这些野蛮社会教化成文明社会。四十年前，这地方还是一片蛮荒之地，光着身子的野人用骷髅头装饰他们粗陋的屋舍。如今，这儿却变成了大花园，取了土语"米纳哈萨"这个好地名。交通四通八达，村子四周环绕着若干世界第一的咖啡园，其间夹杂良田千亩，所生产稻米足供全民所需。

这儿的居民现在可说是整个马来群岛中最勤奋、最和平与最文明有礼的民族。不论衣、食或住，他们都有首屈一指的享受，也受到最好的教育。他们已走上高层社会的路子。我相信别无他处能在这么短的时间内，产生如此这般的惊人成就。这成就可说是完全肇因于荷兰人在其东方属地所采用的政府制度。这种制度或可称为一种"慈父专制"。我们英国人讨厌专制，我们厌恨这个词，也痛批其相关事物，我们宁愿看着人民无知、懒散而又邪恶，却不愿采用道德感化外的方法迫使他们变得有智慧、勤快且良善。对于和我们同种族的人，对于那些有类似概念与同等能力的人，这种做法是正确的；因为范例与规诫、

---

① 喧嚣派教徒，指十七世纪英格兰寻求派或十九世纪初期美以美会信徒，因在传道唱答中语调高昂夸张而得名。

舆论的制裁，以及缓慢但确定扩大的教育的力量，假以时日必会改良一切，而不致引发任何仇视的感觉，或是造成任何谄媚屈从、伪善矫饰及过度依赖等若干专制政府必定造成的恶果。但若有人主张家中或学校里也要拥有这种完全的自由时，我们会怎么想呢？我们不免会说他把这种通用的好法则应用在一个条件不配合的例子中，因为家庭或学校里的被治者在心智上被认定低于他们的治理人，对于自身的永久福祉也无抉择的能力。因此孩童必须被迫接受某种程度的威权与指导；这种威权与指导如果处理得当，孩童自会乐意接受，因为他们知道自己的不足，并相信父兄所做的一切完全是为他们着想。他们学会了许多事理，但无法领会应用方法，假使没有体罚的压力，或某种道德与社会的压力，他们决计不会去学。守秩序、勤奋、清洁、尊重及服从的习惯，也是以类似的方式谆谆教诲而成。如果让孩童也拥有成人的绝对自由，就无法造就知书达理的人物。因此，在最佳的教育下，让孩童接受温和的管制才有益于他们自己与社会；而孩童对于管制者所具智慧与善意的信赖，自能平息一切恶感与激怒——这类恶念一遇到不良环境就会马上迸发出来。

这并非只是个单一的例子，事实上，老师与学生之间，或父母与子女之间，以及未开化民族与其文明的统治者之间，也有着同样的关系。我们知道（或以为知道）文明人在教育、工业及习俗上，普遍优于野蛮未开化民族；当野蛮人熟识了这些文明时，也会承认这一点。他们羡慕文明人优越的学养，而只要和他们原来的懒散、情绪化或成见不致太过冲突，他们也乐于采用文明人的习俗。但就像任性的小孩或偷懒的学生，他们若从未被教会遵从，或从未被迫做任何违背意愿的事，往往就无法接受教育或学会教养；因此，野蛮人因为具有人性中难改的积习与种族传统的偏见，如果除了劝诫和好榜样外，缺乏更强的刺激，他们就只是模仿几种益处最少的文明习俗，而不会去做别的努力。

假使我们自认殖民政府僭越控制蛮人并侵占其土地有正当理由，假使我们又认为尽力改善这些原始子民，提升其文明程度以达我们的水准，属于我们的职责范围，我们就不可过分惧怕"独裁"与"奴役"的批评，而必须善用我们所拥有的权威，引导他们做工，虽则他们可能不喜欢做工，但这是他们提升道德与物质的必经之路。在这件事上，荷兰人已示范了许多良善的政策。他们在大多数案例中维持并强化土著酋长的权威，因为那是人民习于遵奉的人物；他们利用这些酋长的智慧与私利观念，改革人民的习俗与礼仪，毕竟若由外国统治者直接督促执行，势必引发民怨，甚或叛乱四起。

然而，这种制度的成败多系于种族特性；在某处极有成效的制度，在他处可能滞碍难行。就米纳哈萨人而论，由于他们天生温顺又聪慧，也就进步神速。其重要性可由以下事实清晰呈现。邻近万鸦老镇有个叫作班铁克的部族，他们的民族性较乖戾难驯，总千方百计拒绝荷兰政府的劝诱，不肯采用任何有制度的垦殖。这些人至今还身处粗陋的生活环境，却愿意受雇为挑夫或劳工；他们身壮体健又充满活力，很适合这类工作。

当然以上介绍的制度不免招来严重的批评。它有某种程度的专制性，也干扰了自由贸易、自由劳动及自由通讯。土著若无通行证就不得离开自己的村子，少了政府核发的许可，也无法受雇于任何商人或船长。咖啡必须全数售予政府，价格比当地商人所出价格的一半还低，于是有商人汲汲出声反对这种"专卖"与"压制"。但他忘了，咖啡园是政府投入巨资与特别技术才培植起来的；政府还提供人民免费的教育，而这种专卖制就是代替课税。他也忘了他要收买并借以赚钱的货品原是政府创造的；因为没有殖民政府，这些人还是野蛮人。其实他深知，自由贸易一旦实施，一船船亚力酒就会输入各地，用以交换咖啡；随后，酗酒滋事与贫穷交迫就会弥漫全国各地；公有咖啡园也就乏人照料，咖啡质量恶化，产量下降；贸易商与中介商大发利市，百姓则恢复贫穷与野蛮的日子。任何曾亲访这类野蛮部族的人都知道，凡是拥有值钱土产或作物的部落，在实施自由贸易后一定会有这种下场，而我们只要略具常识就可猜测恶果随之而至。假使连续性法则①（或称发展规律）只适用于说明一件事物的话，这就是人类的进步。人类社会必须经过许多阶段，才能从野蛮进步到文明。而这些阶段中总有一个阶

---

① 连续性法则，一种哲学原则，认为自然界没有间断，任何事物必经过各种中间状态而从一种状态过渡到另一种状态。

段是某种形式的专制，例如封建制度、奴隶制度或专断的父权政府。我们深信人类的发展不可能跨越这个转换期，而直接从纯粹的野蛮进入自由的文明。荷兰的殖民制度便是要填补这个脱节，逐步把蛮民带向较高的文明；而我们（英国人）则想瞬间把文明硬塞给人民。结果我们的制度总是失败的。我们使民族性堕落，种族消灭，却从未灌输真正的文明。荷兰人的制度能否永久成功固然存疑，因为想把十个世纪的工作压缩到仅仅一个世纪，也许是不可能的；但至少他们的制度是以本质为师，自然比我们的制度更能奏效，也更有机会成功。

这问题所牵涉的还有一点，我认为经过传教士的倡导，当可获得很大的物质与道德成果。这地区景致优美，气候宜人，物产丰美，照理说人口似乎应逐年增多，但事实却非如此。我认为这只能归咎于一个因素——婴儿早夭，母亲都在咖啡园工作，疏于照料婴儿，且普遍不清楚婴儿的健康状态。这里的妇女一向得工作，我相信工作对她们来说不但不是件苦差事，反而是一种乐趣与放松。她们出外做工时，或是随身带着婴儿，把婴儿摆在有树阴的地上，每隔一段时间抚慰一番，或是把婴儿留在家中，由其他年纪太小、不能工作的小孩照顾。不管哪一种情况，婴儿都没法受到适当的照料，死亡率自然偏高，也就造成人口增加率相较于全区的繁荣与婚姻的普及率，可以说是明显偏低，远出乎我们的意料。人口增加是政府直接乐见之事，因为人口增加后，才有可能大量且永久地增产咖啡。传教士应该重视这个问题，他们若能劝导已婚妇女留在家中从事家务，就能提高文明程度，也直接增进整个社群的健康与福祉。这些人既然如此顺从，如此愿意采纳欧洲人的礼俗，只要让他们了解这是一种道德与文明的问题，并且是他们迈向与白种统治者平等地位的主要阶段，这种转变就很容易达成了。

温泉与泥火山

我在鲁鲁坎待了两星期后，离开了这个美丽有趣的小村落，另寻有更多鸟禽与昆虫的地点。我与通达诺的督察官共度一晚后，于第二天上午九点搭乘一艘小船驶往湖的上端，约隔十英里远。这湖的低处的外围遍布树泽与泥淖，范围相当广大，但再继续走一小段后，却有一些小丘往下直达湖边，在这儿湖身有如一条大河，阔约两英里。湖的上游是卡卡斯村，我与该村村长在一幢如先前所描述的华宅里共进了一餐，然后又继续走了四英里左右的平原路，抵达兰戈万。这兰戈万就是督察官向我建议的地点，我马上卸下行李，安顿在一幢访客专用的大屋子里。我找到一位射猎的帮手，另又雇用一名男人次日陪我前往森林，盼望能在森林内找到好的采集地。

隔天我吃过早餐后随即出发，这才发现得走四英里路才能抵达森林，那是一条没啥可看的直路，一路穿过咖啡园；等我一到森林，却又大雨滂沱，一直持续到晚上。每天走那么远的路去工作实在不合算，况且天气又变幻莫测。因此，我立刻决定再往前搬，找个靠近森林或在森林里的住所。下午，我的朋友班史奈德来了，他还带了下一区伯朗的督察官；督察官告诉我再走六英里路有个庞湖村，成立未久，就近有一大片森林，并说我若喜欢到那里去，他可提供一幢小屋给我住。

　　第二天早上，我去游览本地有名的温泉与泥火山。沿途是一条介于农地与山谷间的小径，风景如画，最后抵达一个直径约四十英尺的圆形盆地，四周是石灰礁岩，造型平整又正圆，仿若艺术作品。圆池内是一泓滚烫的清水，几达沸点，喷出的水汽有强烈的硫黄味。池水自一小穴溢流而出，形成一条热水小溪，即使流到一百码外，水还是烫得不能沾手。再往前一点，在一片莽林内还有两个泉水池，池缘较不规则，但因池水沸腾不已，故热度有过之无不及。每隔数分钟还会喷出一道三四英尺高的水柱，发散出大量水蒸气或气体。

　　之后我们再走一英里左右来到泥泉所在地，这儿更有看头。一片斜坡上的浅洼处有个小泥浆池，池中一块蓝、一块红、一块白，还有多处因沸腾而剧烈起泡。四周硬化的黏土上有许多小井与喷口，里面都是滚烫烫的泥浆。这些喷口似乎无时无刻不在形成，先有一个小孔，继而喷出缕缕蒸汽与滚烫的泥浆，泥浆硬化后变成一个有喷口的小锥。这泥泉四周的地面很不安全，显然地下泥浆很接近地表，地面稍一受压就会凹陷，有如薄冰。我想法子靠近边缘一个较小的喷口，伸手去试喷泥是否像看起来那么烫，刚好有一滴泥浆溅到我手指上，简直烫得像滚水。再远一点有一块平坦光秃的岩石，表面有如火炉底般平整、炽热，显然是老泥塘干涸后硬化形成的。四周方圆数百码都是红、白两色黏土，可拿来做墙粉，土中的温度还是很高，手根本没法放入数英寸的裂缝内，那些裂缝还冒出浓烈的硫黄蒸汽。据说数年前有一位法国男士来参观这些泥泉，他冒险走近液态泥浆，结果泥壳爆裂，他就陷入了那可怕的滚锅内。

在这么辽阔的地区有大量热气逼近地表，真是令人印象深刻，我不禁升起一个始终挥之不去的想法：或许随时会有大灾难突然摧毁这片大地。然而，这些喷口真正的作用可能是安全阀瓣，地壳各处抗力不均正可防止力量的累积，因而避免广大面积的破坏与隆升。从这里往西约七英里处有一座火山，约在我来访前三十年爆发过，造成一幅壮观的景象，满天的火山灰铺盖住周围地区。环湖的平原掺和了火山喷出物，分解后变得出奇的肥沃，只需稍加轮种管理，就可耕种不断。田里的稻米连续种了三四年后，休耕三四年，可再种稻米或玉蜀黍。这儿的好稻产量高时达三十倍之多，咖啡树也可连年结果累累达十至十五年，用不着施肥或辛苦耕耘。

采集收获及米纳哈萨土著的源起

连绵细雨耽搁了我一天的行程，之后我前往庞湖村，正巧在每日上午十一点的阵雨开始前抵达。离开湖边盆地最高处后，大路沿着一道优雅的林间深谷的斜坡蜿蜒而去。这段下坡路颇长，我估计庞湖村的高度不超过海拔一千五百英尺，但我发现早晨的温度常为二十摄氏度，和那至少高六七百英尺的通达诺村一样。此处景色优美，有广大的森林与空旷的野地，又有一幢一房一阳台的小屋可供我使用，不禁令我十分欢喜。这小屋原是为访客休息或过夜用的，很合我意。但很不幸的是，我原先雇用的那两位猎手都没法同行。一位罹患疟疾与下痢，留在通达诺，另一位则在兰戈万得了肺炎，由于病情太重，我只好送他回万鸦老。至于这里的村民因为雨季来得早，都忙着采收稻谷，毕竟这是不能耽搁的要事，我也就找不到人来帮忙射鸟了。

　　我在庞湖村停留的三星期内几乎无日不雨，有时只有午后有雨，有时整日不停；但早上的太阳通常会露脸几个小时，我便趁机到各处大路、小径、山岩及峡谷搜寻昆虫。昆虫虽然不多，但已足可显示我若在干季初便抵达，而非此时干季末才来，此地必是个好地点。土著每天都送来几只从沙桂尔椰子树上抓到的昆虫，其中有几只很抢眼的花金龟类与独角仙类。有两个善用吹箭的小男孩，送来不少有价值的小型鸟类，那是他们用黏土弹射下来的；其中有一只美丽的啄花鸟，是新种，还有几只我从未见过的吮蜜鸟，非常可爱。不过，我在一般鸟类的采集上却几乎没什么进展；我后来虽然雇到一个男人帮我射鸟，但帮助不大，他每天几乎只射下一只鸟。他射到的鸟类中最好的是一只西里伯斯北部的特有种，那是硕大而稀有的绿白斑尾皇鸠，我梦寐以求了好久。

我自己则是在一族漂亮的昆虫方面颇有斩获，那就是虎甲虫，似乎这地方的虎甲虫远比马来群岛其他地方的丰富又多样。我首先在大路旁一个开挖处发现了它们，那儿的路边硬黏土上有部分密生的苔藓与小羊齿。我在那儿发现一种橄榄绿色的小昆虫，四处乱爬，从不振翅飞起；又有更稀罕的一种美丽紫黑色无翅昆虫，总是躲在缝隙中一动也不动，我猜可能是一种夜行性昆虫。我觉得它们可以自成一个新属。在林中的道路旁，我又找到体型大而外表华丽的英雄虎甲，我先前在望加锡曾捉到几只英雄虎甲，这回在此峡谷的激流上捕获最优美的标本。我在溪水上斜倒的枯干及河堤与叶子上，找到三种很美丽的英雄虎甲，它们在大小、外形及颜色上都很不同，但身体上灰斑的模样几乎相同。我还捕到一只很特别的标本，触须很长。不过，最大的发现是闪亮虎甲，是在刚好露出水面的苔石上捉到的。我捕得第一只这种优美的昆虫后，总不时地沿溪上行，不放过每一块苔石。这种虫子很怕人，我得从一块石头追到另一块石头，忙碌好一阵子；每回它停在湿苔上时，它身上艳丽的鹅绒绿马上成了可隐藏住它的保护色。有几天我只能看到几眼，有几天我抓到一只，偶尔几天则捕获两只，但不能避免地总得辛苦一阵子。这一种及其他几种这类甲虫，除了在这个峡谷外，我再也没有见到过。

这一带的人民分成好几种类型，加上语言的特点，让我猜测起他们可能的源起。这些人的语言高度迥异，显然表示他们直到新近时期还处于低度的文明。相隔不过三四英里的村落就说不同的方言，而且每三四个村落为一组，各操一种其他聚落完全听不懂的特殊方言；故在新近传教士引入马来语之前，各族群间根本没法自由沟通。这些语言有许多特点，既包含西里伯斯马来语的元素，也有巴布亚语的成分，又有更北方锡奥与桑义赫岛语言的若干特点，因此可能源自菲律宾诸岛。身体特征也出现同样的情形。一些较不开化的部落具有半巴布亚人的面部特征与头发，而在另一些村落又多出现纯正的西里伯斯或武吉士人的身体特征。居住在通达诺高地的村民拥有近乎中国人的较白肤色，并生有悦目的半欧洲人的脸部特征。锡奥与桑义赫岛的人种与这些人很相像，我相信他们都是从北波利尼西亚群岛的某些岛屿迁徙过来的。巴布亚类型的村民代表硕果仅存的原住民，而那些有武吉士人特征者，则呈现了较优越的马来族的向北扩张。

伦比亚斯与利库庞村

由于气候欠佳，雇用的猎人又生了病，我留在庞湖无疑是浪费宝贵的时间，于是我在三星期后回到了万鸦老。我回来后疟疾稍微复发，我拖着病体动手干燥采集品并包装运走，又另雇新仆役，整整忙了两星期才能再出发。这回我往东走过克拉巴①大火山四周起伏的丘陵，来到伦比亚斯村，这村落距离那座大火山低坡的大森林不远。我的行李由挑夫逐村接力运送来，由于每次交接总会耽搁一些时间，因此直到日落时分我才抵达目的地（不过是十八英里长的路程）。那时我全身湿透，浑身不自在地等了一个钟头后，第一批行李才送到，所幸我的衣物就在这批行李内，其余行李直到午夜才送达。

　　因为这地方是奇特的鹿豚（马来文称"巴比鲁萨"）的栖地，我于是向村民打听有没有它的头骨，不久便收到数个状况尚佳的标本，还包括一个罕见、特异的倭水牛的精美标本。其实我在万鸦老见到过两只活的倭水牛，很惊讶它们活像小牛，或更像南非的大羚羊。它们的马来名字意为"森林之牛"，而它们与体型很小的纯种牛的主要差别在于，颈下很低的垂皮及向后斜过颈部的直尖角。这附近森林的昆虫不如我预期的那么多，我的猎人也只猎到极少数的鸟类，不过却很不凡：包括罕见的林翠鸟、小型的新品种冢雉，以及一只硕大罕见的苏拉冢雉——我来此地的一个主要原因，就是想获得苏拉冢雉的标本。然而，搜寻十天却再猎不到其他种的鸟类，我于是移师到半岛最东端的利库庞镇，那里素来以产苏拉冢雉、鹿豚与倭水牛闻

―――――――

　　① 克拉巴，现标高一千九百九十五米。

名。我在当地遇到戈德曼先生，他是摩鹿加总督的长子，在此监督政府制盐场的建设。这个采集地点较好，我获得了一些很美的蝴蝶与好鸟，其中还有一只稀有的黄胸鸡鸠，和我先前在南西里伯斯的马罗斯瀑布附近曾捕获的一只属于同种。

戈德曼先生知道我的特定目标后，便很好意地提议筹组一支狩猎队，到大约二十英里外一处偏僻荒凉的海滩试试手气，据说那里是苏拉家雉最多的地方。那里的气候与山区完全不同，四个月来没下过一滴雨；因此我预备在海滩待上一个星期，以期获得够多的标本。这段旅程一半是水路，一半是穿过森林的小径，同行者有一位利库庞的"少校"（酋长），还有十二名土著及大约二十只狗。途中他们就捉到一头未成年的倭水牛及五只野猪，我留下了牛头。这种动物只分布在西里伯斯的偏远山林，及隶属其岛群的一两个邻近岛屿。成牛的头部呈黑色，每只眼睛与每边脸颊上各有一道白纹，喉头也有一条白纹。未成年前，牛角光滑锐利，成长后基部慢慢加厚、生皱。大多数博物学家都把这种怪异的动物认作一种小型的牛，但从角的特征、柔细的毛皮及颈下的垂皮看来，似乎和羚羊最为相近。

到达目的地后，我们筑了一幢小屋，以备暂住几天。我打算去捕猎苏拉家雉并制作标本，戈德曼先生与少校则想猎野猪、鹿豚及倭水牛。这海滩位于伦贝岛与邦加岛之间的大海湾，有一英里多长的陡峭海滩，厚厚铺着一层松散、粗质的黑色火山砂，或大可说是砾石，不利于行走。海滩两头各有一条小河为界，再过去是起伏的丘陵地；海滩后的森林地算是相当平坦，树长得不高。这里在古代可能有一条熔岩流从克拉巴火山沿着山谷流入大海，之后熔岩就分解成一粒粒疏松的黑砂。海滩两方的小河外都是白砂，当可证明我以上的推测。

苏拉冢雉的蛋

这种松散热烫的黑砂便是那些奇特的苏拉冢雉的产卵处。在无雨或少雨的八九月间，它们会成双成对地从内陆飞到这沙滩或另外一两处受青睐的地点，然后在只比高潮线高一点点的位置，用爪挖出三四英尺深的洞；等雌鸟在洞中生下一颗大蛋，再用约一英尺厚的砂盖上后，它们便又回到森林。过了十到十二天后，雌鸟会再回到同样的地点，产下另一颗蛋。据说每只雌鸟会在产卵季生下六至八枚蛋。公鸟则协助母鸟挖洞，并伴她从林中来来去去。这种鸟在沙滩上走动时，姿势很优雅。它像家鸡般有乌亮与粉白的羽毛、硬盔的头与高翘的尾，极有个性，加上沉稳的步子，显得更为出众。除了雄鸟的头后方有盔状突起（或遮阳帽）、鼻孔的瘤突稍大、身上美丽的玫瑰橙红色稍深外，雌雄之间几乎看不出差别；因为差别如此微细，有时非靠解剖才能准确分辨雌雄。苏拉冢鸡跑得飞快，一旦遭枪弹击中或突然受到惊吓，会笨拙又嘈杂地展翼飞到附近的树木间，停在低枝上，它们晚上大概也是这样过夜的。每一个砂洞总有许多雌鸟同在洞里下蛋，因此常常一口气可找到一打的蛋；这些蛋很大，鸟的体内不太可能同时怀有一枚以上发育完全的蛋。我所射到的雌鸟中，它们的体内除了一枚大蛋外，其他的卵都比豌豆粒小，而且全部算来只有八九枚，那大概是一只雌鸟在一季内所能产下的最多的蛋了。

每年附近方圆五十英里内的土著都会来这里找蛋，那是他们的山珍美味；而这种蛋新鲜时确实鲜美。这种鸟蛋比鸡蛋更营养，风味更佳，每枚蛋可装满一只普通茶杯，若配上面包或米饭，真不愧为一顿美餐。蛋壳为淡砖红色，偶尔也有纯白色的。蛋形为长椭圆，一端稍尖，约有四到四英寸半长，二又四分之一英寸到二英寸半宽。

雌鸟将蛋产到沙中后，就不再理会。小鸟破壳而出后，会从沙堆中钻出并立即跑进树林。德那地岛的杜伊凡波顿先生说，它们破壳当天就会飞翔。他曾把一些蛋放在他的双桅帆船上，结果这些蛋在夜里孵化了，到了早上，小鸟即在船舱里飞来飞去。想到这些鸟为了到达适当的地点产卵，得走过一大段距离（通常十到十五英里），之后却又不加以照料，不免有些奇怪。但它们既不照顾也不看管这些蛋，却是千真万确的事实。每个洞总有好几只雌鸟在洞内产卵，因此没有一只雌鸟知道自己生的蛋是哪一枚；况且这种大鸟所需的食物（完全靠落果）只能从大片地面上搜罗得来，倘若在繁殖季飞到这唯一一片海滩的众多苏拉冢雉（往往达数百只）都不得不在附近留守，饿死之数势必不少。

　　根据这种鸟的足部构造，我们可以找到它与最近亲的冢雉类与营冢雉类出现不同行为的一个原因。这两类雉都是把泥、叶、石头与树枝耙成一个巨冢，将蛋埋在其中。苏拉冢雉的足则比这些鸟类小得多，也弱得多；它的爪短直，不像另两类鸟又长又弯。但是它爪趾的基部有强韧有力的蹼相连，成为宽而有力的足，配上相当长的腿，很适合耙开砂粒（这种鸟在挖洞时，砂粒飞起宛如豪雨），但除非花费很大的力气，否则无法像冢雉般用大而能抓东西的足把各色砂土杂物堆集成一个大冢。

　　我认为，我们也能从冢雉全科的特殊组织上，找到它们与其他鸟纲普遍的孵蛋习性相差如此大的原因。这科鸟的蛋既然大到塞满了整个腹腔，且不易通过骨盆壁，所以一颗卵要发育成熟势必需要相当长的时间（据当地土人说约为十三天）；而每只鸟在每个繁殖季却要产下六或八，甚至更多枚蛋，因此第一枚与最后一枚蛋想必相隔两至三个月。若依一般方式孵蛋，岂非得连续坐孵这么长的时间；另外，由于这么大的鸟必须花很长时间找食物，倘若等最后一枚蛋生下后才开始坐孵，第一枚蛋不免受损于气候的伤害，或遭当地数目众多的巨蜥、蛇或其他动物的破坏。因此，这里提供了一种鸟的习性可直接追溯到它特别生理结构的例子；冢雉科这种异常的生理结构与特殊食性，显然做不到鸟纲中其他动物常有且让人类激赏的亲情或顾家本能。

一般的博物学作家向来习惯把动物的习性与本能当做不变的事物，并认为动物的生理结构与身体组织都是为了适应这些特性发展而来。但是，这种假设只是臆测，在探索"习性与本能"的性质与成因上造成偏颇，把"习性与本能"认做直接来自"原初成因"（造物），也让我们更搞不清真相。我相信细心思考物种的生理结构，及其所处的当今与过往周边特殊的物理与生命环境，往往能像上述的案例般，有助于了解各物种习性与本能的起源。这些习性与本能再加上外在环境的变迁，物种的生理结构就起了反应，而在"变异"与"天择"法则的双重作用下，彼此间就能维持和谐状态。

　　我的朋友们停留了三天，猎到了许多野猪和两头倭水牛，可惜牛被猎狗伤得很重，我只能保存牛头。我们在第三天举行的大狩猎，因围逐猎物时的布置不当，惨遭滑铁卢。虽然他们保证会有成打的野猪、鹿豚与倭水牛从我们身边冲过，我们却在树上的平台枯等了五个小时，始终未能发射一颗子弹。之后，我自己与两名土著又在这里待了三天，以便猎取更多的苏拉冢雉，结果成功获得二十六只很完整的标本，还有充裕的肉与蛋等美食。

原住民的天赋与省藤

　　少校依约定派了一艘船来帮我把行李运回去，我则与两位男孩和一位向导穿越森林徒步完成大约十四英里的路程。前半段不见路径的踪迹，我们得用砍刀除去缠绕的黄藤或密生的竹丛才有办法通行。我们为了寻找最好的路径不时左转或右转，我不禁表达出生怕迷路的恐惧，因为当时日正当中，根本看不出正确的方向。不过，我的向导觉得这想法很可笑，不禁出声大笑起来；后来，果然在约半途中突然出现了一幢小屋，原是利库庞的居民前来狩猎与烟熏野猪的歇脚处。我的向导表示，他从未从这小屋穿越森林到海滩；有些旅行者认为这是蛮子的一种"天赋"，其实该说是丰富常识的表现。他对这附近一带的地形了然于胸，知道坡度、水的流向、竹或黄藤丛地带，以及其他许多地点与方向的指标；所以他能直奔小屋而来，而这小屋附近一带是他经常狩猎的地点。他若处于他完全陌生的森林内，不免也会像欧洲人一样迷失方向。我深信这确是如此，而且所有关于印第安人在无迹可寻的森林中找到特定地点的那些神奇传说也是如此。他们或许先前没有从某处前往某特定地点的经验，但靠着对这两处地点周围环境的熟悉度，及对整个地区水系、土壤、植被等的了解，在前往特定地点的途中，就会有许多容易辨认的指标帮助他们信心十足地直奔该地点。

这座森林的主要特色是有很多省藤植物，这些省藤从树上垂挂下来，并在地上盘曲回绕，往往纠缠不清。初见这幅奇异的景象时，不免对其形成原因百般称奇；其实显然是它们原先所盘绕的树木腐坏倒地后，它们就沿着地面生长，遇到另一棵树再重新攀爬上升的结果。因此，每一团盘转扭曲的活省藤，就代表从前有一棵大树在这个位置腐坏，只是如今该大树的痕迹杳然无踪。省藤的活力似乎永远也用不完，一条省藤可以接续攀爬数棵树，达到惊人的长度。这些省藤改善了从海滨看到的森林的模样；它们为原本单调的树顶点缀上一簇簇羽状的藤叶，这些藤叶的叶尖竖直而上，宛若一根根避雷针。

这座森林里还有一种最特殊的植物，那是一种美丽的棕榈科植物，有光滑的圆柱形树干，笔直长得一百多英尺高，树干直径不过八至十英寸；细长的叶柄撑向高空，柄上扇形叶丛的直径有六到八英尺，几乎呈正圆形，各叶片呈美丽的锯齿形，叶缘上有几英寸的裂痕。这种棕榈可能是植物学家所称的圆叶蒲葵，它的扇形叶是我此生所见最正圆、最美丽的一种。这种扇叶可拿来制造水桶或篮子，也能用作屋顶的覆草，相当实用。

几天后，我骑马回到万鸦老，行李通过海路运回。我急忙包装好所有的采集品，以便搭乘下一班往安汶的邮轮。接下来，我想花几页的版面说明西里伯斯动物学上的特异点，以及与周围地区间的关系。

第十八章
西里伯斯的博物志

　　西里伯斯岛位于马来群岛的最中央。它北临菲律宾群岛，西接婆罗洲，东望摩鹿加群岛，南及帝汶岛群，四边还有许多卫星岛、小岛及珊瑚礁，使它和各方的岛屿密切相连，不管是观察地图或实地考察海岸，都无法精确断定哪些岛应划归西里伯斯，哪些岛又隶属于附近岛群。既然它的位置如此，我们自然会预期这座岛屿的产物在某种程度上可以代表整个马来群岛地区丰富多样的物种，同时，由于其所处的位置格外容易接收四周的游荡生物与移栖生物，也就不能期望它有很多特有物种。

　　然而，如同常发生的那样，事实却刚好和我们的预期相反；只要考察一下岛上的动物，就会发现西里伯斯是马来群岛所有大岛中物种数量最少、产物性质最孤立的岛屿。西里伯斯与其周边小岛散布在一大片海上，在长与宽两方面几乎都不亚于婆罗洲，而实际的陆地面积也几乎是爪哇岛的两倍；但它的哺乳类动物与陆生鸟类只略多于爪哇岛的一半。该岛的位置虽比爪哇岛更易于接受各方的迁移生物，但就栖息于岛上的所有物种看来，比例上似乎很少来自其他岛屿，反而大多属于特有种；同时，岛上有相当多的极为特殊的动物形态，在世界上其他地区完全找不到亲缘物种。我现在要详细检验一下西里伯斯较为人知的动物群，研究其与其他各岛上物种的关系，并提醒读者注意其所代表的诸般有趣的特点。

众多特有鸟种

我们对西里伯斯的鸟类的了解更胜于其他动物群。我们已发现超过一百九十一种鸟类，虽然还有许多种涉禽与水鸟尚未包括在内，但针对我们当前的目的来说最为重要的那一百四十四种陆生鸟，应是相当齐全。我自己曾在西里伯斯殷勤采集鸟类约十个月，我的助理亚伦先生又在苏拉群岛采集了两个月。早在我来此之前二十年，荷兰博物学家福斯滕①就曾在北西里伯斯待了两年，并将所采集的鸟类标本从望加锡送回荷兰。法国的"星盘"号②也曾在万鸦老靠岸，捕集了一些标本。我回国后，荷兰博物学家罗森堡与伯恩斯坦也曾在北西里伯斯

---

① 指 E.A. 福斯滕，生卒年不明，荷兰博物学家。
② 法国探险航海船舰，由法国航海家杜尔维尔（1790—1842）指挥，在一八二八年至一八二九年考察南太平洋地区， 八二七年至 八四〇年考察南极地区，更正了许多航海图的错误，也发现了若干岛群。

与苏拉群岛大肆采集；然而他们所采集到的标本对照我所收藏的陆生鸟，不过只多了八种，这个事实几乎就能表示可再发现的新种已寥寥可数。

除了南边的萨拉亚尔岛与布通岛，以及东边的珀伦岛与邦盖岛以外，苏拉群岛的三岛①虽然在地理位置上归属摩鹿加群岛更自然些，但在动物学上却都属于西里伯斯岛群。现已知苏拉群岛上大约有四十八种陆生鸟，如果扣除在整个马来群岛分布广泛的五种，会发现剩下者所具有的西里伯斯的特征远高于摩鹿加。其中三十一种与西里伯斯的种类同种，又有四种是西里伯斯种的代表种，而摩鹿加种仅有十一种，代表种也只有两种。

不过，苏拉群岛虽隶属西里伯斯，却因为很接近布鲁岛及吉洛洛南方诸岛，造成几种纯粹的摩鹿加物种已移栖该岛群，这些物种并不分布在西里伯斯本岛上；所有十三种摩鹿加鸟都是这样演变来的，因此西里伯斯的物种增加了一些外来成分，并不真正属于它自己。因此，在研究西里伯斯动物相的特有性时，最好只考虑主岛的物种。

西里伯斯本岛上的陆生鸟类共有一百二十八种，而像先前一样，我们可以从中扣除一些散布整个马来群岛（经常是从印度蔓延到太平洋）的鸟类，毕竟这些鸟类仅会混淆个别岛屿物种的特有性。这些鸟类有二十种，而其余的一百零八种

---

① 即最大的塔利亚布岛，以及敏裹里岛和萨纳纳岛。

我们可认作该岛的特殊鸟类。我们把这些鸟类精确地与周边地区的鸟类做比较时，会发现其中仅有九种分布到西方诸岛上，有十九种分布到东边的岛屿上，却有八十多种完全局限于西里伯斯——若就该岛的地理位置看来，这种程度的特有性是世界任何其他地方所不及的。假使我们更仔细地查验这八十种鸟，考察出它们所具备的许多特异的生理结构，及其中许多种与世界上几个遥远地区的物种似乎有亲缘关系，我们更会大吃一惊并讶异不止。这几点既有趣又极为重要，若想研究一番，有必要审视岛上的特有种，并提出最值得讨论的事项。

西里伯斯岛的特有鹰类有六种；其中三种与广泛分布在整个印度到爪哇与婆罗洲的亲缘种大为不同，恍若进入西里伯斯岛后突然发生改变。另有一种叫点尾鹰，那是一种美丽的鹰，尾羽上有一排排雅致的大白圆点，一眼就可辨识，与鹰科所有已知种类都相当不同。还有三种鸦类也很特别，其中苏拉仓鸦较近亲爪哇鸦大且强健得多，后者从印度分布到所有马来各岛，直到龙目岛。

西里伯斯岛上所发现的十种鹦鹉中，有八种是特有种，其中两种是盘尾鹦鹉属，其特征是具有两根长汤匙状尾羽。有两个亲缘种分布于棉兰老，有一种栖于菲律宾群岛，那种尾羽不见于全世界其他鹦鹉。还有一种小型黄绿吸蜜鹦鹉，其最近亲种似乎分布在澳洲。

岛上的三种啄木鸟都是特有种，与爪哇及婆罗洲的种类虽有亲缘关系，却相当不同。

在三种特有杜鹃中，有两种很特殊。一种是大杜鹃，为该属体形最大、最华丽的种类，喙上有亮黄、红与黑色三色，最为出色。另一种是黑喙噪鹃，它不同于所有亲缘种，生有漆黑的喙，该属其他种的喙总是绿色、黄色或带点红色。

苏拉佛法僧鸟是远离同属其余种类的有趣例子。佛法僧鸟属的鸟分布在欧洲、亚洲与非洲，却没有出现在马来半岛、苏门答腊、爪哇或婆罗洲。因此，这一种似乎完全放错了位置，更怪的是，它完全不像亚洲的其他任何种类，反而和非洲种格外相似。

再来要提的蜂虎科里也有一种同样孤立的鸟类，那就是须蜂虎，它兼具非洲与印度蜂虎的特征，迪·谢吕 ① 先生已在西非找到其唯一的近亲种！

---

① 指保罗·迪·谢吕（1835—1903），法裔美国非洲探险家。一八五五年至一八五九年间获费城自然科学学会赞助组织探险队进入西非国家加蓬探察，其间捕获多种罕见的鸟类和动物，部分为科学家从未知晓的品种。他还带了一只猩猩回美国，这是美国人第一次看到猩猩。回国后出版著作《赤道非洲探险记》，书中提出若干不同于当时看法的该区域地理知识。一八六三年至一八六五年为证明自己记录正确，出发进行第二次探险。这回他拜访了多支外人未晓的种族，并验证了先前关于俾格米人的记载。

西里伯斯的两种犀鸟在那些紧邻而犀鸟众多的地区均无近亲种。唯一的西里地鸫则与帝汶岛上特有的一种最为相近。两种霸王鹟与马来诸岛所没有的印度种最为接近。与鹊有点亲缘的两属（鹊椋鸟与鹩哥），完全只分布于西里伯斯，但它们与鹊之间的亲缘关系有颇多争议，以致施莱格尔教授将其归类于椋鸟；这两属鸟类有美丽的长尾，羽毛为黑白两色，头羽有点硬，呈鳞形。

　　与椋鸟有不确定亲缘关系的还有两种很孤立且美丽的鸟。其一是苏拉红椋鸟，它有灰黄两色羽毛，两眼上方有橘红色宽带；另一种是苏拉王椋鸟，这是一种蓝黑色鸟类，胸部两侧各有一块白羽，头上有一顶美丽、紧密的鳞片状冠羽，形式上和南美洲闻名的伞鸟的冠羽类似。这种鸟唯一的近亲种见于塞兰岛，而其冠羽向上伸展成很不同的样式。

　　另一种更奇怪的鸟是佩氏椋鸟，虽然目前归类为椋鸟科，但其喙与鼻孔的形式于其他各种都不相同，而就生理结构看来，似乎最接近热带非洲的牛椋鸟；著名的鸟类学家波拿巴亲王 ①最后将之归类于牛椋鸟的亲缘种。这鸟全身几乎都是石板灰色，有黄色的喙与足部，但臀部与尾部的覆羽在末端都变成一簇簇硬挺光亮又艳丽的猩红色羽毛。这种美丽的小鸟取代了具有金

---

　　① 指吕西安·波拿巴（1803—1857），法国科学家，拿破仑一世之侄。一八二五年至一八三三年发表四卷《美洲鸟类学》，奠定了他在科学界的声誉。

属光泽绿羽的辉椋鸟属的位置，后者在马来群岛其他岛屿上都有出现，独独不见于西里伯斯岛。这种鸟常成群活动，摄食谷物与水果，并常光顾枯树，在树洞里筑巢，并能像啄木鸟或旋木雀般轻松地紧附在树干上。

西里伯斯岛上有十八种鸠类，十一种是特有种。其中两种，暗颊果鸠与白脸蕉鸠，在帝汶岛上有最亲种。另外两种，绿白斑尾皇鸠与黄胸鸡鸠，最接近菲律宾的鸠种；另外灰头斑尾鸡鸠则属于新几内亚群。最后，在鸡类中，奇特的苏拉冢鸡的分布也相当孤立，其最近（但仍有很大分别）的亲缘种是澳洲与新几内亚的丛林火鸡。

因此，依据分类西里伯斯鸟类的知名博物学家的这些判断，我们发现西里伯斯岛的许多鸟种在周边诸岛竟然都没有近亲种，这些鸟种若非相当孤立，就是与如新几内亚、澳洲、印度或非洲那些遥远地区的种类有关联。除了西里伯斯以外，举凡在相距遥远的地区有类似亲缘种生物分布的例子固然存在，但据我所知，地球上实在找不到第二个地方集合这么多案例，或这种现象成为该地博物志上的一个决定性特征。

特异的哺乳类

西里伯斯岛上的哺乳纲动物不多，计有十四种陆生动物与七种蝙蝠。前者至少有十一种是特有种，其中有两种相信是在

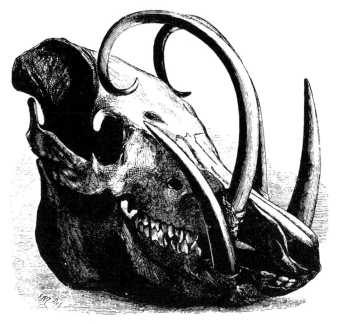

鹿豚的头骨

不久前由人类引进其他诸岛。有三种广泛分布在整个马来群岛：其一是苏岛跗猴，分布于所有的岛屿，往西一直到马六甲；其二是马来灵猫，分布范围更广泛；其三是一种鹿，似乎与爪哇的帝汶黑鹿同种，可能是早期人类引进的。

比较特殊的物种则有：

黑冠猕猴，一种奇特的猴子，非狒狒，却长得像狒狒，分布在整个西里伯斯岛上，但在其他各地却只在巴占那座小岛发现，可能是人类无意中引入的。有个亲缘种分布于菲律宾群岛，但在马来群岛其他各岛都不见类似种。这种动物的体型类似獴，毛皮漆黑，吻突出如狗的鼻嘴，有狒狒般的垂眉，臀部有红色大硬茧，尾短多肉，不及一英寸长，几乎看不出来。它们都是成群活动，主要在树上生活，但也常到地面滋扰农田与果园。

有关倭水牛到底应归类为牛、水牛或羚羊，始终争议不断。它的体型比他种野牛小，在许多方面似乎接近若干非洲牛羚。倭水牛仅分布于山区，据说从未栖息在有鹿出没的地方。它比小型的苏格兰高地牛还要小一些，有笔直的长角往后斜披过颈部，角的基部有环状突起。

岛上的野猪似乎也是一种特有种，但猪科中更特异的动物乃鹿豚，马来人称它为"巴比鲁萨"，因其有纤细的腿及弯曲的獠牙[①]。这种特殊的动物长得像猪，但它不会用突出的鼻掘土，而以落在地上的果实为生。它下颚的獠牙长又尖利；上獠牙则不像一般野猪牙那样向下长，反而完全反转，从上颌骨向上长，穿过鼻部两侧的皮肤，再向后弯曲折回靠近眼睛的位置，有一些较年老的鹿豚常生有八或十英寸长的獠牙。很难了解这对像角一般特别的大牙有什么作用。有些老派学者认为这对大牙有如钩子，可以把头扣在树枝上休息。但就这对獠牙通常在两眼前方往外翻的情形看来，显示更可能的理由是保护眼睛，当鹿豚在纠葛的藤条与其他刺丛间搜寻落果时，这对獠牙将保

---

① "巴比"即猪，"鲁萨"即鹿，意思是腿似鹿、獠牙似猪。

护眼睛免于刺伤。不过，这种解释亦不能令人满意，因为同样需要觅食的雌兽并无獠牙。所以我认为这对獠牙曾经一度很有用处，一旦增长很快会被磨损掉；但现在由于生活环境的变迁，该用途不再被需要，以至于长成这般怪样子，就像河狸或兔的门牙，倘若没有相对应的门牙来加以磨损，就会不断增长。年老鹿豚的獠牙一般很粗大，通常都会折断，可能是打斗的缘故。

西里伯斯岛还有一种与非洲疣猪类似的动物，它的上犬齿向外长并向上弯，发展成居于一般野猪牙齿与鹿豚獠牙的中间形态。但就其他方面看来，这几种动物之间并无相似处，鹿豚更与世界上其他地区的猪类截然不同。鹿豚的分布是完全孤立的状态，它分布于西里伯斯全岛，也见诸于苏拉群岛及布鲁岛，最后者是除了西里伯斯岛群以外唯一有鹿豚分布的地方；布鲁岛的鸟种也与苏拉群岛的鸟种有些亲缘，显示这些岛屿在先前某时段或许曾有较目前更密切的联系。

西里伯斯的其他陆生哺乳类动物包括：五种松鼠，其与爪哇及婆罗洲的种都不相同，为该属在热带最东的分布界限；还有两种东方鼬，其与摩鹿加群岛的鼬很不相同，标画出这一属及有袋目动物最西的分布范围。我们由此可看出，相较于鸟类，西里伯斯的哺乳类动物在物种与特殊性上也不遑多让，因为那三种最大、最有趣的物种在周围地区非但都没有近亲，还隐隐约约显示了与非洲大陆有某种关联。

昆虫的特异性

　　许多昆虫类似乎特别容易受到局部地区的影响，它们的形态与颜色随着各环境递变，或甚至环境几乎完全相同，亦因分布的地方而异。因此，我们应预期，表现在较高等动物身上的物种特殊性，在这些器官更多变化的生物（昆虫）当中应该更加显著。但另一方面，我们也必须考虑昆虫的扩散与迁移，比哺乳类动物，甚至鸟类易受环境的影响。它们更可能遭强风吹走；它们在树叶上的卵可能被暴风吹扬，或随树干漂到远方；它们藏在树干或裹在防水茧中的幼虫与蛹，可能在海上漂浮数日或数周而毫无损伤。借着这种种扩散方式，使得邻近地区的物种发生类化作用。方法有二，一是物种直接交流，其次是其他岛屿所有共通物种的新个体不断掺入，消弭了形态与颜色的改变，否则会发生不同的状况。记住这些事实，我们就会发现西里伯斯岛上昆虫的特异性，甚至比我们合理预期的程度还大些。

　　为了达到确保与其他岛做比较时的准确性，我的讨论会局限于最有名的物种，或是我亲自仔细研究过的物种。先就凤蝶科说起，西里伯斯有二十四种凤蝶，其中有多达十八种不见诸于其他任何岛上。假使把这一点与婆罗洲相比较，婆罗洲所有二十九种凤蝶中仅有两种为他地所无，则此差别之大自不待言。再就粉蝶科来说，或许因为这一族群更具漫游的习性，差别就没有那么大，但仍然很突出。分布于西里伯斯的三十种粉蝶，有十九种是特有种，而爪哇（当地已知的种类较苏门答腊或婆罗洲更多）的三十七种中，却仅有十三种是特有种。斑蝶科虽有大翅，但不善飞行，常见于森林与庭院，体色朴素，但往往十分浓厚。我收藏的这科蝶类有十六种采自西里伯斯，十五种采自婆罗洲；而前者至少有十四种是西里伯斯岛的特有种，后者却只有两种是婆罗洲特有种。蛱蝶科是分布很广的蝴蝶，通常强翅善飞且色彩亮丽，在我们国家（英国）的代表种为豹蛱蝶、蛱蝶类及紫皇蛱蝶。几个月前，我为东方蛱蝶群制作了一张表，凡我自己发现的新种一概包括在内，结果如下所示：

	蛱蝶种数	各岛的特有种	特有种的百分比
爪　哇	七十	二十三	三十三
婆罗洲	五十二	十五	二十九
西里伯斯	四十八	三十五	七十三

　　鞘翅目昆虫为数如此众多，其中没有几个群做过仔细的研究整理。因此我只讨论近来自己研究过的一科，也就是花金龟科，或称蔷薇花金龟；这一科甲虫由于非常美丽，已获得无数收藏家的青睐。爪哇的花金龟已知有三十七种，而西里伯斯仅有三十种；但是前者只有十三种特有种，也就是全数的百分之三十五，后者却有十九种特有种，占全数百分之六十三。

　　以上各项比较结果显示，虽然西里伯斯是一个完整的大岛，周围只有几个较小的岛屿与之紧密形成岛群，但我们仍必须视其为马来群岛中一个大动物分区，其地位足以与整个摩鹿加群组或菲律宾群组分庭抗礼，和巴布亚群岛或印度-马来群岛（爪哇、苏门答腊、婆罗洲与马来半岛）亦在伯仲之间。现在我以昆虫与鸟类最著名的各科为基础列表，下表即是西里伯斯与其他岛屿群组间的比较：

	凤蝶与粉蝶科 特有种的百分数	鹰、鹦鹉与鸠 特有种的百分数
印度-马来地区	五十六	五十四
菲律宾群岛	六十六	七十三
西里伯斯岛	六十九	六十
摩鹿加岛群	五十二	六十二
帝汶岛群	四十二	四十七
巴布亚岛群	六十四	四十七

　　这几个大家熟悉的大科，极能代表西里伯斯的动物学概况，也显示这座岛虽然位于整个马来群岛的正中央，却是整个群岛最孤立的部分。

　　然而西里伯斯的昆虫呈现出一些其他的现象，比其独特性更为奇特，也更难理解。岛上的蝴蝶往往有特别的外形特征，只要看上一眼就觉得与世界其他地方的蝴蝶不同。这一点在凤蝶科与粉蝶科尤其强烈，其前翅不是特别弯曲就是在基部突然弯折，或是翅尖变长与略带钩状。西里伯斯所有十四种凤蝶，若与周围岛上最接近的品种相比较，就有十三种多少带有这种特点。粉蝶科中有十种具有这种特色，蛱蝶科中有四五种也有这种明显的特征。凡在西里伯斯发现的品种几乎都比该岛以西诸岛的品种大得多，也至少与摩鹿加群组的相当，甚至更大些。不过，翅形的差异最为特殊，因为一个地区整个该物种的特征，竟然有别于所有周边地区的对应组合，这真是一件新奇的事情；此外，这种差异程度如此明显，即使没有细察其颜色，也能立刻将西里伯斯岛大多数的凤蝶和许多种粉蝶，与其他岛的种类区分开来。

　　右图所绘的是各组的前翅，外轮廓是西里伯斯某种蝴蝶前翅的实际大小与形状，内轮廓是代表邻近岛屿上的最亲缘种。图1为西里伯斯种巨美凤蝶与新加坡及爪哇的金带美凤蝶的比较，前者有强度弯曲的翅缘，后者翅缘则平直许多。图2为西里伯斯的米利都凤蝶，其前翅基部忽生弯折，与其对比的是常见的青凤蝶微弯曲的翅缘，该种从印度到新几内亚与澳洲都有分布，且翅形几乎完全相同。图3为西里伯斯特

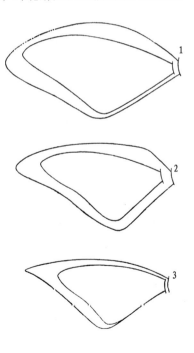

有种尖粉蝶伸长的前翅，与分布于西边诸岛的近缘种红翅尖粉蝶的短翅。以上前翅形态上的差别可算是相当显著，但是直接比较这些昆虫的全身轮廓时，差异更为明显。

若拿鸟类来做模拟，我们理当认为尖形翅可以增加飞行的速度，因为那是燕鸥、燕、隼及飞行快速的鸽的特征。另一方面，短而圆的翅总是飞行力较弱，或飞行时较费力、控制力差。因此，我们可以假定，具有尖形翅的蝴蝶更能避开追捕。但是那里似乎没有特别多的食虫鸟，这种演化似乎没有多大需要，而我们又不能相信这种特异点毫无意义，所以这有可能是过去某些情境造成的结果。当时岛上或有更丰富的动物相，而其遗痕可见诸现今栖息岛上的各种孤立的鸟类与哺乳类动物；而由于当时食虫动物繁多，就使得这些艳丽的大翅蝴蝶有必要发展出一些特殊的逃脱方式。这种看法还有某种程度的实证，那就是岛上体形很小或颜色很暗淡的蝶群都没有这种尖长的前翅，而那些生有这种长翅且强壮善飞的蝶类，也没有产生其他变化。这些蝶类因已获得充分的保护，可避开敌人的猎捕，也就不需要再增加逃脱敌掌的能力。不过，这种特别弯曲的翅形对改变飞行的能力有何影响，则还是待解之谜。

动物族群的孤立

在西里伯斯动物学上，还有一个奇特之处值得一提。我指的是该岛独缺的两侧地区（印度-马来群岛及摩鹿加）都见得到的一些族群，仿佛这些族群由于某种未知的原因无法立足在这座居中的岛上一般。在鸟类方面，蟆口鸱科与伯劳科两科分布在整个马来群岛，远及澳洲，但在西里伯斯却无任何代表。翠鸟属、灰蕉鹃、冠鸭属、椋鸟类的椋鸟属及鹦雀属的鸟种，一概分布于摩鹿加、婆罗洲和爪哇，在西里伯斯却完全不见这些属的踪影。再就昆虫方面，蔷薇金龟的一个大属分布于印度与新几内亚之间的每一个地区，只有西里伯斯除外。在许多群动物分布范围的中心，竟有一个局部地区突然缺席，虽然这并非完全特殊的现象，但我相信，世界上没有其他地点像这里这么凸显，而这种现象也为这座特别的岛屿增添了不少特点。

我在上文所描述的西里伯斯岛博物志的种种异常与怪诞，一概指向一种远古的起源。已灭绝动物的生活史让我们学习到，它们在时间与空间上的分布也极类似于这种现象。该法则为：邻近地区的物种分布通常彼此极为相似，同一地区的许多连续时期也是如此；相距遥远地区的物种分布通常差别很大，同一地区历经长远时代的物种分布也是如此。因此我们不得不做出以下的结论：物种的改变，尤其是属和科的变迁，都需要时间。但是时间可能导致某地区的物种发生改变，而另一地区的物种形态则维持不变，或两地的改变可能以相同速率进行，但沿着不同方向发展。不论是那一种状况，某地区物种的特异性大小，在某种程度上是该地区与周围地区隔离时间长短的一种量度。

根据这项标准判定，西里伯斯势必是整个马来群岛中年代最古老的一个部分。它的起源时间，可能远在婆罗洲、爪哇与苏门答腊从亚洲大陆分离之前，而且还可能在更远古前那些现在构成这些大岛的陆地都还没有升出海面的时代！必须有如此远古的起源，方可解释岛上若干物种形式为何与印度或澳洲无关联，却与非洲有关；这也让我们不禁怀疑，当年的印度洋上或曾有过一个大陆，作为连接这两个相距遥远的地区的桥梁。一个奇妙的事实是，为解释四手类动物中奇特的狐猴科动物的分布情形，这片假想陆地的存在已被认为有其必要。狐猴的大本营原在马达加斯加岛，却分布于非洲、锡兰、印度半岛和马来群岛，并远及西里伯斯，而西里伯斯正是它分布的东界。斯克莱特①博士曾创议一个假设大陆连接这些相距遥远的地方，而这个大陆先前的存在可由印度洋的马斯克林群岛和被称为"狐猴群岛"的马尔代夫珊瑚礁群显示出来。不论我们是否相信其存在正如这里的说法，研究物种分布的学者必定会从西里伯斯奇特孤立的生物相，证实先前某个大陆的存在，而且这些奇特动物的祖先，以及其他许多居中形态的生命，都是从这片大陆来的。

---

① 菲利普·斯克莱特（1829—1913），英国鸟类学家。一八五八年创办了《英国鸟类联盟期刊》，并担任编辑（1858—1865 和 1877—1912）。一八六〇年至一九〇三年担任伦敦鸟类学会秘书。一九〇三年与他人合作创立"英国野生动物保护学会"，这是最古老的国际野生动物保护组织。他深入研究鸟类地理分布情况后，将世界鸟区分为六大类，后依此运用于哺乳类动物，是今日鸟类地理分布学的基础。

我利用这短短的一章简述了西里伯斯博物志上各项最显著的特色，其中不免涉及许多细节，恐怕引不起一般读者的兴趣，但若不这么做，我的阐述就缺乏力量与价值。唯有通过这些细节，我才能证实西里伯斯岛所呈现出的不凡特点。此岛屿虽处于整个马来群岛的正中央，四周又有极多生存着不同形态的生物的岛屿紧紧包围着，其物种分布却出现令人吃惊的众多特异性。尽管岛上实际物种的数量不多，特有的形态却异常丰富；其中有许多种相当奇特或极为美丽，有些还是全球绝无仅有的独特案例。在这里，我们注意到，若干群昆虫与周围诸岛上的昆虫相比较时，外形轮廓上出现类似的改变，这种奇特现象暗示某种共同的原因，这原因似乎从未在其他地区以同样的方式出现。因此，对于研究动物地理分布者，西里伯斯确实是最有趣、最独特的实例。我们从此可以看出地球上目前动物的分布状况，是所有地球表面较近代所经历变动的结果；而经由仔细研究动物分布的种种现象，我们有时可以概略推论出过去的地质变迁。在比较单纯的帝汶群组案例上，我们近乎能确切推论出这些改变；但在复杂得多的西里伯斯案例中，我们只能指出这些改变，因为我们现在看到的情形，并非衍自单一或新近的变迁，而是造成东半球目前陆地分布状况的整个后期变动的结果。